爱是一场
无尽的告别

Love is
an endless
farewell

田媛 著

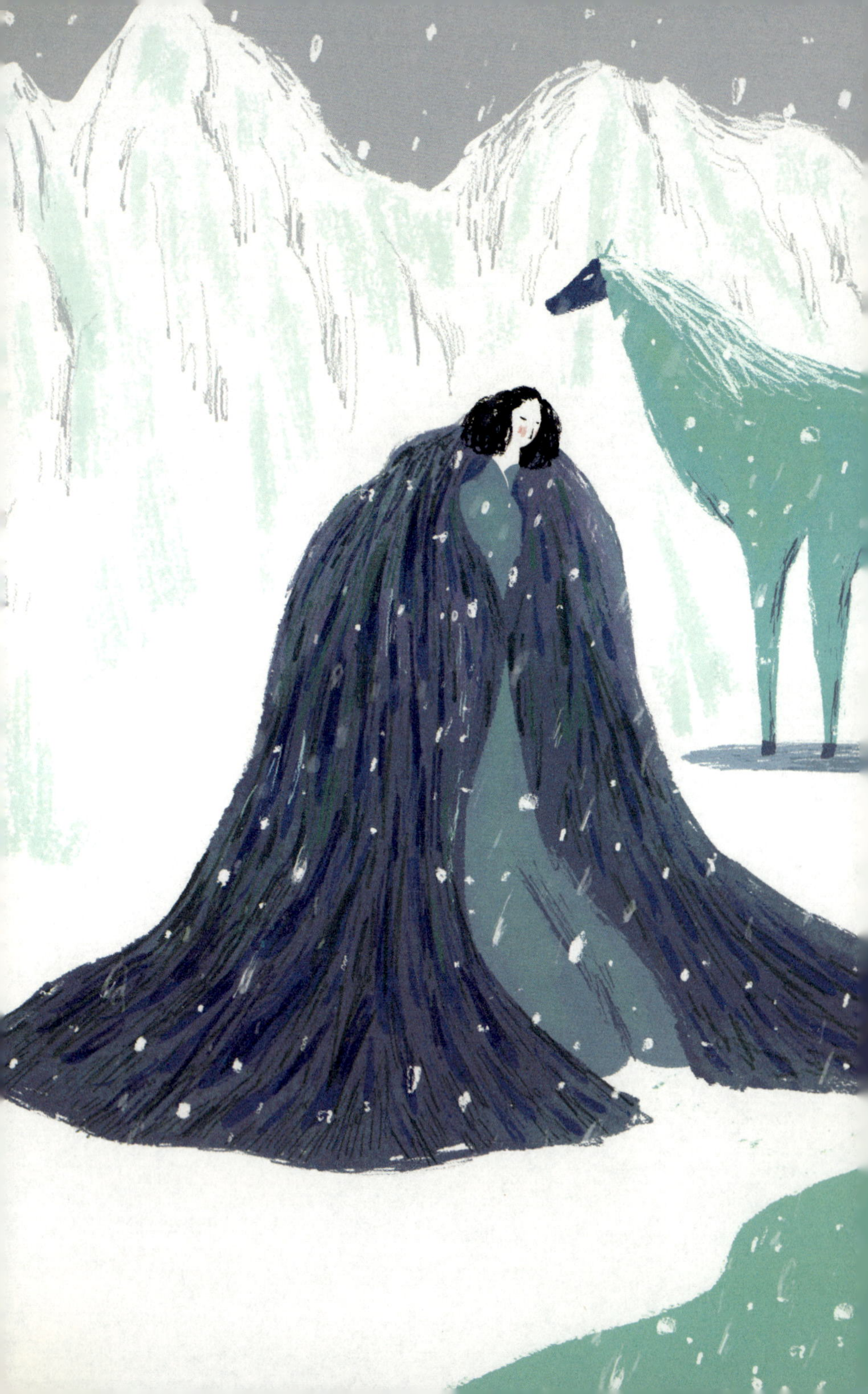

• Love is
an endless
farewell

| 田媛 自序 |

十年一刻

十年前，我在北方的一座小城里读高一，那时候最期待做课间操，尤其是体转运动，就在扭转身子的那几秒，我总能将目光透过茫茫人海，然后牢牢锁定暗恋的那个男生。后来，学校附近建了机场，做课间操时我又多了一个爱好——抬头望天，记得那时常常晴空万里，飞机划过，会留下一道畅快的弧线。

那条线大概是我关于未来最初的幻想了。

离开故乡的小城，惊奇和新鲜过去以后，外面的世界大得让我感到摇摇欲坠，我反而怀念起了我在物理课上把一本毛姆的《刀锋》翻破了皮的夏天。七月，头顶的风扇呼呼地转，老师在讲课，粉笔在黑板上吱吱地响，窗外的夏蝉永远不知疲倦。那个夏天过去，我们文理分班了，我坐在了理科班的教室里，而那个课间操时被我偷瞄的男生就在我们隔壁班，和文科班楼上楼下的距离比起来，一堵墙的界限让我心满意足许多。

给我自由、允许我幼稚、让我免于修剪，青春时代对我最大的馈赠莫过于此。

识人、走路、写作，这些是我这十年来一直在做的，除此以外，也谈过几场恋爱，每一任男友性格各异，但多多少少都带着些课间操少年的影子。在每一段感情里，我都是既兴奋又畏缩，既想表达亲密，却又往往羞于启齿。不断挣扎着，然后一直到分开。

接下去呢？接下去我开始鄙夷或者嘲笑那些看上去不值得的或者愚蠢的爱情，从而间接地告诉每一个人：我从没有投入到任何一种爱里，所以我很安全。人有时候就是这种奇怪的动物啊，即便心里被撬开了个大口子，好的坏的统统都像雪崩一样塌下去了，我也要紧紧憋回眼泪，假装不动情，以求不败。

可在此刻，我倒情愿自己的一生都是一个败军之将。

大学时，我又重读了《刀锋》，感觉小说里的世界和十年前的不一样了，当然我也不一样了，我很久没有再看见飞机线了，也早已和隔壁班的那个男生断了联系，但我至今还记得他十五岁的样子，和我第一次遇见他时突突直跳的少女之心。

我是在二十四岁写下这本书的，有些故事看起来没有开头和结尾，而那恰是我们少年生活的一隅。我不认为所有的故事都要以和解、然后拥抱全世界为结尾，也不认为所有故事都要充满心动或者英雄主义的元素。在这本书中，我坦然地展示我的困惑，我的不知所措和我对变幻莫测的生活的惊奇与无奈。在平庸和琐碎的人生中，我就这样开开心心，又磕磕绊绊地朝前走着。

不慌啊小田！大好时光！

• Love is an endless farewell

CONTENTS
目 录

亲爱的
向日葵 1

初雪来临
的那一夜 17

我最好朋友
的婚礼 39

冰激凌
魔咒 58

再见,那些你想
成为鲸鱼的日子
75

夏日
89

札幌
爱情故事
106

红豆信箱
128

重逢 145

朋克
岁月 167

分手不是
唯一的结果 184

十一月 215

• Love is
an endless
farewell

亲爱的向日葵

1

丹妮说出那句话的时候，我正在小心地夹碗里的鸡蛋羹，每次刚一使力，羹就碎了。她停止说话，顺手递给我一把勺子，我接过来，对丹妮说："你接着讲啊。"然后我拿着勺子，故作淡定地僵在原地。

"我已经讲完了啊，我是想说，那朵向日葵是我整个高中时代最难忘的事，也可能……可能是我这一生最难忘的事了吧。"她不好意思地笑了笑。

那是在我们高中毕业五周年的聚会上，也不知道是谁出了个馊主意，让大家讲讲高中时最难忘的一件事。丹妮讲的就是关于那朵向日葵的故事。

"那是在我们高中毕业旅行的时候,你们应该都不记得了,是临时组织的,好像当时只去了十多个人,女生我不太记得有谁,男生我只记得有三个人去了,李涛涛、翟向阳、许奇。

　　"当时我们去的是风陵渡,其实就是在一个小县城里,挺无聊的,也没什么人,在附近找吃饭的地方就花了半个多小时,最后好不容易找到了一家面馆,每人点了一碗酸辣面,没想到酸辣面既不辣也不酸,而是咸得要命。总之是特别不美好的回忆。更糟糕的是,一来一回都是山路,包车的司机开车技术很差,刹车踩得很猛,回来的路上我的额头在车窗玻璃上磕了好几个包,而且当时我还晕车,胃里翻江倒海的。

　　"后来我实在忍不了了,就让司机停车,我要出去透透气,司机还特不情愿,说真的,他当时再磨蹭一分钟,我保证直接吐他脸上……

　　"车停后,我们十来个人都下了车,深山里有凉凉的风,景色也很美,层峦叠嶂的,在一个山崖上,还有几棵向日葵站在阳光下,不过当时我管不了这么多,一低头,胃里的东西'哗'地一下就出来了,后来我又一个人在公路边蹲了很久。

　　"那种感觉真是糟透了。

　　"后来我晕乎乎地上了车,可是刚踏上大巴车的最后一级台阶,我整个人就精神起来了,你们知道发生了什么吗?我发现在我的座位上放着一朵向日葵!就是我蹲在公路边看到的山崖上的那种向日葵,花瓣巨大,茎比我的大拇指还粗,颜色像会发光的暖暖的黄色,不过那个山崖特别陡,也不知道那个人是怎么折下来的……

　　"那一瞬间的心情,怎么说呢,我真不知道怎么形容,眼泪就直接下来了……就像是下了很久的雨,你已经习惯了那种潮湿又闷热的天气,你觉得就这样下去也没什么不妥的时候,天空却突然放晴了,而且不是那种突然雨停了一样的放晴,是一瞬间万里无云、阳光灿烂,你能看到很远很远的天空。"

那时候的丹妮，是班里那种特不起眼的女生，成绩中等，长得也很普通，每天都被迫躲进一身肥大的校服里，然后悄悄淹没在人群中。这种普通的女孩子，连被人八卦的机会都没有。可就是那一朵向日葵，轻轻地唤醒了她的敏感、她的骄傲和她心里悄然萌生的青春的种子。

"我还在愣着出神的时候，其他人就回到车上了。"丹妮忽然指着我，惊奇地瞪大眼睛说，"哎？我想起来了！我记得那次你也去了，好像坐在我旁边的，我记得我一看到你上车就手忙脚乱地把那朵向日葵塞进书包了！"丹妮笑着说，"想想当时的自己也真是觉得可爱啊。"

我笑了笑，没有说什么，在座的人有的接着追问丹妮："那朵向日葵到底是谁送的啊？是李涛涛、翟向阳还是许奇啊？"

丹妮摊摊手，说："我真的不知道。"

2

翟向阳是我的秘密，是藏在我内心深处、连那时年少的我也不曾知晓的秘密。我不知道自己从哪一刻开始对他动了心，我只知道我在面对他时会感到慌张和不安，我企图逃离，可我又不知道该往哪里逃，我只能拼命地往一个方向跑，拼命地跑。我不知道自己跑了多久，反正那因为奔跑而带起来的急速的风声已经永存于我的梦境里，和我内心的悸动相依为命。那时我一闭上眼睛就能听到它们。

在高考成绩出来前的那段时间，我每天都和翟向阳混在一起，有时候我们俩一起趴在麦当劳的桌子上吃冰激凌、吹免费空调；有时候一起去图书馆翻翻画册、聊聊天；有时候一起在高中校园的操场上一圈一圈地逛，直到月亮爬上来。我们聊天的话题永远都围绕"你说那道题，改卷的老师会不会给我分？"和"你要去哪里上大学？"展开，不知道该说什么的时候，我会不自在地说一句："夏天可真热啊。"

我说不清那时候我和翟向阳是什么关系。更确切地说，其实我对他的了解并不多，只知道他钢琴弹得很好、打球时总被别人盖帽、穿一双耐克的球鞋、喜欢无缘无故地伸长腿。他经常表现出一副很嘚瑟的模样，他大概觉得自己那样子很酷，可我每次看到他那副样子，只会在心里觉得他像个幼稚的小学生。就是那种懵懂的感觉，虽然我不是很了解他，但我好像喜欢他。

和翟向阳"在一起"这件事，也可以勉强归结为一场闹剧。还记得在那个热火朝天、试卷横飞的五月，班里的每个人都被巨大的升学压力压迫得苟延残喘，在那种压抑的气氛下，异性会比同性更让人感到亲近，于是大家纷纷开始寻找自己的精神慰藉，而我和翟向阳，也终于在慷慨激昂的高考誓师大会上，不约而同地望向了对方。

所以这样来说，我们既不是早恋的情侣，也不是感天动地的朋友，现在来看，倒更像是一种超越友谊的无理取闹。

高考成绩出来了，我的成绩尤为糟糕，那天傍晚，翟向阳给我打电话，他在电话里问我说："在哪儿呢？"

"我家阳台上。"

"要不要一起找个地方聊天？"

"不太想出去。"

"嗯……不高兴吗？"

"对。"

"嗯……我在琴房，要不我弹首曲子给你听？"

"好。"

然后我在电话这一头听到了他把手机放在琴谱架上的声音，接着就响起一段曲子。那是我第一次听他弹琴，也是唯一一次。

时隔多年，我已经忘了他弹的是哪首曲子，可那一刻的感觉好像永远也忘不掉。我还记得，那个傍晚我站在阳台上，晚霞铺满了天空，大片大片橘红色的云朵奔跑着，像水一样漫延。

我们当时很默契，谁也没有提那个恼人的成绩。

一个星期后，翟向阳又打电话联系我："一个星期都没见你了，还不开心吗？"

我说："每天都闷在家里，快炸了。"

"那出来玩吧。"

我开玩笑一样地拒绝说："外面太热了，出去怕是要化了。"

"那我没办法了。"他忽然蹦出一个问题，"毕业旅行，去不去？"

"不是说毕业旅行取消了吗？"

高考结束后，学校为了站好安全教育的最后一岗，特地给同学们群发了短信，要求禁止一切毕业旅行的相关活动，虽然我们每个人都捧着手机对着那头的学校痛骂不止，但也没有一个"英雄"肯站出来和学校来场搏斗。于是我们的毕业旅行也就不了了之。

不过奇怪的是，三天后，班长临时通知，说毕业旅行确定了，第二天一大早出发。真是令人措手不及，我还没反应过来，第二天一大早，就被翟向阳拉上了去往风陵渡的大巴车，同行的一共十来人。

3

我上一次见翟向阳是在我大三那年的冬天。

在高考结束后,我的成绩出乎意料的糟糕,纠结来纠结去,还是加入了复读大军。翟向阳的成绩也不理想,以往能上二本的分数,那年上个三本也够呛。后来他爸花了钱,把他送到悉尼去读预科。可是后来我听别的同学说,在那个夏天,翟向阳居然和家里吵着、闹着说他不要去悉尼,说自己还要去复读班再拼一把,我不知道这些事情的真实性,只知道同学们都不理解翟向阳出奇的行为,竟然放弃别人梦想的南半球生活,偏偏要挤进六十个人一间教室的复读班,过用汗水洗澡的苦日子。

但是,最后翟向阳还是去悉尼读书了。

大三那年冬天,我裹着件驼色的棉袄去我妈单位,路过我们高中学校的时候,就停下脚步往里多看了几眼。原来两米高的围墙上,居然又结结实实地扎了一层铁丝网。忽然想起读书的时候,有天早上翟向阳一瘸一拐地来上课,一问才知道,他前一天晚上溜出去上网了,从围墙上跳下来时崴了脚。当时一群人笑他,他倒挺大言不惭地说:"我都这样了还坚持来上课,你们身为同学,不被我对知识如此渴求的态度而感动也就算了,反而还要笑话我。"当时他的话音刚落,大家一起朝他翻了翻白眼,而只有我的眼睛是笑弯了的。不知道那时他有没有捕捉到我的眼神。

那就是青春啊,也许只是因为一双眼睛,一切就会不一样了。

我一个人站在那个校门口,风从四面八方吹过来,回想起那个耍酷又多情、八卦又敏感的高中时代，一时觉得无比想念。看了看围墙上新扎的铁丝网，我悄悄地想，要是翟向阳从这种围墙上跳下来就绝不是崴了脚这么简单，很有可能直接躺在医院里，那样他还会不会那么贫。想到这里，我不自觉地笑出了声，耳边回荡着的是和从前一样的少男少女玩闹的笑声。

"一个人还能笑得这么开心啊？"

我一转头，竟然是三年多没见的翟向阳。我先是愣了一下，但看到他拎着个饭盒，披着件军大衣的样子，我好像一下子又回到了从前。我没憋住笑，说道："你这什么装扮？打饭的巡逻保安？"

"你敢笑我？你是什么？来自冬天的考拉？"

我一低头，驼色棉袄在阳光下熠熠生辉。

后来，我们在学校门口有一搭没一搭地聊了一会儿，当他说到他弟弟现在就在我们原先的学校读高一，他是来给他弟弟送午饭时，我赶紧催他："快去送饭吧，等下该凉了。"

他想都没想，接了句："凉了就凉着吃呗，反正我还不想走。"

这句话一说出来，气氛忽然尴尬了，我不知道怎么接话，他不知道怎么收场。在那个寒冷的冬天，两个人被冻得直跺脚，一起沉默着。

憋了好一会儿，我终于挤出了一句话："你吃了没？"

他努努嘴，说："吃了，你呢？没吃的话，这个给你。"说着，他把手上准备送给他弟弟的饭盒往上提了提。

扑哧一声，我笑了出来："老是这么不正经啊。"

"谁说的，高考的那年夏天，记得不？我给你弹琴的那个下午，那可是我最正经的时候，感情都在琴声里了。不信你听！"

我站着仔细听了一会儿，问他："听什么？"

"听……说你傻吧。我让你当年听,又不是现在听……"
……

少年啊少年,为什么你还是当年那副吊儿郎当的样子,为什么这么久没见,再见你时的感觉一点儿也没改变,为什么身边的人纷纷变得老练和成熟,你还是一副少年的样子,顽皮地眨着眼睛。

后来我们俩又聊了聊近几年的情况。我说,我还没男朋友,觉得身边的男性都太幼稚无聊了,如果以后一直这样,可能就要加入大龄恨嫁女协会了。他说,他也没女朋友,每天的作业都让他拼上老命,再来个女朋友,那相当于催命。

说完,我们俩哈哈一笑。

临走前,他给了我一个他自认为十分客观的评价:"复习一年的女斗士、情感坚固的女战士、发誓不嫁的女勇士。"

我也毫不示弱地说:"我可没发誓啊,小心我赖上你。"

他在寒风里挥挥手道:"放马过来吧。"

我们两个成年人,就在那个寒冷的冬天里玩着语言游戏,就这样和年轻时的暧昧打着擦边球。不过这样也好,毕竟谁也没提到在那次毕业旅行的风陵渡我们曾错过什么。

4

一大早,我就被翟向阳的夺命连环电话催醒,他让我赶紧起床收拾,因为这一天,我们要毕业旅行,要一起去风陵渡。我迷迷糊糊答应道:"知道了。"然后挂掉电话,继续用被子蒙住脑袋。

我简直是被翟向阳推上大巴车的,他一边说:"大小姐,你为什么动作那么慢?"一边推着我快走,另一只手还拎着给我买的豆浆和煎饼。

我坐在车上咬一口煎饼,说道:"嗯……没放香菜,葱花很多,看来卖煎饼的大婶很懂我嘛。"

翟向阳赶紧纠正我:"不是大婶懂你,是我懂你啊。"

"不用你强调啦!当我傻吗?"

"你不傻,可是我怕你犯傻啊!"

那时候我和翟向阳就是这么说话的,说正经的事像开玩笑,开玩笑时像打情骂俏。不过谁也没能走出那一步,那是什么样的一步呢?只有恋爱才是一步一步的,有牵手、有拥抱,然后接吻,可是我们呢?我们并不是在恋爱啊,我们只是一种"革命式的爱情",当那场高三的革命结束时,我们所有的感情就消逝了。

去风陵渡玩了一圈,又晒又渴,还找不到超市买水,简直气得我火冒三丈。回来的大巴车上,我坐在翟向阳旁边抱怨:"是谁提议来这里玩啊,一点儿都不好玩。"

"是我提议的。"

"哼,破山、破水、破餐馆,无聊、无趣又无味。"

他不理会我的话:"是我想带你来的。"

"带我来?为什么?"

他回答得很认真:"《神雕侠侣》里面,我最喜欢郭襄,她十六岁那年跟着她大姐郭芙出门,经过风陵渡口的时候正是下着大雪的深夜,她就去了一个小酒馆,在那里她第一次听到'神雕大侠'的事迹,然后就有了和杨过的第一次相遇。"

"那不是风陵渡口初相遇，一见杨过误终生吗？"

"对啊，不过我想跟你讲的是后半段，在《倚天屠龙记》中，有一段是说，灭绝师太告诉周芷若，郭襄祖师的徒儿叫作风陵师太。"

翟向阳虽然平时是个挺调皮又爱捉弄别人的人，但他跟我讲起这段故事时眼神真挚，只是我不知道该怎么回应他，很久才从牙缝里挤出一句："哦……"

"所以这不算是一个悲情的故事，而是一个长情的故事。"翟向阳说这些的时候，眼睛里闪着光。

大巴车晃晃悠悠地转过山脚，我一个快动作，换到了原来座位的后一排，旁边是丹妮，一个不爱说话但是看上去脾气温和的女孩。我不敢再继续坐在翟向阳旁边了，我不敢再接他的话，我不敢再想他还要说什么。因为杨过最终和小龙女在一起了，来风陵渡口的，那是郭襄啊。

没有结局的故事，就别让它发生了吧。那段"革命式的爱情"，就让它消失在不是爱情的感情里吧。

5

丹妮不舒服，她让大巴车司机停车，她下车去吹风，我也跟了下去，车上的十来个同学也都三三两两地下车拍照。只有翟向阳紧紧地跟在我身后。

我决定把这件事向他讲清楚。

我走到一处僻静的地方，几棵繁茂的大树遮住了大巴车，盘山公路弯弯曲曲，钻进了夏天墨绿的苍翠里，空气里有很好闻的青草的味道。

有几棵斜斜的向日葵从山崖里探出头。

"我们就在这里说吧。"

翟向阳摸摸脑袋,说:"说什么?"

"说你想说的话啊。"

"我想说的?"

"对啊,不说我要去看丹妮了,她不舒服。"

他伸出胳膊拦住我,憋了好一会儿,才努力说出这句话:"我们认真聊一聊吧。"

那天风吹着白云,飞过我们头顶的蓝天。还有在盛夏的时光里,纷纷开放的巨大、色彩斑斓、不知名的花儿,还有一些看上去很美味的野果,它们争先恐后地散发着异彩,翟向阳就站在我身旁,满世界都是浓郁的香味,它们随风袭来,缠绕着我们年轻美好的面容。

翟向阳坐在了公路边,跟我讲起了他的小时候,他爷爷教过他一首诗:"生长古墙阴,园荒草木深。可曾沾雨露,不改向阳心。"他说他爷爷很喜欢这首诗,也就用"向阳"做了他的名字。

我笑着坐到他旁边,问:"你这个认真聊一聊,就是向我讲你的前世今生吗?"

他说:"不是,他说这首诗是在讲向日葵。"

他伸手指了指,我随着望了过去。有几朵向日葵在山崖间开得正好,像少年的心事一样烂漫。

"等秋天来临的时候那几朵向日葵就败了,等下一个夏天呢?它们还会再长出来吗?"我望着那几朵向日葵说。

翟向阳想了一会儿,说:"就算下一个夏天它们还在,那下下个夏天呢?下下下个夏天呢?迟早会再也回不来的。"

"是啊,人也是这样啊,一点儿一点儿长大,悄无声息地生长着。"

我有点儿悲哀地说道。

"可是不论什么时候，我们都可以继续实现那朵向日葵的愿望。"他笑着告诉我。

"向日葵的愿望？什么愿望？"我问。

他没有回答我，只是问我："你喜欢向日葵吗？"

"喜欢啊。"

"那你信不信我可以采一朵送给你。"

"太危险了吧！"

"如果我采下来了，你就答应我一件事好吗？"

"小孩子才打这种无聊的赌呢！"我大笑着拍拍他的肩膀，然后站起身来径直地朝大巴车的方向走去，我准备去看看丹妮怎么样，然后去和班里的几个同学拍照。

这次翟向阳没有伸出胳膊拦住我。

我不明白我为什么在最后一刻选择回避他的话，也不明白为什么他在最后一刻没有拦住我。很久以后，我安慰自己：并不是所有事情都会如人所愿或者按照一定的规则进行的，这个世界上的大多数事情，都是没有规则的并且是在一瞬间发生的，也可能正因为这样，人生才会很有趣。

那天的风凉凉的，丹妮蹲在路边，我还没有走近她，她就摇摇手，意思就是不用照顾她，然后我就和其他几个同学一起打闹拍照了，等我再看丹妮的时候，她已经上了车。

那个夏天过得很快，它顺着蝉鸣和雪糕的痕迹漫过脚背，潮水翻涌又高涨，所谓的青春就那样被淹没了。

从风陵渡回来之后，我和翟向阳就没再联系，这倒很默契。我再也不知道那个幼稚的打赌的结果——那朵开在山崖边的向日葵的结局。

他果然没采到，应该说幸好没折到。可是我有些时候突然想问：他为什么没采到？他凭什么没采到？

那时的我并不知道，其实向日葵是有的，只不过它在那个夏天走失了。也是在很久以后，我才明白，和翟向阳所谓的"在一起"只是人生的一小部分，而和他的错过，却贯穿了我的人生。

6

有一天，接到一通电话，是我高中时的班长打来的，他说："毕业五周年聚会，一定要来啊。"

我一边嘴里说着"好的好的"，一边心里算着，高中毕业五年了吗？怎么这么快？

他在挂断电话之前，还交代了一件事："麻烦你通知一下翟向阳，我没有他的联系方式。"

"翟向阳？我也没有啊。"

"不会吧，你们居然没联系？"他似乎对我们没联系这件事十分诧异。

我憋住一口闷气，问："我们为什么有联系啊？"

电话那头说："当年他想带你去风陵渡，你不去，他就想借个毕业旅行的由头，他可是求了我整整三天啊……你们怎么说不联系就不联系了呢？"

我一下子愣住了。

是啊，我们怎么说不联系就不联系了。可能……可能就是我没有收到一朵向日葵吧，想起这个唯一可能的原因，我自己都觉得很好笑，与此同时，一阵莫名其妙的失落和委屈涌上心头。

我最终还是找到了翟向阳的联系方式，从另一个老同学那里。老同学还顺便向我八卦了一番："翟向阳去年在悉尼泡了个洋妞，屁股大胸大，比基尼比他的袜子还多，只可惜没多久就分了。"

往前推算，正是我大三那年在寒冬的校门口遇见他之后的那段日子。泡洋妞？嗯，这确实是翟向阳的作风。

那个毕业五周年的聚会，我最终没联系他。

也许在那一刻，我才肯在心里承认，我对翟向阳是有埋怨和恨的，我埋怨他为什么没有采来一朵向日葵，让我能够放下骄傲，然后正大光明又顺其自然地走向他；我也恨他为什么要用那个无聊又幼稚的赌注决定我们"革命式的爱情"，革命结束了，爱情架空了，我们是不是该好好谈一谈，并重新建立一种可以拥抱的感情呢？

归根结底，我都不愿意承认，我对那个在电话那头叫我起床的翟向阳、会弹钢琴的翟向阳、没个正经话的翟向阳、带我去风陵渡口的翟向阳、打球总被盖帽的翟向阳、最爱郭襄的翟向阳，有一点点心动。

毕业五周年的聚会上，丹妮讲到那朵向日葵时很感动，她的眼睛里一直闪着不一样的光彩。"那是我人生中收到的第一朵花，虽然不知道是谁送的，但那是我整个暗淡无光的青春时代最缤纷的一件事。"然后她接着说，"其实说出来还是挺不好意思的，那时候我活得特自卑，觉得没有人注意到我，更没有人关注我，最严重的时候，我都不敢和别人大声讲话，很多个晚上，我都躲在被子里偷偷地哭。不过，我熬过了那些日子，是那朵向日葵救了我。"

她说的时候很动容，几个在座的女同学也感同身受一样，热泪溢满了眼眶。原来那自卑又平庸的少女心，人人都有。

那一定是一朵"亲爱的向日葵"。

有人插嘴说："向日葵的花语是沉默的爱和没有说出口的爱。"这种热闹的场合不适合煽情，只有八卦才能让这群年轻人沸腾起来。

"是李涛涛、翟向阳还是许奇啊？"

"肯定是许奇，这家伙又宅又闷，天天盯着二次元美少女，净来一些虚的，从不敢真刀实枪，高中时候就爱盯着女生看，可是话都不敢跟人家说！"

"那个翟向阳也说不准啊，听说现在一手一个悉尼小妹，日子过得可潇洒快活了，高中时就爱耍酷，原来大招还在后面呢！"

"我觉得是许奇，那次毕业旅行他本来还问我去不去，我说不去，风陵渡有啥好去的，他非要去，原来是有预谋的啊。"

……

我只觉得一阵眩晕，翟向阳真的为我采下向日葵了，时隔五年，我才知道事情的真相，可是为时已晚。爱情和承诺都无法衡量坚贞，也不能判断对错，只能证明，在某一刻，我们曾经彼此真诚相待过。

我站了起来，打算去趟洗手间。

推开毕业聚会包厢的大门，再关上，"嘭"的一声，那一阵一阵的喧哗和骚动就被我关在身后了。我一步一步地踩在地毯上，软绵绵的，像踏在云端，我不知道洗手间在哪个方向，就像当年，一个心高气傲的少女不知道该怎么接受一阵突如其来的心动。

我只觉得自己好像做了一个漫长的梦，在梦里，我们的大巴车停在深山里，我和翟向阳打打闹闹地下了车。那里可真美，云铺满天角，风盛满树干，阳光战栗，鸟声清脆，有几朵开得繁茂的向日葵融进了夏天。

我们走累了，就在一棵树下躺下。

醒来时，我们都尚年少，他折下一朵向日葵，配在我胸前。那一定是一朵"亲爱的向日葵"。

初雪来临的那一夜

初雪来临时,整个城市早已进入巨大的夜幕里,路上偶尔有车辆疾驰而过,车灯射出一道道狭长的光,像在暗处窥探城市的眼睛。

我匆匆地在睡衣外面披了件羽绒服就出门了,从单元楼到小区门口,哈出的白气在昏黄的路灯下升腾。小区门口停了辆闪着灯的出租车,司机正坐在驾驶室里狼吞虎咽一份炒面,我坐上出租车的后座:"去绣球公园,靠近挹江门的那边有个烘焙店,叫小叶姑娘烘焙店,就去那里。"司机一把丢下手里端着的塑料泡沫饭盒,发动了车。在一片孜然味儿的后座我才看到,因为出门时忘了换鞋,棉拖鞋上那对粉红兔耳朵被溅上了几滴可恶的泥点子。

我是去那里找李小叶的。上个月,陪伴我六年的笔记本电脑的主板芯片烧坏了,从网上查到那个牌子电脑的售后服务店就开在挹江门街道附近，可我抱着一台旧电脑在空荡荡的售后服务大厅找了好几圈都没有找到相关工作人员。当我忍着一口怒气选择离开那个离家十七千米远的地方时，街边一家烘焙店的名字像一道闪电似的，猛然击中了我——小叶姑娘烘焙店。

李小叶和我已经很久没有联系了，准确地说，从她当初退出烘焙社时我们就不再联系了，算起来已有六年时间。

烘焙社是我在大学时参加的唯一一个学生社团，虽然大学毕业时我的烘焙技艺已经十分娴熟了，但我还是选择进入了一家广告公司，做起了平面设计相关的工作，因为我的专业就是艺术理论，所以放弃烘焙也就是自然而然的事情了。

刚毕业时，我还兴致勃勃地在家里买了烤箱和黄油什么的，经常一时兴起就和男朋友一起做闪电泡芙、巧克力曲奇饼干，还有意式烤薯丁之类的，那些都是我在烘焙社学会的。可是时间久了，忙于工作，人也好像不愿意再花费时间和精力去做一些费心的事情了，我就不再做烘焙了。仔细回想起来，上一次做烘焙大概是在两年前了，因为很长一段时间不碰烤箱，我在做草莓派时没有控制好火候，一不小心就把整块面包坯都烤焦了，全浪费了，最后我和男朋友吃光了一整罐草莓酱。再后来，年前清扫家里的时候，我嫌那个烤箱摆在厨房实在太占地方，就丢到了地下室的贮藏间里了。第二天，那个原本摆烤箱的地方被我的男朋友——那时候他已经是我的未婚夫了——摆上了一台手动压面机。我也就是从那时起彻底告别了和烘焙有关的一切，唯一算得上有联系的，就是早上来不及吃早饭的时候，顺手在公司楼下的超市里买一块即食面包，一个月一两次的样子。

其实我本身对烘焙并没有热情，当初加入烘焙社只是一个偶然而已。那时我刚上大学，对所有的学生社团都抱有一种新鲜感，当我站在学生社团招新的大广场上犹豫不定时,烘焙社的一张宣传单被强行塞到了我手里,旁边是一个亲切的女生:"同学,欢迎加入我们烘焙社,在这里你可以吃到美味的北海道戚风蛋糕哟。"

虽然站在我对面的那个女孩子比我高出二十厘米左右,但当时她说话时浑身上下都散发着一种小女生的甜蜜气息。我紧紧地攥着那张宣传单:"你做的北海道戚风蛋糕很好吃吗?"

"当然了!"她有点儿得意地说,"我以后一定会开一家烘焙店的,名字我都想好了,就叫小叶姑娘烘焙店。"

那个女孩,就是李小叶。

我抱着那台旧电脑在挹江门街道看到"小叶姑娘烘焙店"这个招牌的那一刻,我感到浑身血液的流动速度都好像加快了一倍,脸也因为想起曾经发生过的一些事情而感到火辣辣的。我心里一直有个声音催促我进去看看,冥冥之中我觉得这家小叶姑娘烘焙店就是李小叶开的,可我一直站在那里,双脚始终无法从地上挣脱开。最终,我抱着那台电脑逃跑似的离开了。

回到家时,未婚夫正在捣鼓他买回来的那台压面机。案板上摊着一大片他已经捏好的面饼,仔细一看,那面饼的形状并不规整,薄厚也不均匀,他当年在烘焙社也是这样做食物的。他满手面粉地从厨房里走出来,有点儿抱歉地说:"修电脑的地方那么远,我以为你要去很久呢,所以就打算自己做面条吃。"

我把电脑放在玄关处的鞋柜上,问他:"自己做面条?你好像从来没用过那台压面机。"

他做出一个"这可难不倒我"的表情:"刚才已经压出一点儿面条了,不过粗细不均,是捏的面饼的问题,凑合吃吧。"

因为工作原因,我很少在家里做饭,冰箱里一般只会有番茄酱和沙拉酱,或者是开封了但没来得及吃完的榨菜之类的东西,偶尔会放一些剩饭剩菜进去。我的未婚夫是本地人,有自己的住处,偶尔会来我这里,我给过他家里的钥匙,但没想到那天他会来,所以也没有提前准备一些速冻水饺或者汤圆之类的应急食品。我一边换鞋一边问他:"吃面条的话,有什么菜吗?"

"我看冰箱里还有上次我们一起包饺子剩下的肉丝和木耳什么的,就打算做三鲜面。"

"包饺子剩下的菜吗?我都忘记了,不过做三鲜面的话,除了肉丝和木耳,还有什么?"

他打开冰箱门,用手指了指冰箱门后的夹层里我不知道什么时候放进去的几个鸡蛋:"这不是还有鸡蛋嘛。"

我摊摊手,笑着说道:"这顿饭可真够勉强的。"

我的未婚夫叫陈诚,他是个电气工程师,像许多男青年一样,对工作游刃有余,而对生活尤其是做饭、洗衣这样的家务事显得非常外行,甚至有时候那种得过且过的态度让人非常无奈。

我赶紧换了衣服去厨房帮忙,当我站在厨房的洗手台边洗手的时候,他温柔地从背后为我系上了围裙,看着水流的漩涡一圈圈地旋转,我本想把在电脑售后服务店附近看到那家小叶姑娘烘焙店的事情告诉他,可最终还是没有说出来。水声哗哗作响,他为我系好围裙,说:"最近你工作太忙,腰都细了。"

"没办法,工作上的事情实在太多了,吃饭时间都快要没有了。"我一边说,一边打开冰箱,把肉丝取出来。

他拦住我:"要不你坐在客厅休息吧。"

我摆摆手:"不用。"

"很多事情是需要自己调节的，工作再忙，也要有自己的生活。"

"现在我理解的是，生活和工作是融为一体的，这应该算是……成长的必经之路吧，如果执意把它们分开，那你会觉得生活狭窄得可怜。"我笑着说道，"而且工作以后，我才真正发现竞争的残酷，如果今天落后一步，明天就会有千军万马从你的头顶踩过。"

他想了一会儿，意味深长地评论道："归根结底，人和鱼没什么两样，鱼再怎么不想随江河的流动被冲到下游，铆着劲儿逆流而上，终归是在水里，这有点儿像一种……像一种自欺欺人的挣扎吧。"

我对他的话不置可否，他比我早两年工作，早已过了像我现在这样的"唯工作论"的生活状态，而他这样将人和鱼类比，无疑暴露出他其实并没有平衡好工作和生活，反而对人生持有一种悲观、消极的态度。不过这也没什么，这种态度其实就是那些三十岁左右为生活打拼的男性的真实写照，他们早已用啤酒肚替代了曾经理想中的八块腹肌。想着这些，我打开水龙头准备洗肉丝。

他拦住我说："你别洗了，我来洗。"

"怎么？"

他看了看我："你捏面饼吧，以前你在烘焙社做的面包就很好吃，你捏面饼也一定比较在行。"

我们赶在雪还没有那么大时上了绕城高速路，出租车像脱缰的马一样在空旷的道路上痛快地飞奔。我透过后视镜看到司机的脸，那是一张三十岁出头的年轻男子的脸，他皱着眉头，一副很着急的样子，感觉就像要赶紧把我送到目的地，然后继续吃那份被搁置的孜然炒面。

"这么晚了，突然下雪了，要是再晚点儿，咱们可就上不了高速了。"车子在高速路上疾驰了一段，司机突然说。

"我也是临时准备去的。"

他看了看中央后视镜,和镜子里的我的目光交汇:"这么晚了还要去那么远的烘焙店,看来那家烘焙店的糕点很好吃啊。"听不出他是在感叹还是在询问。

我没有回应他。

大概两分钟后,他好像想起来了什么一样:"小叶姑娘烘焙店?那个二十四小时营业的面包店啊!我想起来了,有次我开车路过那家店,顺手在那儿买了一包吐司面包片,还是夹了葡萄干的,不过味道上没觉得怎么样。"他笑着说道,"我听说那家的北海道戚风蛋糕特别好吃,打算下次买来尝尝。"司机抓着方向盘思索了一会儿,又补充道,"那家店老板娘很漂亮,个子不矮,看样子得有一米七五。"

"我也听说那家烘焙店做的北海道戚风蛋糕很好吃。"他还要继续往下说时,我有意打断了他的话。这几年,只要听到和李小叶有关的事情,我就觉得浑身不自在。如同一块长在胸口的息肉,即便我早已适应了它的存在,可只要有人挑起,我就能感受到心口的某一处僵硬无比,好像那里存在一个原本不属于我身体的异物。

手机在床头柜上震动起来的时候,正是夜里十一点,当时我正倚靠在床上读一本英国小说。我拿起手机,是陈诚发来的一条微信消息:"还没睡吗?"

当我在手机键盘上敲下"还没睡"几个字的时候,他又发过来一条消息,是兔斯基抱着一只牛奶瓶的动图表情。我最喜欢的动物是兔子,这一点陈诚记得比我还清楚,所以我家里的许多物件都包含兔子这一元素,绣有垂耳兔的沙发靠垫、有粉红兔耳朵的棉拖鞋、电视机上也有一只迪士尼动画人物朱迪警官的手办,这些都是他买来的。

"早点儿休息,我明天一早去接你。"他说。

我回答:"好的,晚安。"

"晚安。"

我又把手机放回到床头柜上,第二天是我和他在一起的六周年纪念日,在上一个冬天,那个五周年纪念日我们订了婚,当时约定好在一年以后领证结婚。我起身去了卫生间,脱衣服、调水温、挤牙膏、打沐浴泡泡、拉开浴帘,一切都和平时无异,而当我推开卧室门的时候,门"吱呀"一声,仿佛才让我回过神:我就要结婚了吗?这就要结婚了吗?

我光着脚站在卧室空荡荡的房间里,四周都是干净清冷的墙壁,床上摊开着那本英国小说,被子和枕头搅成一团。只有一盏床头柜上的台灯亮着,散发出那种柔软的暖黄色的光。

我二十八岁,和陈诚交往七年,久处于恋爱状态的我们早已没有了最初的悸动:不会再主动向对方索取拥抱,不会在清晨吻醒对方,不会为了下一个假期共同的旅行而期待很久,坐下来的时候我们最经常聊的话题是彼此手里股票价格的涨跌,偶尔也聊聊最近的国际新闻事件。我也不知道出现这些变化是因为人长大了还是因为爱情成熟了,如果早知道万物成长的结果会是这样,我倒宁愿不成长,宁愿幼稚地在生活里跌跌撞撞。

陈诚是一个性情十分温厚的人,对大多数事情都怀有宽容、理解之心,不会过分苛责什么。这七年里我们唯一争吵的一次,就是在这间卧室里,我已经不记得当时是因为什么事情而生气了,只记得当时他穿着一件米色的棉质睡衣,愤怒地将我过生日时他送给我的那只兔子造型的陶瓷杯摔在地上,"砰"的一声,那只陶瓷杯四分五裂,碎片溅到了衣柜门上、落地窗上,甚至是书架上。当时我一下子就愣住了,我自以为认识他很久也足够了解他的脾气,可我从来没有想到他也会发这么大的火，显然他自己也惊呆了，他站在我对面，盯着那些陶瓷碎片喘着粗气。

半分钟后，他沉默地走了出去，从客厅拿来笤帚把碎片都收拾进了垃圾桶，我自始至终都站在原地，没有挪动一步，也没有说一句话，像跟他对峙一样。打扫完那些碎片后，他开始坐在床边换衣服，他把衣服一件一件地穿好，然后转身出了卧室。关上卧室门的最后一刻，他抬头看了我一眼，他的眼睛红红的。在他打开客厅的防盗门准备离开时，我一把拉开卧室门从里面冲了出来，憋了很久的话像一个膨胀到极限的气球忽然炸裂了一样，我用尽全身的力气拼命喊道："如果是李小叶，你还会这么生气吗？"

如果说爱情是一条小溪，那么从发源地的泉眼开始就已经注定了消逝，而李小叶就是这条小溪在奔流途中不得不经历的暗礁。我不知道他有没有听到我拼命喊出的那句话，只听到防盗门"嘭"的一声，巨大的响动把我的声音关在了门后。

那件事发生的两个月后，我和陈诚和好了，和好的方式也十分简单，他发来一条短信告诉我，我最喜欢的那家先前因为装修而关门的桥头排骨店又重新开业了，问我要不要一起去吃。我当时正在公司赶一个项目报表，让他下班后接我一块儿去。

当我坐在桥头排骨店里费力地啃一块酱香排骨时，他还是像从前一样温柔地看着我，然后剔好一大块肉，小心地放到我面前的餐盘里。

"我不在的这段时间你还适应吗？"他问。

我沉默片刻，说："还好，快习惯了。就是一看见你的拖鞋、枕头、牙刷和杯子，就有些失落，以前打扫房间时在床垫底下找到你的臭袜子都会骂你，现在找不到了，却更加难过。"

他低着头，往一块肉上撒胡椒粉。

我夹起一块排骨，瞟了一眼他餐盘里那块沾满胡椒粉的肉，假装满不在乎地说:"你离开我以后,口味变得这么重了?"

他抬起头愣了一下,又"扑哧"一声笑了,我心里松了一口气,我知道我们和好了。后来,我们都很默契地再也没有提及所有在争吵的那一天发生的事情,生活又恢复了往日的温馨、宁静。可有关李小叶的事情依旧存在,那些事情也并没有因为我们的逃避而被淡忘,相反,越临近结婚的日子我越感到不安:她结婚了吗?她会不会突然出现?她的生活是什么样子?这些问题我都没有找到答案,就像我始终不知道我和陈诚吵架那日,我脱口而出的那句"如果是李小叶,你还会这么生气吗?"他到底有没有听到,还是他拒绝作答。

我站在床边回想起这些事,头发没有吹干,湿漉漉的发丝滴着水,一滴一滴地打到脚下的木质地板上。我没有将上个月在挹江门街道见到那家小叶姑娘烘焙店的事情告诉陈诚,其实我也不确定他是否愿意知道这个消息。想这些事情的时候,我听到扑簌簌的声音,好像什么东西在扑打窗子,我走过去,拉开窗帘看向外面,漆黑的夜里飞舞着一群白色精灵——这一年的初雪来临了。

手机又震动起来,还是他的微信消息:"虽然已经说过晚安了,但是我还是忍不住想问一句,我们就要结婚了,真的准备好了吗?"

"真的准备好了吗?"这句话陈诚以前也问过我。那时候我们还在上大学,在同一个烘焙社里,烘焙社里全是一些叽叽喳喳爱吃甜食的女孩子,只有两个男生,其中一个就是陈诚,另一个我们都叫他"胖子"。

烘焙社的社长是李小叶,那是一个身高一米七二并且走到哪里都高昂着脖子的女孩子。我向来不喜欢那种看起来趾高气扬的女孩,可说来也奇怪,自从在社团招新的大广场上被硬塞了烘焙社的那张宣传单后,我并没有对这种气质的李小叶产生任何厌恶之情,相反,后来相处下来,我发现李小叶并不是我印象里那种高傲冷漠的女孩，而是大大咧咧的，这一点和我很合拍。她会做很好吃的北海道戚风蛋糕，并且做牛角面包和玛格丽特小饼干的手艺也不错，总之，我们的烘焙手艺都是她教的。

那时候，陈诚是李小叶单方面的男朋友，所谓单方面是说，李小叶向我们介绍说陈诚是她的男朋友，而陈诚从来都不承认，每次都急急忙忙地摆摆手，一脸严肃地让李小叶不要胡说。

一开始，陈诚并不是烘焙社的，只是有时候烘焙社举行活动，他会来参加聚会，因此，我们也见过几面。每次聚会活动上他都很少主动讲话，而是一会儿看看电子秤，一会儿又摸摸电动打蛋机，我当时只觉得他是个很浮躁的人。一次偶然的机会，我们吃完了一整个芒果千层蛋糕，然后一边收拾，一边聊天。我说，我是北方人，以前特别喜欢吃一种叫作桥头排骨的小吃，不过到这座南方城市读书后，我就很少吃到正宗的北方口味的桥头排骨了。当时陈诚的手里拿着一摞用过的一次性餐盘，他神采奕奕地向我介绍了一家做桥头排骨很好吃的小店。可他讲了半天我也没懂他说的小店在哪里，后来他直接把那一摞餐盘放在旁边，顺手抽了一张烘焙社的宣传单，很快就在背面画了张地图，而且画得非常好。我虽然很淡定地接过，并说了声谢谢，但其实内心十分波动，那种感觉该怎么形容呢，可能那个时候就心动了。其实所谓的心动并不是对方为自己做了什么，而是对方在做一件事情的时候本身带有某种特质。

那段时间我经常因为毕业以后是考研还是工作这件事和家里人争论，关系闹得很僵，经常在电话里讲着讲着就生起气来。有一个周末，我一个人买了电影票去鼓楼看电影，当我爬上鼓楼地铁站长长的楼梯时，他正从对面走下来，我认出他就是那个给我画地图的人，但是他不记得我了。

我说："我是李小叶的朋友，也是烘焙社的。"

他一拍脑袋，说："想起来了。"他又问我："你去看电影吗？要不一起去吧？"

不过我拒绝了他，理由是怕李小叶生气，然后像逃跑一样进了电影院。我那天看的电影是《环太平洋》，但是完完全全看不进去，一直在想：我为什么要拒绝他呢？完全不用在意看场电影吧。可能我那时已经喜欢他了吧。

第二天他打电话来，我也不知道他是从哪里弄到我的电话号码的，但当时我已经顾不了那么多了，他说他有两张免费射箭的奖券，邀请我一起去学校附近的一个射箭馆射箭。我答应了。虽然这些事情我没法理解，但它确确实实就那么发生了，在此之前，我从来都没有过那种感觉。我本以为他擅长射箭，可后来才知道，他和我一样，都是第一次去。射箭馆的老板人很好，亲自教我们射箭时的站姿、弓该怎么拉、怎么戴护指，等等。当我射出的第一支箭"嗖"的一声向前冲去的时候，我能感觉到我内心的箭也在那一刻离弦了，我慌慌张张地放下弓，那支箭牢牢地插在了靶心的位置。那个射箭馆的老板从座椅上腾地一下站了起来，有点儿惊喜地叫道："小姑娘，你是第一次射箭吗？看来你很有天赋啊。"我不好意思地笑笑，用余光看了陈诚一眼，当时他拉满了弓，并没有看到我射出的那支箭，我心里的感觉该怎么形容呢，有些着急地想要他看到吧。

回到学校后，我们没有跟任何人提起我们在鼓楼遇到过，也没有提一起去射箭馆的事情。两个星期后，陈诚加入了烘焙社，那时的烘焙社已经是学校里小有名气的社团了，因为场地和原材料有限，加入烘焙社的同学需要经过面试。"不过，如果是男生，可以不用面试。"这句话是社长李小叶说的，她告诉我们的理由是："男生的味蕾和女生的不一样，烘焙社里多加入几个男生有利于提高我们做烘焙的品位。"

当陈诚站在我对面要求加入烘焙社时，我有点儿怯怯地告诉他："我们烘焙社都是一群女孩子，如果你不介意在一群女生中做枣泥蛋糕和黄油曲奇的话……"我很坦诚地告诉他这些，可我话还没说完，他就已经在填烘焙社的报名表了，动作迅速，和他当时为我画下那张地图时一模一样。

后来陈诚就加入了烘焙社，不过他好像对烘焙并没有什么兴趣，而且手很笨拙，虽然为我画下那张地图的也是他，但是拿起擀面杖、打起鸡蛋花的他就像另外一个人了，就连分清黄油和蛋糕裱花时用到的黄色颜料他都用了很长时间。

他加入烘焙社很久以后，依然什么都不会做。再后来，有一次他一个人留在烘焙社，打电话让我快点儿过去一下，电话里没告诉我是什么事情。我火急火燎地赶过去，一路上都在思考他到底是把面包机弄坏了，还是不小心把面粉袋子弄倒了。当我到的时候，他一个人站在烤箱边上。"你信不信会很好吃？"他问我这句话的时候，眼睛是眯着的，就像空气里有什么味道，需要眯着眼仔细嗅才能感受到一样。

原来他做了糕点，不过还没有出炉。于是，我们一起站在烤箱边上等了十分钟，那十分钟里我们有一搭没一搭地聊着，不过那些话题都和李小叶无关，也和那天在射箭馆发生的事情无关，只是聊另外两个烘焙社的成员，交流蛋黄饼干怎么做会更酥脆之类的事情吧……总之，我们就那样聊了一会儿，同时我也做好了心理准备，无论之后打开烤箱时面前的情况多糟糕我都做好了准备。十分钟就在聊天和我的胡思乱想中过去了，他带上烘焙手套准备打开烤箱门。"你准备好了吗？"他问我。

我点点头。

"真的准备好了吗？"他又问道，烘焙社的灯光不是很亮，他问这句话的时候眼睛亮亮的，像夜空中的星星一样。

我不知道我有没有准备好第二天结婚，我还没想清楚婚姻于我而言到底意味着什么，是因为彼此相爱到确实需要以婚姻这种形式来表达，还是生活太过于单调和无可奈何，我们必须换另一种方式生活，我不知道。

我站在卧室里，一切都安静得出奇，我甚至能清晰地听到床头柜上那只闹钟的秒针嘀嘀嗒嗒走动的响声，忽然，一种强烈的念头冲上了我的大脑，占据了我全部的思想：我要去找李小叶，我要化解我们之间曾有的却一直没有机会说清的误会，我要向她坦白，站在这些不由人决定的感情面前，渺小的我有着怎样的愧疚和无奈。我要获得她的谅解，只有她谅解了我，我才能谅解自己，才能坦坦荡荡地和陈诚继续走下去。

于是我穿上睡衣，又在门口玄关处的衣架旁披上羽绒服，连拖鞋也忘记换，就冒着雪出了门。

陈诚和李小叶是高中同学，在读大学时两个人又机缘巧合地进了同一所大学的同一个学院，可能是先前认识的缘故，两个人在刚入学的时候就走得近了些。那个时候新生军训，每到傍晚陈诚就骑车载着李小叶满校园逛，学校里所有的路都被他们走了一遍。陈诚很喜欢在风中飞驰的感觉，每当这个时候，李小叶就会惊叫着从后面搂住他的腰，她的长发在风里乱舞，时不时打在陈诚的脸颊上，有一种恋爱的错觉。

学校在郊区，有一次他们骑车出了校园，往更偏远的那个方向走。他们骑了很久，直到几乎看不到任何建筑，忽然天色一沉，乌云瞬间凝聚到了一起，转眼间，暴雨倾盆而至。陈诚赶忙将自行车停在一棵大树下避雨，他们的衣服、头发都已经被打湿了，雨势依旧很大。

李小叶担心地问他："我们是不是回不去了？"

陈诚笑着挤对她："还不是你一直说学校玩腻了，这次才跑这么远，现在又害怕了？"

李小叶说:"我才不怕,我只是觉得,如果到了晚上雨还不停的话,你生病了怎么办?"

　　陈诚后来告诉我,他在听到李小叶的这句话时内心一阵感动,没想到在那个时候,她想的都是自己。陈诚将外套脱下来,遮住两人的脑袋,而李小叶仿佛知道即将发生的事似的,躲在他怀里一言不发,陈诚的心怦怦直跳。在他抬头望天的时候,李小叶凑了上来,本想吻他的嘴唇,却一不小心吻到了他的下巴。

　　那时候陈诚还是个木讷的男生,即便全身的血液都涌到了头上,他也倔强得一言不发。

　　那天之后,陈诚明显感觉李小叶的性格变得文静多了,说话也变得轻声细语,走路也不再蹦蹦跳跳,就连见面打招呼都低着头。以前他们一起出去玩,见面的时候李小叶总是二话不说,张开手臂搂住他的脖子,而现在,她会穿着长裙,在陈诚的宿舍楼下安静地等待,等到他过来,然后递给他一颗已经洗干净的苹果。

　　后来李小叶加入了烘焙社,她很喜欢做烘焙,并且天赋很高。有一次,陈诚无意间说她做的北海道戚风蛋糕味道不错,她就更加苦练做北海道戚风蛋糕的技艺。第二年,先前的社长因为出国交流退出了社团,李小叶就接任了烘焙社社长的职位。李小叶之前也曾邀请过陈诚加入烘焙社,可他毫不犹豫地拒绝了:"你们烘焙社都是女生,我可不想夹在一群女生中间。"

　　在陈诚加入烘焙社的第二个星期,李小叶就退出了社团,猝不及防,甚至连一个离开的理由都没留下。她知道了我和陈诚去射箭馆的事情?还是陈诚告诉了她些什么?又或者是她自己发觉了什么?这些问题我都没有问过,但并不代表我对这些问题没有疑问,我不知道该如何开口,只能任由它们在我的心中慢慢发酵,最后成了一片我害怕触及的沼泽。

毕业前夕，我无意间从烘焙社的另一个女同学那里听到了有关李小叶的情况，那位女同学说："有很多人追求李小叶，但是不知道为什么，李小叶一个也看不上，宁肯自己一个人上课、吃饭，三点一线。"

我当时听完她的话，只是面无表情地"哦"了一声，我知道有些人一旦投入感情里就难以自拔，之后很难再顺利地谈恋爱，仿佛前半生的感情全都在那时一泄而空了。

我深深地靠在出租车座椅上，透过车窗玻璃向外望去，落雪在寂静的夜里飘洒，沉睡的城市呈现出一片朦胧的光。我们下了高速，这时候司机打开了深夜电台广播，女主播用聊天似的口吻预报着第二天的天气，声音温柔，给这个夜晚中的城市最宁静的慰藉。

到小叶姑娘烘焙店门口时，司机笑着提醒我下车时带好随身物品。说完，他又补充了一句："这家的北海道戚风蛋糕味道真的不错，好多人都说过。"我点点头表示认同，然后"啪"的一声关上了车门。

在烘焙社，当时陈诚打开烤箱门，也是"啪"的一声。三秒后，我简直惊呆了，还没来得及看清烤箱里的面包是什么样子，我就已经被扑过来的气味深深折服了。那种味道真是太美味了，以至于在闻到那种味道的那一刻，我就忘记了一切，唯一的想法是如果这种味道能留在我身边一辈子就好了。

陈诚把他做的榛子布丁蛋糕从烤箱里取出来，那天，我们俩就窝在那间小小的屋子里吃蛋糕，连灯光都是甜甜的味道。我们把刀叉拿在手上，布丁奶冻拍在舌苔上，榛子在唇齿间"咯嘣咯嘣"地跳跃，蛋糕胚像棉花一样软，一口咬下去，牙齿就被淹没了。我们就那么吃啊吃，直到再也吃不下。

我始终不知道一向手很笨拙的他那天是怎么独自做出那么美味的榛子布丁蛋糕的，但吃完那个蛋糕，我们就在一起了。

对于我和陈诚在一起这件事，起初烘焙社的其他成员都表示很诧异，不过没过几天大家就都接受了，但是胖子表现出的态度不一样，陈诚说过："我总觉得他看我的眼神有种敌意。"

胖子是烘焙社里的另一个男生，是在陈诚进入社团的第二天来的。他告诉我们，他之前加入的社团是话剧社，但是因为身材的缘故，他经常被要求穿上熊皮或者虎皮之类的衣服在英文话剧里扮演没有台词的猛兽，胖子离开话剧社时，他们正要排练《无人生还》，他强烈要求扮演里面的沃格雷夫，但是话剧社的社长以"你没有在台上说过台词，所以不能扮演主角"的理由回绝了他，于是他一怒之下脱下那些兽皮，投奔了我们烘焙社。

胖子脾气火爆，但和我关系很好，而且他做烘焙很厉害，我们经常在私下交流做烘焙的经验和心得。在陈诚还没有弄明白烤箱怎么用时，胖子就悄悄地把我喊到一边，说他做了蔓越莓饼干，想让我尝一尝。那一盒蔓越莓饼干装在一个很漂亮的铁皮盒子里，他打开盖子，它们整齐地躺在那里，蔓越莓干像暗红色的琥珀一样温柔地镶嵌在饼干里。我拿起一块，轻轻咬了一口，饼干十分酥软，并且那种酥软是用心才可以做出来的。看我吃完那口饼干，他向我投来一种期待的目光，并且有点儿不好意思地问我："你说，如果我把这盒蔓越莓饼干拿给李小叶吃，她会不会喜欢？"

毕业后，胖子离开了这座城市，去上海的一家咨询公司工作，但是我们一直保持着联系，也算得上很要好的朋友。前一年胖子来我所在的城市出差，我们也单独见了一面，地点约在一家靠近地铁站的面包店里。

胖子告诉我说:"我在毕业后见过李小叶一次。"

当时我的心一下子就悬了起来,急急忙忙地向他打听李小叶生活的近况。

胖子摇摇头说:"我也不清楚,当时见李小叶也只是因为听说她在人才市场工作,想托她办个事。李小叶已经不是当年那副挺着胸昂着头一脸高傲的样子了,大概是人成长了,不自觉地就认清了生活的真实。"

那天,我们在那家面包店也点了份蔓越莓饼干,远没有胖子做得好吃,但是我还是可以勉勉强强地把那一整份都吃完。"是啊,生活远没有从前我们想象的那么容易,而且我发现我越来越麻木不仁了。"我笑着说,又拿起了一块蔓越莓饼干,"就像这样,没那么好吃,但也可以接受。"

"不要太悲观了。"胖子说道。

"我没有悲观啦。"我咬了一口饼干,因为饼干不够新鲜,口感有些软糯,"不过也谈不上乐观,就是这样,每天一睁开眼,就要迎接新的一天,没有好也没有坏,就只是过下去。"

"你也不要太多想关于李小叶的事情,不用后悔,更不用愧疚,那些都与你没有关系。"他突然说,好像看明白了我心里在想什么。

"我明白你的意思,只是——"

我的话还没说完,胖子就抢着说:"不要只是了,不是每一个问题都能得到满意的答案的,往往你想得越多,你就越难理解这个复杂的世界。我觉得李小叶现在应该有她正常的生活轨迹,是好是坏都和你没关系。"他又低下头,像是在对自己说一样,"也和我没有关系了。"

我深深叹了口气,继而又笑着评论他:"你还不到三十岁,说起这些就这么一副老气横秋的模样了。"

当时我和胖子还说了些什么我已经记不清了,大概都是一些无关痛痒的话。比如，烘焙社里，谁做了老师，谁出国留学现在已经读博士了，还有谁结婚了。我们人生唯一的交集就是烘焙社，所以我们所有的话题都围绕着烘焙社展开。最后，我告诉他："我也快结婚了。"

"哦。"他坐在那里，不带任何情绪地说，"和他吗？"

"是的。"

他沉默了很久，然后抬起头看着我，说了一句听上去和我快要结婚这个话题毫不相干的话："记得那时候大家都还在烘焙社，有你，有我，还有陈诚，李小叶也在。有一次我们一起烤吐司切片面包，李小叶戴着口罩，她的眼睛特别漂亮。后来李小叶离开了烘焙社，我很久都没办法释怀，也因此十分嫉恨陈诚，他伤害了李小叶，可我对你并不抱有怨恨，你以前和李小叶的关系很好，我想她也不会怪你的。"他接着说道，"毕业以后我一直试图找到长着像李小叶那样的眼睛的女孩。你会觉得可笑吧，有一次我真的找到了和她的眼睛一模一样的女孩，可是那个女孩摘下口罩的那一刻，我就觉得很失望。"

我笑了笑，没有说话。

那天我们在面包店旁边的那个地铁站分开时，胖子忽然问我是否还记得他做的蔓越莓饼干，他一直没有勇气把那份饼干拿给李小叶吃。我笑着拍拍他的肩膀，说："当然记得，你做的蔓越莓饼干是我吃过的最好吃的蔓越莓饼干，如果李小叶吃到了，她一定也会这么觉得。"

他点点头，也对我笑了笑。

我从包里拿出地铁卡，刷卡进了站，胖子突然从人群中喊住了我："那个，没有人怪你啊。"

我停下脚步，他站在我背后说："那个，我其实挺讨厌这句话的……我人生中只打过一次人，我以前说过吧，我在进烘焙社之前，曾经做过一段时间的兼职，是为一个公司做通讯录，一小时十八块钱。当时同一个部门里有个叫婷婷的女孩,大名是什么我都不知道,只知道大家都喊她婷婷。她在那年五月结了婚,可是六月的时候,她的丈夫就因为一次车祸去世了,然后,公司给她放了一个月的假,后来回来上班了。"

我背对着他,没有说话,胖子继续说道:"婷婷的座位离我有点儿远,她非常瘦,但工作十分认真、努力。当时我们部门有个副部长,过来了,让婷婷站起来,然后就死死抓住她的胳膊,对她说了这样的话:'你要振作起来啊!要加油啊!发生这样的事不是你的错,没有人怪你啊!'然后我就从座位上看到婷婷的肩膀在颤抖,我还没反应过来,就不自主地打了那个副部长,后来兼职的工作也就没再做下去了。这种话其实是不应该说出来的,虽然自己在心里想想就好了,那个,我是想说……"

不知道是他的哪句话感染了我,还是他理解了我一直对李小叶心存愧疚,我感到鼻头一阵酸楚,只能站在原地深深地吸一口气,然后努力憋住眼泪,不让它落下来。

"你要振作起来啊,打起精神来。我是说生活就是这样的……没有人责怪你。"他顿了顿,又说道,"对不起,我说多了。"

"胖子……"我转过身。

"对不起!"他大声说道。

"胖子。"

"对不起!我不应该说这些的。"他转过身疾步离开,走向地铁站中来来往往的人流。

我大声地在背后说了句:"谢谢,谢谢你!"

他停下了脚步,我看着人群中那个有点儿肥胖的背影,继续喊道:"谢谢!谢谢你说的这些话。"继而,眼泪无声地落了下来。

站在小叶姑娘烘焙店门口,已经临近夜里十二点了,透过玻璃门能看到一位男服务生正趴在前台打盹。我推开门进去，门口的电子感应器发出的一声"欢迎光临"吵醒了那位男服务生。他揉了揉眼睛，立马站起身，努力用一副精神抖擞的样子问道："您好，请问您需要点儿什么？"

"北海道戚风蛋糕。"我说道，"听说你们老板做的北海道戚风蛋糕很好吃。"

他一边在电脑上操作着，一边回答我："是啊，北海道戚风蛋糕是我们店里的招牌蛋糕。"

"那你们老板是叫……小叶吗？"我有点儿迫不及待地问道，继而又尴尬地掩饰说，"我看店名叫小叶姑娘烘焙店。"

服务生打好了小票，递到我手上，说："小叶是一个六岁小姑娘的名字，是我们老板的女儿。您的订单已下，请您在这边稍候。"

"你是说，你们老板不叫小叶？"

"我们老板也就是我们店里的烘焙师，他是一位男性，您说的小叶，应该是一位女性吧。"

猛然间，我的心像被什么深深戳中一样，原来一切都只是巧合而已，我终究没有找到李小叶，终究没有机会知晓她在离开烘焙社时和之后发生的事情。

我让服务生打包了北海道戚风蛋糕，然后转身离开了烘焙店。雪还在下，并且有越下越大的趋势，街边的路灯下停了辆出租车，打着双闪灯。我走过去，还是刚才送我来的那辆出租车，司机正在驾驶座吃剩下的那半份孜然炒面。他看到我，很费力地咽下满嘴的面条，问道："要回去吗？我马上就能走。"说着，又把没吃完的炒面放到一旁。

我拉开门，坐到后排的座位："没关系，我不着急，您吃完吧。"

他说了声谢谢，就继续狼吞虎咽起来。吃罢，他从旁边摸了一瓶矿泉水猛灌了几口就出发了。

在孜然的味道中，我想起了很多事，想起了射箭馆里正中靶心的那支箭，想起李小叶和陈诚在那个潮湿闷热的夏末那个错位的吻，想起胖子告诉我的"生活就是这样，没有人责怪你"，想起李小叶把那张烘焙社的宣传单强行塞到我手上时那句信誓旦旦的"我一定会开一家烘焙店的"，还想起摆在电视机上的那个朱迪警官的手办。街灯在出租车的呼啸声中明灭交替，不知道那些一闪而过的指路牌指向哪里，路面已有积雪，在光下微微绚烂着，脚下的路一直延伸到远处。

"刚才谢谢你了，从下午四点接班到现在就吃了那一份面。"司机不好意思地说道。

"没关系，面一定凉了吧？"

"干我们这一行的，一年到头可没吃过几次热乎的饭。"

"那真是辛苦。"我想起手边刚买的那份北海道戚风蛋糕，就对司机说道，"我这里有份打包好的北海道戚风蛋糕，就留给你吃吧。"

他拒绝道："不用不用，那怎么好意思啊。"

"没关系。"我说，"我……我有个好朋友，她做的北海道戚风蛋糕很好吃，是全天下最美味的。"

我的这句带着些许稚气的话让司机发笑："那谢谢你了，你那位朋友也是开烘焙店的吗？有机会我一定要去尝一尝。"

我望向窗外，白茫茫一片："她，应该也开了家烘焙店吧，会有机会尝到的。"

司机不再说什么了，车里又恢复宁静，直到进了ETC高速收费口，司机才发出一阵感慨："这可是今年的第一场雪啊，看样子明天还会下。"

"哦？"

"明天没什么事就不要出门了，在家里看看雪景肯定很舒服。"

我顿了顿，说："明天我结婚。"

从中央后视镜里看到司机的脸上先是惊讶，瞬间过后，笑容从嘴角慢慢铺展开，他说了句："啊，这样啊，恭喜你啊。"

我也对着后视镜里的他笑了笑，不再言语。外面的风声越来越大，渐渐地把车里空调运作的噪音和司机似有若无的说话声全淹没了，我总觉得有一群不得而见的无头战士正从窗外呼啸而过，因为我好像听见了兵器摩擦的声音，其实那是雪声。

恍惚中我慢慢闭上了双眼，在那些起起伏伏的梦境之间，我感觉有一个人在黑暗中轻轻地拍了拍我的肩膀，她凑到我耳边，十分温和地说："你不要担心，也不要害怕，这些都只是再普通不过的婚前焦虑而已。李小叶早已有了她自己的人生，胖子也有他自己的生活，总有一天你们会再相见，那时候你可要记得啊，记得你们曾一起走过那个交织着爱和被爱、遗憾和嫉恨、误解和遗忘的真真切切的青春时代。"

出租车依旧在飘着初雪的大地上飞驰，一步一步地深入苍茫天地之间。我想我在那一刻终于谅解了自己，就像谅解了长大以后并不完美的生活和庸常琐碎的真实人生。

我最好朋友的婚礼

我是在早晨七点被通知分手的,尽管我早就料到这段感情会有这样一个结局,但是我还是不死心地问了一个很煽情的问题:"从今往后,你的身边都不再有我了,你想好了吗?"

"想好了。"对方秒回信息。

我想了一会儿,手指在手机键盘上一阵噼里啪啦地狂按:"你有没有想过会有这么一天?"盯着屏幕上的这句话愣了十分钟,最终还是在点击发送键的前一秒,删除了这条信息。

对方是和我恋爱长跑九年的男朋友,在他说这句分手之前,我们已经冷战了将近一个月,在冷战之前,我们吵过无数次。就在所有能被用来吵架的理由都被我们用过了,我们以为再也不会吵架的时候,我们就这样分手了。

原来真正分手时是不会吵架的。这样想来真让人感到沮丧。

我就这样开始了一个人的生活，其实和之前没有什么大的不同，只不过不用再盯着手机看他有没有发消息过来。我依然住在原来租住的房子里，因为和他是异地恋，他在这间屋子里留下的痕迹也并不多，我不会做饭，他每次来都会在厨房里做蛋炒饭或者水果沙拉之类的，分手后我除了把所有的厨具统统扔掉之外，并没有做其他改变。我依然每天固定在食堂吃三菜一汤，但没吃几口就觉得索然无味。夜里推窗张望，只有蛙声一片。娱乐活动主要是看幼稚的综艺节目，也有不慎点开灵异节目的时候，吓得我连续看了几十张猫的搞笑动图才平复心情。没有添置任何家用东西。直到一次暴雨夜才意识到有必要买把伞，那晚心情异常失落。

我是在去房屋中介公司的路上接到林秋的电话的，她是我最好的朋友。当时我想去中介公司重新租一套房子，因为那天中午我在洗衣机后面发现了他以前掉在那里的一只袜子，我以为我会平淡地把那只袜子扔进垃圾桶，事实上我确实那么做了，可我没想到的是，在我把洗衣机里洗好的衣服一件一件拿出来，并且一件一件晾在阳台上后，我忽然不知道我接下去该做什么了。一瞬间怅然若失，午后的阳光打在我身上，我就蹲在阳台上哭了起来。我知道我不能再继续住在那里了。

林秋在电话里说，她要结婚了，请我做伴娘，婚礼时间定在第二个周末。接到这个消息时我只觉得十分突然，但一点儿也不惊讶，虽然我之前从来不知道她有哪个可以结婚的对象，但最近一两年，周围的朋友陆续结婚，每个人的结婚对象都好像一夜之间冒出来的，以前从未听说过。被通知的次数多了，就好像对这个话题免疫了，大家都不再关心对方和谁结婚了，更关心的是自己又该出份子钱了。有时候我会觉得，好像结婚并不意味着和另一个人开启一段新的旅程，而是成长到某个阶段必须举行的仪式。

我在电话里说了几句恭喜之类的话，就急于结束对话，我害怕林秋会忽然提一句让我带着男友去参加婚礼。我们三个是高中同学，林秋见证了我们整个恋爱过程，在她和她的前男友们分分合合的那几年，她还曾一本正经地跟我说过："要是哪天你们俩也分手了，那这世界是真的不存在真爱了。"

在中介公司看房子的过程异常顺利，也或许是我的期许并不高，我只要求靠近地铁站和便利店就可以了，所以我火速敲定了一套房子，希望三天之内就能换到那里。

大学毕业后，我留在了上海，工作比较自由，不用坐班，只是偶尔要开会，所以我大多时间都在家里工作，觉得闷的时候就到楼下走一走，看看天空。到现在为止，我已经在这里住了三年半，怎么说呢，我好像只对我居住的周边比较熟悉，上海对于我来说，还算是一座陌生的城市。林秋大学毕业后去了英国留学，回国后，直接回到了我们从前生活的北方小城，顺利地进入了一家银行做了令人羡慕的工作。

有一次，她在电话里跟我聊天，她说："有时候我会怀疑自己选的路对不对，从前那么努力就是为了离开小城市，可最后还是回来了。"

我笑了笑，告诉她："其实不管你怎么选择，都会后悔的。要是让你重新选择一次，你未必会选择另一条路。"

她在电话那头笑着说："你太悲观了。"然后她就没有接着说下去。

我订了下个周五晚上的机票，一千多公里，航程两个半小时。可当晚我到机场时才被告知航班将晚点三个小时。在机场等待的时候，我突然发烧了，窝在咖啡馆里，喝了五杯十元一杯的白开水，希望把感冒压下去。最近很多事情都不顺利，我在搬家时不小心划伤了手，和榨汁机配套的玻璃杯不小心被打碎了，搬家公司还弄丢了我的一个纸箱，后来想起纸箱里有一本他从前送给我的《兔子什么都知道》，就不想再继续和搬家公司纠缠弄丢我纸箱的事了。

上了飞机，莫名其妙地被升了舱。空姐拉上帘子后，头等舱只有我，窗外是深蓝的夜空，机舱里灯光昏暗，寂静得像一片无人到达的海。

我和林秋是在高二文理科分班以后认识的，我们俩被分到了同一个理科班，还做了同桌。刚坐下，她问我的第一句话就是："哎，你为什么选理科啊？"

我当时正在书包里掏一本小说，头也没抬，说："因为我喜欢的男生选了理科，我就跟着来了。"

林秋的眼睛简直像发光了一样，她惊喜地叫起来："好巧好巧，我也是我也是！"

"你也是？"我停下掏小说的动作。

"对啊，只可惜我选了理科也没和他分到一个班，他们班在我们楼上。"

"这样啊，那我比你幸运一点儿，刚才我在教室门口看名单表，我喜欢的那个男生也在我们班。"我把小说拿出来。

林秋迅速地把那本小说抢过去，几乎瞪着眼睛说："那你还看什么小说啊，你的生活可比小说有意思多了。"

"怎么有意思了？"

"你每天都能看到自己喜欢的男生啊，上课的时候可以偷偷地瞄他；他被点到回答问题的时候，你可以光明正大地看他；每次出教室门都能故意绕到他座位旁边走；还能当课代表，打着收作业的幌子找他，这些难道不是有意思的事情吗？"

我扑哧一声就笑了，问她："你叫什么啊？"

"林秋。"

在我和林秋认识一个月零九天的时候，我和我喜欢的那个男生在一起了，他叫高进，当时谁也没想到，这段感情，持续了九年。

那时候我对高进是一种明目张胆的暗恋，总故意找他碴儿，希望能引起他的关注，在那个年纪，不管是有意还是无意，只要那个人能多往自己的方向看一眼，我就会欣喜若狂，多年之后，那样的快乐早已荡然无存。那时候，我几乎每天都会想入非非，幻想着各种与他搭讪的场面。在一节物理课上，老师讲《功和能量》那一章时，其中有一个例题是一个人提着一个重物爬楼梯，最后问这个人做了多少功。我没有计算他做了多少功，而是在想到有一天高进从楼梯上滚下来摔断了腿，我使出全身的力气背起他朝医院狂奔，并且发誓这辈子都要守在他身边，最后他躺在病床上含着泪吻了我。

我把这个幻想小声地告诉林秋，她被逗得笑出了声。物理老师瞥了她一眼，喊她站起来，问："这位同学，你笑得这么开心，一定是知道这个人做了多少功。"

林秋脑子一抽："都是无用功！"她的话音刚落，笑声就像炸弹一样，"轰"的一声在教室里炸裂了。只有我满脸通红地低着头。那天窗外夕阳无限美好。

没想到的是，第二天，我经过楼梯口的时候，林秋真的推了一把高进，不过他没有摔倒，更没有摔断腿，只是不偏不倚地撞倒了我。那天太阳很大，晃得我刺眼，还没等我反应过来，高进已经背着我往医务室的方向跑了。我心慌和兴奋得厉害，感觉就像有个锤子在猛烈地敲打我的胸口，恍惚间我以为这一切又是我的幻想，直到听到他气喘吁吁的喘息声我才回过神，他的额头上冒出细密的汗珠，我在他背后小声说："我没事的，不用去医务室，你放我下来吧。"后来，没去医务室，我们俩就不好意思地一起走回了教室，路上聊着哈利·波特和周杰伦什么的，我一直没敢抬头看他。

第三天，我们就在一起了。

林秋自始至终都没有和她喜欢的那个男生在一起。

那时候课间操和升旗仪式成了她最期待的活动，茫茫人海，她总能寻寻觅觅地将目光定位到她喜欢的那个男生身上，偷偷瞥一眼，然后把冗长无趣的仪式变成一个甜蜜的独家记忆。林秋也在我的怂恿下尝试过表白。有一天放学后，我陪她悄悄从窗户翻进那个男生的教室，只为了在他的课桌里藏一封情书。我们藏了三四次就没再继续，因为那个男生没有任何回应，并且在最后一次翻窗而进的时候，我们被学生会的一个女干部逮到了，她把我们带到了学生会办公室里，非要我们俩写检讨书才肯放我们走。我们不写，她就陪我们耗着，最后我们妥协了。

林秋和那个男生距离最近的一次是在那年的秋季运动会上，那个男生参加3000米长跑。当时很多学生都在围观比赛，教学楼阳台和操场上都黑压压地站着一大片。林秋穿着一条白裙子站在红色跑道的内侧，一副羞涩文静的少女模样。那个男生经过她身边时，风扬起了她的裙子。林秋说，那天她经历了世界上最完美的爱情，那时我们尚年少，她所谓的完美爱情全都藏在了那一次的擦肩而过和沉默不语的微笑里。

运动会过后，林秋告诉我，她在写给那个男生的情书里，从来没有告诉过对方她是谁。当时我们正在操场的看台上吃冰激凌，她笑着跟我解释："我喜欢他就好了呀，为什么一定要告诉他我是谁呢？"

我点点头表示赞同："对啊，你喜欢他就好了呀。"

"那什么是喜欢啊？"林秋不怀好意地问我。

我舔了一口冰激凌，眨眨眼让她先说。

她想了一会儿，满脸甜蜜的样子："我觉得喜欢一个人啊，就是想见到他。"她顿了一下又说，"嗯……就是这样的感觉！"

我笑着说："我觉得，喜欢啊，打个比方吧，就是我对他说我想吃草莓蛋糕，然后他立马丢下一切跑去给我买，接着气喘吁吁地把蛋糕递给我，然后我说'我现在不想吃了'，他二话不说就把蛋糕扔了。"

"没了？"

"没了啊！"

"我觉得你说的这些跟喜欢一点儿关系都没有嘛。"

"有啊，我希望对方回答：'知道了，都是我的错，我再去给你买别的，你想要什么？是夹心巧克力还是芒果酸奶呢？'"

"然后呢？"林秋问。

"然后我就会喜欢他啊。"

"你在说什么啊！"林秋坐在操场上哈哈大笑起来，我也跟着笑，青春如此明亮，那时候天空很远，冰激凌甜蜜、黏稠，像一朵云。

下了飞机已经是午夜，机场清冷，天空飘起小雨，我直接打车回家。到家后，我妈果然在等我，一起等我的，还有一桌子凉了的饭菜，都是我喜欢吃的，可是我一口也吃不下，这样的状态已经持续好一阵子了。草草地跟我妈说了几句话，我就让她赶紧去睡觉，我告诉她我吃完了自己收拾饭桌，语气里还带点儿埋怨，说："大晚上做这么多菜干什么，吃不了浪费。"她在进卧室之前说了一句："我以为你跟高进一起回来呢，就多做了点儿。"

我一个人坐着，打开电视机，调到了正在播放青春偶像剧的频道，屏幕的冷光照亮了整间客厅。我默默地往嘴里扒拉一口饭，试图抑制内心的痛楚，却被呛了一下，眼泪差点儿滚落下来。

我和高进在一起九年，高考结束后，我去了上海读大学，他去了我们的省会城市，那时候我们要在食堂吃两个月的素菜，才能省出一张十五个小时的硬座车票费。记得大二上学期的期中考试，我物理考砸了，出了考场，我给高进打电话，苦笑着说："这次物理又欺负我，简直是命中相克啊。"

他没笑，只是在电话那头问："你真的没事吗？"

那一刻我忽然鼻子一酸，可还是努力憋回眼泪："没事儿。"

几天后成绩出来了，那天杨柳吹拂，春光正好，我却一个人跑到学校旁边的湖边大哭，哭着哭着，忽然听到有人在我背后轻声说话："当时是谁信誓旦旦地说没事哟？"

我一转头，看到他正特别温柔地看着我。他总是很懂我，我努力隐藏的所有委屈都能被他看透。

我以前想象过的所有将来都是有他的，可惜的是，世间的一切都无法在最美好的时刻静止。大学毕业后，他也到了上海，勉强在杨浦区找了个工作，每天上班要坐两个多小时的地铁，工资是我的三分之一。我爸妈始终不同意我们在一起。我和他从来不会坐下来讨论这些问题，我唯一能做的，也只是很小心翼翼地维系着他的自尊。

那时候他每天下班回来我都会在家里抱着枕头睡觉，他换拖鞋的时候我会眯着眼睛说："高进，我最喜欢看你回家。"他会回答："哦。"

我又问他："那你什么时候最喜欢我？"

他回答不上来，我就会有点儿不高兴，一直到第二天早上他才会告诉我："我们并肩站在镜子前一起刷牙的时候我最爱你。"

我那时候会笑笑，然后说："你可一定要记得你最爱我的时候哟。"

晚上，我裹着被子躺在他怀里看电视，他从枕头底下摸出一只盒子递给我，我打开一看，里面是他攒钱买的一部苹果手机。我盯着那手机看了半天，一句话也说不出来。等他把我的身子转过去对着他，我的眼泪忽然开始啪嗒啪嗒地往下掉。他问："不喜欢？"

我还是什么话都没讲，直接搂住他的脖子，眼泪顺着他的脖子流进他的衣服里。我没说的是，前两天我坐地铁去公司开会，当时手机里要接收几个开会用的文件，因为内存不够，我就删除了许多我们之前的合照。在地铁里看着删除的进度条一点儿一点儿推进，我才发现原来我们已经走了这么远。

和他在一起的那几年总爱掉眼泪，以至于彻底分手之后，我都没怎么哭过。

其实我也说不清楚我们为什么分手。他在上海工作了不到三个月，有一天忽然告诉我，他说有一个朋友要拉他去深圳创业，是一个千载难逢的机会，顺利的话年底就能捞到一笔钱。他把我揽在怀里，说："等春天来了的时候，我们就结婚吧。"我当时害怕他被骗，想拦住他，可是怎么也留不住，他执意要去，我也就随他了，当时还心心念念着，等年底的时候，我就带着他去跟我爸妈谈我们要结婚的事。

结果年底到了，项目拖欠工程款，他并没有像约定的那样拿到一笔钱，只能继续做下去，等着看后续发展情况，而我在上海的事业也进展得很顺利，过了年就能升职了，我们就这样被迫又互不妥协地留在了两个城市。

就这样又过了两年的时间，这两年的时间里，我们各自的工作逐渐稳定下来，我爸妈也接受了他，每次我都会和他一起回我家，我妈会做他最喜欢的酱猪蹄。可是没有人提结婚的事情了，大概是双方觉得不在一起，暂时没有结婚的必要，有时候我会觉得我们这样做是在浪费生命，可是忽然一想，又觉得生命不就是用来浪费的嘛。他工作忙，一般只有来上海出差的时候会和我共处几天，每次我们也不出去玩，就在家门口的超市转转，然后买点儿菜回家做饭。他最近一次来上海的时候，我在超市比着菜的价格，他问我："你干吗这么节省？"

我说："怕把你花穷了，以后娶不起我。"

他逗我："那如果以后咱俩不在一起，你不是亏大了吗？"

本来只是一句玩笑话，可不知道怎么的，讲出来两个人都觉得有点儿尴尬。我一边推着购物车，一边随口答道："那更不能乱花了，万一别的女孩花钱大手大脚的，你更娶不起了。我得给你攒着，不能让你打光棍儿。"

他就没再说话了。

我不知道什么时候感情出现了变化，只知道等我们发现我们的关系和以前好像不一样的时候，无论用什么方法都于事无补了。

他回到深圳后，我们甚至强迫自己每晚的十一点到十二点必须和对方煲电话粥，我们想用这个办法挽救我们岌岌可危的爱情。可是第一天，两个人聊了十分钟就觉得实在没什么好说的了。第二天晚上我们借着美国大选的话题勉强聊了三十五分钟。到了第三天晚上快到十一点时，我忽然为每晚和他打电话的这个约定而备感后悔，给他发信息说："我工作忙，等会儿的电话就取消吧。"他回信息说他也在忙，那天晚上的"忙"，可能是我们最后的一点儿默契了。

再后来，我们就不联系了，持续了一个月的冷战，就在我幻想着有一天他会忽然出现在我家门前，然后拥抱我，拍拍我的背，告诉我不要怕，这些只是噩梦一场，他会永远爱我时，他却在一个无比寻常的早晨发了一条信息，无比草率地和我说了分手。

说来奇怪，那一瞬间我甚至都没有想哭的念头。

也不知道从什么时候开始，我不再是那个和林秋坐在操场的看台上大笑的女孩了，我很少再吃冰激凌，也不会幻想谁会给我送来一块草莓蛋糕，我就那样成了一个不动声色的大人，不会再情绪化，不会再偷偷想念谁，不会再回头看，我开始过另外一种生活，我也早已知道，不是所有的鱼都生活在同一片海里。

周六一早我就去了林秋家，我在她的卧室里试她给我准备的伴娘礼服。是温柔的粉色，穿好裙子，我转过身让她帮我拉拉链。她拉完拉链，开玩笑一样地说："你比以前瘦多了，高进怎么没来啊？我要问问他是怎么养你的啊。"

我转过身，笑着回答她："我们分手了。"

林秋显然没料到我会说这句话，她一副惊愕的表情，张了张嘴，想问什么的样子，但是话到嘴边，她只说了一句："那你还好吗？"

我耸耸肩，说："我一切都好啊。"

她看着我，点点头。

"没有原因，也没有人犯错，只是分手了而已，和平分手，我们没有吵架。"我回答了她想问的所有问题。

"怎么会没有原因呢？"她一脸困惑。

我站在镜子前看着自己，一字领的礼服，露出了好看的锁骨，裙子及膝，波浪线下摆。我忽然想起，在爱得最深刻的时候，我和高进曾一起路过上海的一家婚纱店，他那时候忽然说想看我穿婚纱的样子，于是我们就装作要挑选婚纱的小夫妻进了婚纱店。试礼服是在二楼，他在一楼等，我前前后后试了大半个小时，最后穿着一条白色鱼尾婚纱下楼。

我永远也不会忘记他抬起头看我的那个瞬间：我像个小女生一样红着脸笑着，他像个十七岁的少年，站在那里用闪闪发光的眼睛望着我。

周六是婚礼的前一天，林秋家里来了我们很多高中同学，都是来帮忙的。大家热热闹闹围成一团，有八卦者见了我问："你和高进什么时候办好事啊？我们可得准备两份份子钱啊。"

我不作声。

但他的这个问题开启了另一个话题，一群人纷纷不聊他们同事的八卦或者孩子的奶粉了，转而开起了我和高进的玩笑。有个人说那时候高进每次考完试都偷偷去办公室看我考第几名，又有个人说以前经常看高进买大白兔奶糖，却从来没见他吃过，一群人就那么笑着、闹着，我也仿佛在一瞬间又回到了许多年前的那个漫天火烧云的黄昏，满脸稚气的同学敲着饭盒喊我的名字，年轻的老师们笑而不语，而我一脸绯红地躲在充满起哄声的教室里。回过神来的时候，我才发现自己面无表情地掉下了眼泪。

直到林秋出面解救我，她把我拉到了她的房间里。反锁上门，她认真地问我："你真的还好吗？"

"我真的还好。"

"那你们到底在搞些什么啊？好好的为什么会分手啊？到底是怎么了啊？"她忽然情绪激动地问我，有点儿生气的样子。

我看着她的眼睛，这个我最好的朋友，这个曾目睹我和高进一步一步走来的林秋，我委屈地说："坦诚地讲，我不知道你能不能接受这个事实，就是没有人犯错，也没有任何分手的缘由，如果一定要说原因的话，你就当作……就当作是我们不再相爱了吧。"

她看着我，不说话。

"这个原因可能很难接受，可确实是这样的，为什么人们能接受花有一天会枯萎，生命有一天会结束，却接受不了爱情也是有寿命的呢？林秋，你知道吗？我觉得这九年对我来说，就像大梦一场，梦醒了，就是另一个世界了。我不难过，我不悲伤，我只是有一些遗憾，遗憾为什么这场梦没有再继续下去，直到我们都死去的那一天。"

"所以爱情的寿命到了，你们就要分开？生活不应该是这样子的啊。"

"那生活应该是什么样呢？明明不相爱了却依靠习惯和责任继续在一起吗？生活本来就没有应该是什么样子，而是你站在某个地方，你只能是某个样子。我想我大概能接受和一个不那么爱的人一起吃饭、睡觉，一起度过一生，但是我接受不了我和高进无话可说，哪怕一秒，我也接受不了，你明白吗？林秋，如果一个人曾经深爱对方，爱得无法自拔，那么他一定不能忍受有一天和对方变得陌生。所以我们只能分开，我们别无选择。"

我说完这些话时，林秋忽然上前，她紧紧拥抱了我，我把脸埋在她柔顺的长发里，一阵恐惧涌入心头，我不知道我为什么会说这些话，也不知道我是从什么时候开始这样理解爱情和生活的。房间外面还是那群高中同学嘈杂的欢笑声，房间里静得出奇，我甚至可以听到林秋的呼吸声，她伏在我耳边轻轻地说："你说的我全都明白，只是和一个不那么爱的人度过一生，也许会是幸福的一生，但对于曾经无比相爱的人最终没能在一起，那会是无比遗憾的一生。"

我拍拍她的后背，说："别担心，人生折腾点儿未必不幸福。"

"但是会很辛苦。"

大学毕业后，在我选择留在上海工作的同时，林秋去了英国留学，从那之后，我们就只是偶尔通过微信或者QQ联系。我们聊的并不多，只是空闲的时候草草说几句话，那时候她会跟我讲她那个从不打扫卫生的欧洲室友会带不同的男朋友回家过夜；有时候也讲她已经适应了国外的生活，想毕业后留在那里；可是她又说她爸妈为了供她出国读书，除了开花店外，还四处打零工，看来她毕业后不得不回家；我们偶尔也聊聊回不去的高中时光，聊那两个坐在操场看台上一边吃冰激凌一边讨论什么是"喜欢"的小姑娘。

我们那时候基本不聊感情，因为我和高进感情稳定，没有什么新鲜事发生，而林秋除了在高中时迷恋过那个楼上班级的男同学外，对谁都不感兴趣了，她直到二十五岁都没有恋爱过。直到她回国前的两个月，她忽然告诉我："我恋爱了。"

我在地球的另一边欢呼沸腾起来："快！照片！照片！"

"他不帅。"

"我要照片又不是为了犯花痴，帅不帅不重要，对你好就够了。"

然后她发来一张照片……我瞪着那张照片愣了足足十秒，照片上的男人的确不帅，当然也和"帅"字沾不上边，因为他已经超出我的认知范围了，我噼里啪啦地狂打字："你确定这不是我家楼下卖羊肉串的大叔？这络腮胡子可以拖地了！"

我正准备发出去时，她发来一个微笑的表情。

我想了想，又删了那句话，改成："你们是怎么在一起的？"

"他是中东人，一次从学校回家的路上突然下了雨，我没带伞，正躲在路边避雨，想办法怎么回去时，他开车路过，看到了我，就送我回家了。后来我们就认识了，经常一起吃饭，一起聊天，就在一起了。"

林秋显然没懂我的意思，我直接问："我是说，他是怎么追到你的？"

"我追他的。"

当时的我怎么也想不明白："为什么追他？"

"因为我喜欢他啊！就像你当初和高进在一起的时候一样，我推了他一把，他朝着你的方向撞过去，你没有躲开，你为什么没有躲开？因为你喜欢他，你喜欢他，你就会靠近他，我也一样。"

"我喜欢他"真的是全世界最有杀伤力的四个字了。什么国籍、什么语言、什么种族，它们在"喜欢"面前统统不值一提，只有喜欢，才是在一起的唯一理由。

后来林秋回国，回到了我们家乡的那个北方小城，进了银行工作，她爸妈也不再打零工了，优哉游哉地打理着她们家原来的花店，她成为我们那个小城里"别人家孩子"的模范代表。可我始终想问却不敢开口问的一句话是："你的中东男朋友呢？"回想当年我和高进的异地恋的问题，已经够让我们头疼的了，这种跨国恋岂不是更恼人伤神？

后来一个假期我回家，林秋偷偷告诉我："我们还在一起呢，他现在在广州上班。"

我睁大了眼睛："什么？你是说一个中东人在英国上学，然后为了一个中国姑娘跑来广州上班？"

她让我小声点儿，别这么激动："是啊，我回国两个月后他就毕业了，毕业以后就想来中国，广州那边有合适的工作，他就留在广州了。"

"那他打算什么时候回国？"

"他不回去啊，他打算过段时间来我们这个城市找工作。"

我当时彻底震惊了，在那之前林秋还在跟我抱怨她就快二十六岁了，马上就要迈入大龄剩女的行列了，半年后她就忽然摇身一变，变成了浪漫爱情小说的女主角，俗套的桥段轮番在她身上上演，只有她一个人泡在那个叫作爱情的蜜罐里长睡不醒。

不过在她的大胡子男友来到这个北方小城之前，林秋的爸妈就发现了她的秘密。

他们为了阻止这段爱情而采取的措施是"软禁"，林秋每天除了上班时间被允许外出外，其余时间一律待在家里或者花店，由她爸妈轮流看管。那段时间，她连正常的同事聚会都很少参加，那些同事还一度以为她性格孤僻，甚至有点儿人际交往障碍，其实他们不知道的是，林秋和她的大胡子男友在一起的时候，她一点儿也不沉默，简直可以说是健谈又活泼。

僵持到后来，她就和大胡子男友说了分手，是在短信里说的，连一个电话都没打过去。大胡子男友回短信说会一直等她，然后就这样又过了半年，他发短信说自己离开广州回国去了。再后来他们就彻底断了联系。

在我看来，这哪里是分手和诀别啊，真正的道别是不需要道别的。真正心甘情愿的道别，根本无须说出来，而愿意为离别画一个句号，才是恋恋不舍的表现。

我曾经问过林秋："你还会想他吗？"

她当时正在捣鼓她新买的单反相机，头也不抬地问我："哎，你说这个光圈怎么调啊？我怎么看了这么久说明书都没明白？"

在遭"软禁"的那段时间里，林秋的妈妈也紧锣密鼓地安排着女儿的相亲事业，林秋的妈妈前前后后见过了我们小城里为林秋精挑细选的二三十个适婚男青年。按林秋的话说，那段时间她把我们小城里几乎所有的咖啡厅都去了个遍，甚至有几家咖啡厅的侍应都认识她了。

所有的相亲者里，林秋的妈妈最中意做土木生意的那个男人，他家境好，学历高，还经常去林秋家里的花店买花送给林秋，总之，他很会用一套在林秋看来十分愚蠢的方式讨她妈妈的欢心。林秋不喜欢他，私下里叫他"土木男"："真的是又土又木。"

据林秋说，他们第一次约会的时候她刚和大胡子男友分手，心情低落，对一切异性都不感冒。这个土木男倒也细心，在饭桌上看她一直走神，气氛尴尬，就主动找话题聊。他第一次问的是林秋在哪里读的大学，然后她如实回答了。接着就迎来了土木男一阵莫名的笑声，他边笑边说："我高考前给自己暗暗定了个目标，最差也要考上那所大学，如果没考上，我就再读一年高三，你猜是哪所大学？"

林秋对这个无聊的问题根本没有兴趣，她摇摇头，说："不知道。"

土木男笑得上气不接下气："就是你那所大学啊，好巧，是吧，哈哈哈哈……"

那天他们从那家咖啡店出来，门外下起了那个季节里少见的雨，雨淅淅沥沥地落在地上。那一晚林秋第一次对这个世界感到前所未有的陌生和失望。

"你知道那种感觉吗？心里空荡荡的，怎么形容呢，就像峡谷一样，深不见底，连回音都没有。"半个月后，林秋在电话里这样跟我形容那晚的感觉。

林秋就这样结婚了，猝不及防却又顺理成章，对方和她在同一个办公室，来自小县城的一个男人。那个男人没林秋高，学历也没她高，唯一比她高的大概只有眼镜度数了。

"你会觉得奇怪吗？有时候我也会奇怪我为什么会嫁给他。可是这个世界哪有那么多道理可言呢，能真心诚意地爱上对方已经很不容易了，谁还有心思再去关注其他的呢。"林秋说。

婚礼隆重，林秋自始至终都紧紧地拉着那个男人的手，她的眼睛亮亮的，那个男人会蹲在地上帮林秋整理婚纱的裙摆，动作笨拙却认真，相爱是可以被简单地表达的，所以他们是相爱的。

他们一起敬酒的时候，那个男人替她喝了所有的酒，喝得面颊绯红，醉得和酒桌上不认识的男人称兄道弟，醉得得罪了当天来参加婚礼的所有姑娘，他站在大厅里搂着林秋，特别大声地宣布："这里所有的姑娘，没有一个比林秋漂亮的！"宾客们嘻嘻哈哈地笑着，只是当时林秋的脸唰地一下红到了脖子根，但也是那一瞬间，她眼角的笑，一下子荡漾开来。

想起从前，那时候林秋还和大胡子男友在一起，她跟我说过一句话："一个男人，你要很爱很爱他，才可以忍受他。"

可是爱到底是怎样一种存在呢，为什么有的人说是包容，有的人说是迁就，有的人说是忍受呢？我想不明白，我不知道这世上的人都是怎样期许爱情的，又是怎么度过一生的。

那晚酒宴结束后，我直奔机场。搬家公司打电话告诉我那个被他们弄丢的纸箱找到了，我犹豫了下，还是急忙定了最早飞上海的航班。我在出租车上想，高进从前送给我的那本《兔子什么都知道》又回来了，下次再搬家我还是不要把它放到一个纸箱里了。

飞机再次晚点，接近凌晨的时候，我在候机大厅接到林秋打的电话："原来这样就结婚了啊。"

我笑笑："是啊。"

她在电话那头沉默了半分钟，然后说："我从前以为我不会再爱上谁。"

我知道她想到了什么："你还记得他吗？"

"记得，但我已经很久没再想起他了。你会觉得可怕吗？曾经你以为会爱到粉身碎骨和天荒地老的人，总有一天，你会想不起他。"

"可是人长大总要忘记一些事情。"

林秋在电话那头忽然哭了:"有时候我会悲哀地想,既然不管怎样都是一生,小打小闹也是一生,刻骨铭心也是一生,我们为什么还要执着于爱情?"

我透过机场落地窗的玻璃抬头望去,这个城市和我记忆里的已经不一样了,已经很久没有看见明亮的星空了,我问林秋:"你有没有觉得,你在想这些问题的时候你已经变老了?"

"嗯?"

"原先我一直以为人是慢慢变老的,其实不是,人是在某一瞬间变老的。"

"所以我们都变老了吗?"

"我想说的是,或许执着于爱情的唯一理由,就是为了让自己不那么快变老。"我说,"为了不那么快变老,即便爱是再细小再渺茫的希望,你也要伸手去抓,哪怕只有那一点点的亮光。"

冰激凌魔咒

1

我失恋了。就在 2011 年 5 月 13 日下午的六点零一分，C 君发来短信说："我们分手吧。"盯着手机屏幕我愣了五分钟。

分手的前两天是周三，再平淡无奇。那天下午我们一起在学校里一个叫作橘园的食堂吃饭，我努力了许久的减肥行动终于因一盘肉酱面毁于一旦。吃之前，我对他说："我真的只吃一点儿，剩下的你吃。"我不喜欢浪费，那时每次在食堂吃剩下的饭我都推给他吃，而他会把煎蛋分我一半。吃饭时 C 君一直在讲罗帆的事情，罗帆是他的室友，对雪糕有着魔一般的热爱。他一边用勺子扒拉着面前的炒饭，一边向我描述罗帆是如何在深更半夜起床叫醒他，只为了问问他在宿舍里安置一台会被当作违规电器的电冰箱的可行性。在他说这些的时候，我埋头将那盘肉酱面吃完了，一根不剩。出于雪糕的诱惑，饭后我们一起到橘园超市逛了逛，他拉开冰柜门，执意要买一根雪糕。我说："有两个选择，一种是买一支我吃一口，一种是买两支我吃一口，反正我只吃一口，剩下的你吃。"他都不同意。他从冰柜里挑出一个盒装的冰激凌，用眼神告诉我这个看起来很好吃，那个冰激凌的外包装上印着四个棕色的巧克力圈，瓜子仁一类的坚果镶嵌其间，我坚守着减肥的底线，执意要走，并允许他晚上可以去宿舍楼下的平价超市买一支绿豆沙冰棍。

从超市出来后我们又一起回到图书馆的自习室，一起对着笔记本电脑，分享一副耳机，那晚我们看的是一个类似于《厨神争霸》的厨艺比拼节目，看得我们俩不停地吸溜着口水。自习室很安静，我凑到他耳边轻声告诉他："在食堂吃饭纯属为了活命。"他点了点头。

从自习室出来后一起去了平价超市，买了一杯热量很低的冻酸奶，然后一起坐在女生宿舍楼下的长凳上分享那一杯冻酸奶，夏天即将来临，有飞蛾嗡嗡地萦绕着橙黄色的路灯。那年我大二，C君大四，我们一边拍打着腿上的蚊子，一边聊天，但话题和他即将毕业以及我们即将分开毫不相关。

那晚他像往常一样把我送到女生宿舍楼下，我说："再见。"然后转身进门，不知怎么的，我又突然转过头，鬼使神差般地对着他说了一句："你要相信我很爱你。"

他先是一愣，随即又笑了笑，说："我都明白。"

我像往常一样回去了。那时每晚临睡前他都会发一条短信道晚安，我也回应一句晚安。这个时间点一般在十二点左右。

躺在床上，面朝着天花板，一切都和往常一样沉闷、安静。忽然，像被什么指使似的，我又起身下床，在一片漆黑中摸出电脑，点开那时我们经常用的一个社交网站,我迟疑了一秒,继续在键盘上一个字母一个字母地敲出一个名字——他前女友的名字。

有些事情的到来往往是毫无预兆的,但这并不阻碍它来势凶猛。相册里的一张照片上,那个女孩满脸甜蜜地闭着双眼,张着嘴期待着从照片的另一侧探过来的勺子,勺子上的冰激凌像一团黏稠的云朵。她拿着那盒冰激凌,红色指甲紧紧扣在外包装上的那四个棕色的巧克力圈上,透过照片似乎都能听到脆皮巧克力"咯嘣"一声碎裂。照片上传的时间是 2008 年夏天,那个举国欢庆北京奥运会的炎炎八月。

我一把扣上电脑屏幕,一切又恢复了漆黑一片。仅存的理智告诉我,这些与我无关,我要允许他在认识我之前所发生的这些事情的存在。可是让人觉得难过的是,最终不理性的情感还是占据了高地。那一夜我辗转难眠。

分手的前一天是星期四,我一反常态地独自去图书馆的自习室学习,独自去橘园吃饭,点了一盘肉酱面,独自去超市买那盒外包装上印着四个棕色巧克力圈的冰激凌,然后狠狠地把它丢进垃圾桶。我以为我这样做会让心情好起来,可是一切都无济于事。C 君察觉到了我的异样,其实在此之前,他的前女友从未真正地闯入我们的生活,但不知为什么,她像一个久久挥之不去的魔咒缠绕着我。那时的我犯了这样一个愚蠢的错误,嫉妒和不安滋生出我也不愿意看到的无理和蛮横,我企图用 C 君对我的百般忍耐来证明他对我的感情更深一点儿。

分手的那天中午,我给他发短信,试探性地问他要不要吃冰激凌,我在短信里告诉他:"我思来想去还是对那盒外包装上有四个巧克力圈图案的冰激凌念念不忘。"我希望他会因为我的话而想起那张照片和他喂她的那勺冰激凌,就算没想起来,我也希望他可以像往常一样,悄悄地买好那盒冰激凌,然后藏在背后站在教室门口等着我下课。只要下课铃声一响，我冲出教室门，青春的风铃响动，就什么都过去了。

然而什么也没发生。

那天傍晚我盯着教室里的钟，秒针嘀嘀嗒嗒艰难地走了一圈又一圈，直到时针走到最低点时，我再也按捺不住，拨通了他的电话。在电话里，我有些愤怒，说："为什么没有买那盒冰激凌？为什么没有接我下课？"讲这些话时我甚至带着几分质问的语气。可能在那时，我还一直以为我们只是像之前的许许多多次一样，小打小闹后重归于好。

通话的时间持续了二十七秒，在那通电话里，他用一个在他看来十足充分而对我来说全是借口的理由拒绝了我，态度果断，语言流利，甚至在那一瞬间我以为他已经提前把这一刻彩排了许多遍。

挂了电话，半分钟后，他发来短信。我记得那只是一个寻常的星期五，六点零一分，他说了分手。

我本以为我们后来还会和好的，可是没有，我也以为我们后来还会再见到的，可是也没有。当时是5月末，距离他大学毕业离校不到一个月，我后来听说他离开了我们大学所在的那座城市，去了更南的城市，也换了手机号码。自此，我就再也没有遇到过他。

时至今日，我人生中最后一次见他的场景被永远定格在了那个星期三晚上在女生宿舍楼下分别的场景，我面对他说过的最后一句话是："你要相信我很爱你。"也不知道那时他说的明白是不是真的明白。这些年里我想起了很多关于C君的事情，印象最为深刻的是，我曾笑着对他说："如果你去了另一个地方，我可就真找不到你了。"当时他愣了一下，说："等放暑假跟我回家吧，我可以告诉你我家在哪里。"

2

觉得之前过得不好,所以选择分手,分手被一些人定义为一件事情的结束,但对我而言恰恰是另一些事情的开始。

在C君离开这座城市之后,我彻底地恢复了一个人的生活,我以为我会过着和从前不认识他时一样的生活,不过也确实是一样的,一个人逆着风从宿舍走到图书馆,一个人在食堂吃一份快餐,一个人撑伞,一个人在教学楼顶楼看漫无边际的天空。唯一的变化是我开始疯狂地吃冰激凌,草莓味、酸奶味、抹茶味统统都品尝过,在那之前我对冰激凌没什么特别的感觉,可从那时开始竟像上瘾一样迷恋冰激凌。

当我第五次买冰激凌遇到罗帆时,他没有像之前一样毫无表情地看我一眼然后走开,而是走上前和我搭话。

他说,他因为一门课不及格而被延期毕业,如今他留在学校一边复习最后一门功课等待考试,一边完成他最后一个愿望,那就是趁秋天来临之前吃遍学校超市里卖的所有种类的冰激凌。

我只觉得他这个愿望十分好笑,但当他问到为什么每次他碰到我的时候我都在买冰激凌时,我就一点儿也笑不出来了。不知道该如何解释我这种突如其来的变化,C君和我说分手后,我再也没有联系过他,我这样的表现看起来实在是十分潇洒,可日复一日买冰激凌的行为出卖了我——我不仅不潇洒,还十分脆弱。

那天站在冰柜前,我原本想问罗帆,C君的前女友到底是什么样的女孩,她很喜欢吃那种外包装上印着四个棕色巧克力圈图案的盒装冰激凌吗?C君从前和她经常互相喂食冰激凌吗?不过话到嘴边,我还是努力地咽了下去。

一直以来,我都对C君和他前女友的事情极为好奇,一开始可能只是单纯地想了解他们的过去，而后来这种好奇变本加厉，逐渐演化成了我对他们从前的私生活的窥探。这是种不健康的心态，每次听完 C 君的讲述，尽管内心早已翻江倒海，可我总是努力伪装成一副云淡风轻的样子评论说"你们可真有趣啊"或者"这样子不太好啦"，然后生活中的任何一件小事都可能成为点燃我的导火索，一有机会我就会歇斯底里地冲他大发脾气。

当我第九次在冰激凌柜台前遇到罗帆时，我和他在一起了。没有谁先向谁迈出这一步，只是都疯狂地喜欢吃冰激凌，所以就肩并肩一起坐下来吃，不知道该说什么好，所以就从各种冰激凌的口味聊起来。说不清为什么会和他在一起，只是和他在一起时，我莫名其妙地有了种报复的快感。

在和罗帆聊天时，我总是有意无意地引导他讲讲对那种盒装的印着四个棕色巧克力圈的冰激凌的看法。起初他并没什么印象，后来他特意买来一盒吃，吃完后他得出的结论是，口味上没有什么特别之处。为了印证这个结论，他特意向我推荐了几款类似口味的其他牌子的冰激凌，可是我对那些并没有什么兴趣。在第三次谈到这个话题时，他忽然想起什么似的说了一句："C 君的前女友好像很喜欢这个牌子的冰激凌。"说完又漫不经心地补了一句，"这个牌子的冰激凌太腻了，不过好像女生就喜欢这种口味的。"

在听他讲这些的时候，我能感受到心在怦怦地剧烈跳动，仿佛要冲破胸口，就某种意义而言，他的话满足了我巨大的私欲，就像干涸了许久的土地终于迎来了一场漫天大雨的灌溉。当罗帆意识到我在用一种复杂的表情出神似的看他的时候，他慌慌张张地赶紧纠正过来："对不起，我不是在说你，我说的是……是他的前前女友。"

我和罗帆在一起时，第二个乐趣就是和他商量如何把一台电冰箱安置在宿舍里。以前和 C 君在橘园吃肉酱面的时候，C 君曾跟我提过罗帆想买一台电冰箱放到宿舍的想法，当时这句话在我的大脑中停留了十秒。这十秒中有九秒我都在回忆 C 君之前告诉过我，他的前女友非常喜欢吃冰激凌，并且一直梦想着能在学生宿舍悄悄安置一台电冰箱专门用来贮藏冰激凌，但最终没有完成；另外一秒被我用来思考如何避开宿管阿姨的眼睛，把电冰箱搬进门。说到底，我对在宿舍里安置一台电冰箱是没有什么兴趣的，而仅仅对搬这个动作有着无比强烈的愿望，我知道，如果我完成了这个动作，我就会拥有那个女孩注定没有拥有的东西。大概是从那一刻起，这种像魔咒一样的无比凶猛的念头就在我心中疯长，而要化解这种魔咒，就必须真真切切地搬一台电冰箱到宿舍。

半个月后，我和罗帆在二手交易网站买到了一台小电冰箱，体积不大，刚好能装进一只二十六寸大小的行李箱中。当我在那个 10 月拖着这个装有电冰箱的行李箱出现在宿舍楼下的时候，过程远没有想象中那么坎坷或者惊险，宿管阿姨只是百无聊赖地看了我一眼，然后说了一句"大件行李请登记"就把我放行了。我们把电冰箱安置在了罗帆的宿舍。

三天后，学生宿舍在例行安全检查时，那台电冰箱被发现了。罗帆没有辩解，也没有供出我，一切都在安安静静地进行，当时我毫不知情。后来他失踪了，再后来听说他因为之前多门功课不及格已经被学校警告了，再加上违规用电器，他被学校劝退了。总之，也不知道是在什么时候，我们莫名其妙地断了联系。

3

和罗帆分开让我一度陷入一种负面情绪,那种情绪让我以为我中了冰激凌的魔咒,不管是我被困在关于C君前女友的心牢中,还是C君最终选择离我而去,又或者是罗帆被学校劝退,这些糟糕的事情统统都和冰激凌有关。为了解脱,我更加疯狂地吃冰激凌,并为此在大三下学期申请到意大利做国际交换生,选择意大利这个国家并没有什么特殊的原因,只是因为那里是冰激凌的发源地而已。

初到意大利时,我浑浑噩噩地过了一个月,后来只记得在那一个月里我尝试了各种口味的冰激凌、加勒比巧克力冰激凌、土耳其榛子冰激凌、冰激凌马卡龙,等等,那一个月是怎么度过的我一点儿也记不起来了,理应发生了很多事,如办理入学手续、搬家、认识新的老师和同学,可后来我一件也记不起来了,一点儿也没有印象,我只是看到一堆入学材料时才反应过来:"哦,原来是有过这么一回事。"就像在冰激凌的魔咒下,我多了一个分身似的。

我也并不是没有尝试过就此放过自己。在意大利时,我认识了一位医生,因为吃冰激凌上瘾的事情我还专门问过他,可那位医生觉得实在是提不出什么科学性的解释,不过他说我这种嗜吃冰激凌的行为如果作为一个心理学现象倒还有点儿研究价值。既然他也没什么好的解决办法,而且意大利的冰激凌确实很美味,我就索性彻底放弃摆脱冰激凌魔咒的想法了,任由它发展下去。

到意大利后的第四个月,真正的转变开始了,不过是向着更糟糕的方向。那天中午我在学校附近的简餐店吃饭,其实那家店我经常去,菜品没什么特别之处,我只是图简单和方便,每次去吃也都是匆匆忙忙的,从不注意什么。说来也巧,那天吃完返回学校的路上,我看到了一家很简朴的咖啡店，在那之前我总是四处搜集有什么口味绝佳的冰激凌，从来对那种看上去很简单的冰激凌不屑一顾。可那天，我就完全被那家咖啡店吸引住了，那家店的招牌上绘着他们的主打冰激凌，四个巧克力圈深深地嵌在雪白的奶底上，暗沉的棕色缓缓流淌在柔软上，坚果跳跃着，浓郁的奶香扑面而来。不知道是出于喜爱，还是出于那种强烈的恨意，我被彻彻底底地吸引住了，仿佛照片上的那个女孩子正在闭着眼甜蜜地等待接下来那一口爽滑的奶油冰激凌——我无论如何也忘不了那张照片。"这种冰激凌很好吃哟。"我脑子里突然有声音这么催促我，那既是以前C君的声音，也有我的声音，似乎还夹杂着照片上那个我从未谋面的女孩的声音。我开始想象，他们一起在超市买那盒冰激凌的场景：兴冲冲地打开冰柜门，互相用眼神交流这种冰激凌的香甜美味，她闭起双眼，他舀一勺冰激凌捉迷藏似的送到她嘴边——我觉得又愤怒又痛苦，抱着一种报复的势头，我冲了进去。

　　后来那家店我一连去了很多次。一开始的几周每次去吃那种冰激凌，我都忍不住要掉眼泪，脑子里会浮现出很多事情，比如他们可能又和好了，比如他现在是不是又在喂她吃冰激凌呢，她应该不会像我一样经常发脾气吧……刚开始几天我只吃招牌上那种有四个巧克力圈的冰激凌，后来开始尝试那家店的其他种类，缀着三颗草莓球的、平铺一层抹茶芝士的、巴西芒果口味的，但总归都是冰激凌，对店里的咖啡或者其他甜品统统不加留意。

　　在冰激凌的魔咒里我陷得更深了，这家店的冰激凌种类全都尝过了，我就换下一家，中午吃，晚上吃，叫外卖，去餐馆，天罗地网地搜寻那种有四个巧克力圈的冰激凌，甚至有几次专门去冰激凌店问是否可以为我定做那种冰激凌。刚和C君分手时我对冰激凌只停留在喜爱或者说疯狂地迷恋的地步，而在意大利时我开始觉得吃冰激凌只是吃冰激凌，我已经不是抱着享受冰激凌的美味的心态了，而是当作任务似的，坚持把每个冰激凌店的每个种类都吃一遍。

总之，后来，我吃了整整六年的冰激凌，从本科毕业到留在意大利念研究生，又到返回中国，然后按部就班地工作。工作后，我已经发展到了一种"唯冰激凌"的状态，这种状态持续半年后，我意识到应该做点儿改变了，而且身体也出现了不好的反应，直到有一次在公司因为营养不良晕倒了，我才觉得我必须改变。我先试着晚饭不再吃冰激凌，而是吃大量的饭菜来填补胃部的空虚，可完全不行，我从心理上完全不能接受，就像一直母乳喂养的小孩子绝对接受不了突然改喝米粥似的，他从来没吃过，根本无法快速地接受这种变化。在夜晚发疯似的想吃冰激凌的时候，我狠狠地往嘴里塞几口米饭，强迫自己吞下去，但马上就像吃了什么异物一样，米饭可能还未到胃里，就被我吐了出来。后来我尝试把米饭改成面条，或者从前我最喜欢吃的披萨之类的，但结果都差不多，在想吃冰激凌的时候我只想吃冰激凌，其他一切都替代不了。

我的身体和内心在那时只能接受冰激凌这一种形式，就像爱上了一个人，绝对不能允许别人存在一样，哪怕曾经存在过也不行。我是有些固执的，在几次失败后，我向自己确认了这一点。我也尝试着用一些奶油蛋糕替代，或者自制一些蔬菜汁加到冰激凌里，但也无济于事，因为我自己很清楚，"这盒冰激凌根本不是冰激凌本身"。所以在那时我也就彻底放弃了，营养上靠打针和维生素冲剂。

我本来以为一辈子自己都会那么活着，吃着冰激凌，过着依靠冰激凌活着的人生，连呼吸都是冰激凌味的，如果有一个冰激凌教，那我应该是行为最虔诚的教徒，尽管我是不愿意的。终于到了我二十八岁的夏天，也就是快到生日的时候，我大病了一场，就是流鼻涕、发烧，常见的感冒症状，但吃了药一点儿不见好。我请了一个星期的假，每天只是躺着，不停地睡觉、吃药，烧到连冰激凌也不想吃了。那一个星期里，可能是因为又快要到生日了，再加上生病了，我总是想起以前的事，为什么那天要在吃肉酱面的时候听C君讲罗帆喜欢吃冰激凌的事情呢？为什么吃完饭没有直接回图书馆而是在超市看到那盒外包装上印着四个巧克力圈的冰激凌呢？为什么我要和那个女孩一样喜欢同一个人呢？为什么我要点开她的社交主页看到那张照片呢？每天做梦，醒着，都不断地问自己这些事情，总觉得自己曾经有机会过非冰激凌式的拖泥带水的人生，但要么是我自己主动放弃了，要么是被别人阻挠了。

在半梦半醒之间，我隐隐约约听见一个声音，好像是从很远的地方传过来的："人生其实就是这样，不过就是由这样那样的、好的坏的巧合拼凑在一起的，在某种程度上来说甚至连这种程度也达不到，因为巧合也是既定的，人只是按照轨迹，等待巧合发生。不管你是否愿意接受，你只能接受。"听到那些话的时候，我只感到万分疲倦，然后沉沉睡去。

4

和C君第一次出游是在我们在一起的两周年纪念日，那一次我们一起去了无锡，提前在网上订了那种带有厨房和厨具的日租房就出发了。晚上在那间日租房里，我们一起看着手机上的菜谱做番茄鸡蛋面，他一边切西红柿一边告诉我："这种面条是我最拿手的。"我不服输："番茄鸡蛋面也是我最拿手的。"两个人谁也说服不了谁，甚至为此打赌，说以后一定要找个机会一决高下，可还没说好赌注，就一起大笑了起来。

他的手机在灶台边震了一下，屏幕上出现了一条未读短信，他随口问我："是10086还是诈骗短信啊？"我拿起他的手机，是一串没有备注姓名的陌生号码，短信只有一句话："最近还好吗？"后面有个落款，是个女孩的名字。我把手机拿给C君，他看了一眼，继续翻炒着鸡蛋，没有说话。

那天他把他的拿手好菜炒糊了，因为不小心火开大了，鸡蛋上面黑乎乎的一层，在给面过冷水的时候，他还烫到了手。我问他疼不疼，他说没事，我也就没再说什么。只记得后来两个人就那么沉默着吃完了一整碗糊掉的番茄鸡蛋面，也不在乎咸了还是淡了。我一直觉得我该说点儿什么，可又不知道该怎么开口，在喝下最后一口汤时，我说："真好吃。"随即眼泪落了下来。

后来我知道，那个落款是他前女友的名字。据C君说，那个女孩和他在一起的时间很短，那时候他还不是很懂感情，只是懵懵懂懂地就和她在一起了，后来她随父母移居到澳大利亚，他们就分手了。他还说他对她的印象并不怎么深刻，唯一记得清楚的就是她非常喜欢吃冰激凌，并且一直梦想着能在学生宿舍悄悄安置一台电冰箱，专门用来贮藏冰激凌。

那时我心里明知道C君跟我这样讲只是为了让我不要多想，他不能讲得太多，不然我会觉得他旧情难忘，也不能讲得太少，不然我会以为他薄情寡义，他可能也是在内心里掂量很久才讲这些话的吧。可是他的这些努力在那条短信对我的冲击面前不值一提，我只是冷冰冰地问他："她移居澳大利亚，所以你们分手，这么说的话，你们的分手是无可奈何的结果？"

C君一脸无奈："也不算无可奈何，就算她没有移居澳大利亚，我们迟早也会分手的。"

"迟早分手？那会是我出现之前还是出现之后呢？"

后来他觉得这个问题实在是说不清楚了，就拒绝跟我谈论这个话题，只是我会时常质问他："你不是说她不会回国了吗？她怎么又来找你了？

你心里是不是还想着她？"有时候我也会这样问自己。

可不管后来他怎么安慰，怎么解释，怎么贬低前女友，我还是会隔三岔五地大哭一场。那个前女友发来的短信C君并没有回复，也没有删除，总之，是一种置之不理的态度。后来在我的又一次吵闹中，他把那条短信从被垃圾信息淹没的收件箱里找出来，彻底拉黑了那个号码。可这些做法也并没有挽救什么，我明明知道他与我一起抗争，可还是忍不住一次又一次地通过那种拙劣的方式来向自己证明他并没有离我而去。

只是最后一次，他不愿意再配合了。

罗帆和我在一起后，他告诉我说C君在毕业前夕那一个月经常借着毕业的由头约人出去喝酒，一开始是菠萝啤，然后是红酒、啤酒、白酒，还说C君其实并不胜酒力，有好几次没喝多少就不省人事了。在离校的前一晚他喝醉了，那次他并没有睡着，而是一边哭一边告诉别人他的女朋友中了心魔，经常因为一些不存在的事情而莫名其妙地发怒，还说每次那个女孩大哭大闹时他都想冲到她面前一拳打醒她，让她不要再继续折磨自己了。当时听C君讲这些话的那个人并不明白到底发生了什么事情，只当是开玩笑，还笑嘻嘻地告诉C君，如果他下不了手，自己可以勉强代劳。C君一拳打向了那个人，对方鼻血喷涌而出，离开的时候，他说的最后一句话是："那个女孩，她已经是我的前女友了。"

5

在病了一周后的一天，我突然抑制不住地呕吐，自己都想象不到，就那么翻天覆地地吐了快半个小时，好像脾啊、胃啊，都决心离我而去似的，都想往外挤。从厕所出来的时候，我觉得自己体内好像什么都没有了，二十几年的食物残渣、老化的一直没能排泄的细胞、多余的水分、感冒药、过去的回忆、退休的血小板，都被我吐掉了似的，顺着城市的下水道流走了，带着我不需要的东西和我自以为需要的东西。那时候我只感觉非常饿，也是当然的，我已经好几天没有吃过像样的东西了，就去了厨房，桌子上有之前来探病的同事带的水果和意大利拌面。拌面已经冷掉了，我也没拿餐具，直接用手抓起拌面就往嘴里塞，因为实在是太饿了，感觉我什么都能吃。

那份冷掉的意大利拌面简直是我吃过的最美味的食物。那份面条分量很足，但我很快就把它吃光了，等回过神来的时候，盒子里只剩下两片洋葱了。那时我突然意识到，自己好像已经有好几年没有一口气吃这么多的面条了，又转念一想，是这六年没有痛痛快快地吃过除了冰激凌以外的东西了。当时我哭了，号啕大哭，感觉和C君分手的时候，还有听罗帆讲C君在毕业前的事情时，都没有这样难过。至于理由，我也不明白，或许我当时是明白的，但后来我忘记了。可能因为那份意大利拌面实在太好吃了吧，番茄的鲜味、洋葱的辣味、蘸酱的咸味，还有醋的酸味，都朝我扑来，争先恐后地扑在我味蕾脆弱的神经上。那天，我就那样呕吐了，又大哭了。于是我好了起来。

我开始理解一些事情，我从未真正偏离过轨迹，每个人都不会偏离自己的轨迹，生活也没有巧合。就算那天在学校的食堂吃肉酱面时没有听C君讲罗帆爱吃冰激凌的事情，我们还是会去逛超市，还是会看到那个冰柜，他还是会兴冲冲地举起那个包装上印着四个巧克力圈的冰激凌，想买来和我一起分享。无论如何，即使我幸运地改变了什么，我没有在那个夜里盯着天花板出神，然后忽然想起翻那个女孩的社交主页，总有一天我也会去翻的，或许在和C君闹矛盾的时候，或许在若干年后C君告诉我他要参加一个老朋友的婚礼时，总之，就算没有那晚像被命运之手驱使的感觉，我也会有别的理由看到那张照片的。因为看到那张照片是我的使命，我必须完成，才得以继续之后的人生，即使我能预料到那肯定是痛苦无比的。

  在公司又干了一阵我就辞职了，我用积蓄再加上银行贷款，在那年春天快要来临的时候开了一家冰激凌店。朋友介绍了做冰激凌的意大利师傅，我们第一次聊就聊得很投机，直接确定了合作的关系，之前在意大利吃过的那么多种冰激凌也让我对冰激凌在舌尖上柔滑的触感异常敏锐，再加上我从不吝啬在材料、环境和人员上的投资，做出来的冰激凌也获得了真正喜爱冰激凌的人的认可。在那之前，我并没有什么生意经，也有人会说我幸运吧，但我也只能说："人生是平衡的。"人生是平衡的，我无比认同这句话。

  后来我又有机会重新回到了意大利，一个偶然的巧合看到了商机，就找人合作，在佛罗伦萨开了店，因为罗马和米兰的同行实在是太多了。我之前读书的城市是米兰，在意大利开第一家冰激凌店的那天，我本以为我迟早有一天会在米兰开一家店的，因为我在那里吃了好几年的冰激凌。我一直觉得我只是摆脱了冰激凌的魔咒，而本身的那种偏执的韧性并没有得到改变，但我想错了。米兰的冰激凌生意实在太难做，我没有一丝迟疑地直接打消了那个在米兰开冰激凌店的念头，这样看来，我那股偏执的劲头不复存在了。

  后来又发生了许多事情，在佛罗伦萨开店的第二年，我遇见了现在的爱人，也是中国人，他是来佛罗伦萨出差的，本来对冰激凌没什么兴趣的他却对我店里的冰激凌表现出了独特的兴趣。我们借着冰激凌的话题聊了很多，大概是从和C君在食堂吃肉酱面时，他讲的罗帆十分痴迷冰激凌的故事说起的，或许更早一些，讲C君在无锡的那间日租房里告诉我的，当时他前女友是如何想着把一台电冰箱搬到宿舍里之类的事情吧，总之，有关冰激凌的事情我统统讲了，还有那六年我是怎么过的以及那份冷掉的意大利拌面是如何美味，等等。他听完，当即问我是否愿意跟着他离开意大利，因为他在欧洲出差的旅程结束了，下一站他打算去冰岛看极光，他想要带我一起去。

虽然店里的员工都强烈反对我的冲动决定，甚至做冰激凌的意大利师傅以罢工威胁我，但我还是跟着他离开了，我已经太久没有体会过那种被自己的想法指挥的人生了。我们在冰岛专门租了车去追极光，守了好几天，等到极光出现的时候，我激动极了。可是极光并不是想象中那种绚烂的样子，只是淡淡的、不耀眼的绿色，一点儿也不值得大惊小怪，但当时我泪流满面，心里只有一种想法，觉得神原谅我了。在那道极光下，他向我求了婚。

现在我的一切还是和别人一样，就是不怎么喜欢吃冷的东西了，生鱼片、冰冻的矿泉水、红豆沙冰，都不怎么吃了，也并不是说讨厌，可能是之前吃的冷的东西太多了。如果一定要说有什么不一样的，应该就是很少流泪了。结婚以后，先生曾经问过我，说我不管是吃芥末还是看心碎的爱情电影，好像都不会哭。其实有时候我也觉得好像要哭了，但实际上从来没哭过，我也没有刻意忍着，但就是好像不再有那样的功能了。可能是那时候眼泪和别的东西一起被吐出去了。

结婚后，我和先生曾经一起回到我读大学时的母校，他只是对我曾经生活过的地方很感兴趣而已。我们又一起在那个叫作橘园的食堂吃了饭，不过食堂变化很大，以前是中庭的地方被加上了手扶电梯，那个卖肉酱面的小窗口已经不在了，换成了卖荷叶饭，我和先生就一起在那里吃了两份荷叶饭，味道还不错。当时是冬天，超市里也不卖冰激凌了，更谈不上我之前跟他描述过很多次的那种外包装上印着四个巧克力圈的盒装冰激凌。

临走时，他问我："没有吃到肉酱面，也没有吃到那种冰激凌，你感到遗憾吗？"

心里的感觉有些奇怪，不过转念一想，也没什么，我笑着回答他："没什么好遗憾的，时间久了，所以卖肉酱面的搬走了，又是冬天，所以没有冰激凌，这些都是顺其自然的事情嘛。"

他说他倒有些遗憾，没有吃到被我描述过很多次的食物。

"没关系，"我解释道，"也不是什么必须要吃或者一定要做的，有也不能说是巧合，没有的话也算不上不幸，只是不同轨迹的安排而已。"

他表示赞同："人生就是因为这些冥冥之中的不同安排，才与众不同的。"

我抬头向南方望去，那是我最后听说过的 C 君离开的方向，恍惚间感到一个人影飞快地朝我冲过来，越来越快，同时越来越小，最终小得像一颗子弹，猛烈地穿过我的心脏。"会发生的一定会发生，就算是碰巧发生了，也有它必须发生的道理。"我打了个激灵，那颗子弹又不做任何停留地远远离开了，"这样想的话，冰激凌可就不是什么魔咒了，它只是我生命的一部分而已。"

再见，那些你想成为鲸鱼的日子

你的身体里住过出生至今每个冬天的雪，住过玫瑰色的云朵，住过这世上所有流浪的爱人和每一个想成为鲸鱼的日子。

那是一个槐花盛开的季节，妇产科大夫把你从产房里抱出来，那时你还没来得及哭，你的奶奶掀开布包袱，皱了皱眉头，直到这时候，你才"哇"地一下哭出声来。

你的妈妈在整个月子期间都吃奶奶给她煮的白汤挂面，你长大一点儿以后，妈妈每次给你夹菜时都要嘱咐你一句："要好好学习给奶奶看。"于是，后来你努力学习，其实那时候你并不知道为什么要努力学习，你只是单纯地以为学习好了，奶奶就会喜欢你。

小时候你和堂哥、堂弟一起住在奶奶家。深秋时节，奶奶带你们去苹果园捡落果，她推着三轮车，那时候你们三个平均身高还不到一米，连三轮车的扶手都够不到。你们跟在三轮车后面屁颠屁颠地跑,堂哥在最前面,他把捡到的果子放在三轮车上,你也捡起一个好果子,不过你没有学着堂哥的样子把果子放在三轮车上,而是趁奶奶不注意咬了一口,那一口的香甜让你笑了起来。你把那个果子拿给堂弟吃,他嘎吱嘎吱地咬出声来,奶奶回过头,一手打掉了堂弟手上的果子,她说坏苹果不能吃。堂弟指着你说是你给他的苹果,你低下头去,所以你不知道奶奶是瞪了你一眼还是无所谓地看了你一眼。总之,她没有对你说话,后来你又蹦蹦跳跳地跟在奶奶的三轮车后面了,就像什么也没发生一样。

你从小就是个健忘的家伙,可这件事你记得深刻,因为那时你觉得奶奶并不是妈妈说的那样——不喜欢你。奶奶会打落堂弟手上的果子,可是她却不会对你凶,那她肯定是更喜欢你的。

敏感,是个很残忍的天性。

你一点点儿长大,你生性的敏感也一点点儿突显。七八岁以后,你知道爸爸一回家就一头栽倒在沙发上是因为工厂里又拖欠了工资,你要买玩具时,妈妈说那个不好玩是因为那个太贵了。于是你开始活得小心翼翼,当班里的同学放学后都拉帮结派地跑去买蛋糕时,你说你吃蛋糕过敏;当你上学忘了戴红领巾时,你会乖乖在学校门口等着妈妈骑着自行车返回家去拿,你不敢在校门口买一条新的,因为那一块钱是你的半顿早饭钱。

长大后你知道,上帝赋予一个人敏感天性的时候,也赋予了他不断追寻却又不断对抗孤独的使命。可小时候你从不追寻和对抗,你以为每个小朋友都和你一样孤独。

爸爸妈妈上班,周末你被托付在大伯家。小时候的你,总是一进门就被大伯高高地举起来,他说:"让大伯看看变漂亮了没有。"吊灯就悬在你的头上,你在他眼睛里看到了有点儿胆怯的自己,伯母在一旁也笑眯眯地看着你,只是她不说话。奶奶买菜回来,手里提着大白菜、西红柿还有鸡腿什么的。奶奶问:"你们最喜欢吃什么菜?"堂哥说鸡腿,你说西红柿,堂弟抢着说他不喜欢西红柿。于是奶奶做了炸鸡腿,还炒了鸡蛋,你坐在客厅里能闻到厨房里飘出来的鸡腿的香味,好像比妈妈做得还好吃,你好想跑过去大声说一句:"奶奶,你炸的鸡腿好香啊!"可是你自始至终都乖乖坐着,没有说一句话。你其实也会有点儿好奇,西红柿炒鸡蛋不是好吃又好看吗?盘子里只躺着鸡蛋好孤单啊。

你在饭桌上告诉大家你考了第三名,大伯说:"你真厉害。"伯母埋头吃饭,奶奶转过头去教训堂哥、堂弟,说他们怎么一点儿都不争气。堂哥瘪瘪嘴,堂弟吃了两口就扔下筷子不吃了。他们俩像逃跑似的躲进了卧室,去玩变形金刚了。伯母带你进去让他们带着你玩,堂哥说你每次都考前五名,他不想和你玩;堂弟说你没玩过,不会玩。所以你就乖乖地站在一旁,看着他们玩,然后在心里祈求妈妈快来接你回家。

在楼下见到妈妈时,你一下子扑到妈妈怀里。那个城市里,空气永远污浊,天空永远沉闷,冬季永远荒凉,春季永远漫天黄沙,可那一天的傍晚,空气里却溢满了楼下那些叫不上名字的花朵散发的清香。你把头伏在她柔软的肩膀上,然后拼命忍住眼泪,说:"妈妈,我想你了。"

那年你十岁,你已经知道,难过的时候,哭只会让爱你的人难过,你也知道,在这个世界上,只有家会心甘情愿地接纳你。

从你上幼儿园起,就有老师不厌其烦地询问你们一个问题:"你长大了想做什么?你的梦想是什么?"老师静静地听着教室里每位小朋友的回答,又接着说:"梦想很重要,科学家很好,艺术家很好,哇,我们这里还有一个音乐小天才要做歌唱家。"老师们背着手,徘徊在讲台上,目光带笑。

你高高地举起手,手指在阳光下闪闪发光:"老师,我长大了想当鲸鱼。"

班里一阵哄笑,笑得你满脸通红。你感到备受伤害,收回自己的手,怯怯地看着老师。你那时候就读过很多书了,包括《十万个为什么》《你应该成为怎样优秀的小学生》以及《幼儿必识1000字》,等等。你期待她用手拍拍你的头,对全班同学说:"小朋友们,每个人都有自己的梦想,她也有自己的梦想,只不过和你们的梦想不同,我们不应该嘲笑她,我们应该鼓励她。"然后,春暖花开,多年以后你真的成了一条鲸鱼。

可惜老师没有那样做,她笑出的泪水在阳光下闪闪发光。那光芒让你记恨了很多年。

那时的你,是真的想变成一条鲸鱼,一条面朝大海,背靠阳光,无所事事,只会发呆的鲸鱼。

与此同时,你不懂为什么别的小朋友会有那样的梦想,比如他为什么想成为银行家,难道他不知道一个银行家富有是因为许多人穷困潦倒吗?难道他只因为自己过得好,所以别人的生活都不重要了吗?比如他为什么想成为发明家,难道他不知道,为了发明电灯,爱迪生做了成百上千次实验吗?难道他真的能忍受在看不到终点的情况下还能无限重复做同一件事吗?不过,你最不懂的是,你为什么不能成为一条鲸鱼。

后来,那个老师把你的梦想告诉了你的爸爸妈妈。他们并没有反对你,当然也没有鼓励你,他们只是反复地告诉你:"人要有宏大的目标和追求。"

每个人的生命都是以妥协结束,可你记忆中的生命,是以妥协开始。那天夜里,他们教育了你很久,他们像这个世界上最负责任的家长一样,为你讲述了他们年轻时的抱负和理想,他们并没有因为你是小孩子,而将故事讲得潦草。讲完那些话,他们用渴望的眼神望着你,好像在期待你说些什么。那一刻你只感觉到前所未有的压抑和难过,可是你还是努力抬起头,很认真地告诉他们:"等我长大了,我想当作家。"

其实,还有后半句你藏在了心底:"在我的故事里,一定有人变成了鲸鱼。"你并不知道,那时,梦想就已经向你展示了它尖锐的牙齿。

当你把想当作家的那句话说出口的时候,你觉得自己沉重庞大的身躯在沙滩上搁浅了,海浪越来越弱地拍打在你的身上,你逐渐变得干瘪,下腹已经被沙粒割破。你流了血,血变成红彤彤的太阳在窗口升起。童话故事里小美人鱼在太阳下变成泡沫,而作为一条鲸鱼,你正在一点点儿变成人类。

后来你就很少再提起鲸鱼。但是有的时候你会编出一个小说人物,跟你的好朋友们谈笑,问他们,如果有一个人想变成鲸鱼会怎样。你不知道他们认真的态度是出于变鲸鱼还是编小说,总之,他们眼睛里的光芒与老师嘲笑的泪光截然不同。

"她又没见过鲸鱼,怎么成为鲸鱼呢?"一个同学很认真地问你,她指着你笔记本上一排歪歪扭扭的字,那一段描写的是那个女孩后来终于变成了鲸鱼。

"可是在你想成为科学家之前你见过科学家吗?"

"我从电视上和书里看到过啊。"

"我——她也从电视上和书里看到过啊。"

沉默良久,那个同学抬起头,一丝不苟地说:"对,你说得对。"

你颇感欣慰。

其实你从未放弃过自己的梦想。

再长大一点儿,那些真正想成为作家的同学,一个个文采斐然,初露锋芒；想成为科学家的同龄人，在捣鼓一些奇妙的东西；想当程序员的已经学了会编程；想当商人的知道做些小本买卖了。你写的那些故事里的他或她，一个个也都如愿变成了鲸鱼。这时的你们都要成年了，家长们也在欢欣鼓舞地说："你看吧，人只要长大，梦想就一定会实现的。"

你马上就要长大了，可是一点儿要变成鲸鱼的迹象都没有。你的手没有变成巨大的鱼鳍，身体没有越长越厚的脂肪层，牙齿没有变成鲸牙，目光也没有变得越来越温柔。反而，你的脑门开始长青春痘，一颗一颗红通通的。

你也不是没想过长大后梦想没实现会怎么样，其实不会怎么样的，只是会感到非常遗憾吧。如果人一辈子都没有做自己想做的事情的话，那就只是没做而已。如果还可以活一次，也许人们还能有资格评判之前的人生是好或坏，可是人只能活一次，所以就随便吧。草稿，打成什么样都没有人在意。

在后来某一年的夏天，你在网上看到了一段有趣的视频。一只鲸鱼，死去很久，躺在沙滩上。因为死后腹腔内大量的气体没有办法排出，几秒钟后，它的身体爆炸了，内脏、碎肉飞得到处都是。听说那片海滩很长一段时间都散发恶臭，过往的人掩鼻而行。

大概你就是在那一刻放弃成为一条鲸鱼的梦想的，或许还要早一些，比如在你明白有些梦想就算最终无法实现也没什么大不了的时候，比如在那天夜里，爸爸说妈妈年轻时候头发很长，长得很好看，而你却觉得短头发也没什么大不了的时候。

你还记得五年级的那个夏天吗？你穿着一条白裙子站在教学楼下面，几滴鲜血染在裙子上面，那一天你头顶的合欢花次第绽放。有几个一年级的小男孩指着你惊讶地喊道："你快要死啦！"你最初还不知道他们在讲什么，直到后来一个六年级的姐姐告诉你裙子脏了，你才一路遮住屁股跑回家。

妈妈显然没料到你初潮的年纪这么小，除了给你一片卫生巾，她还没想好怎么教给女儿青春期的第一课，她甚至在一阵手忙脚乱中都忘了告诉你该怎么用。你躲在卫生间吓出一身汗，不停地回想下午那个一年级小男孩的话："你快要死啦。"

你能感觉到血一滴一滴地流出来，你以为血就会这样不停地流下去，你差点儿哭出来。你还没赚钱买自己喜欢的芭比；你还没去吃一次学校门口的蛋糕；你还没理直气壮地告诉爸爸，拖欠工资，我们该怎么办；更重要的是，你还没来得及出人头地替妈妈出气，你怎么能就这样死掉呢？

你擤了擤鼻涕，抽噎一声。那年你已经知道有些时候是可以允许自己不坚强的：一个人偷偷躲起来时；深夜的被子里；水流声盖过哭泣声的卫生间里。从这些地方出来时，你就像一个举着剑不战而胜的骑士，光芒刺痛你年轻的眼睛。

上了初中，你的生活里发生了两件大事：一件是奶奶去世，一件是你的荷尔蒙开始以青春痘这种委屈的形式喷发出来。

奶奶是在老家的院子里去世的，那年梧桐锁深秋，你站在门外攥着衣角，屋里堂哥、堂弟趴在奶奶的脚边哭成一团。那一刻你刻意克制自己不再想起童年，不想起那时奶奶炸了鸡腿把大的给堂哥、堂弟吃，不想起那年从大伯家离开后躲在妈妈怀里时紧紧咬住的嘴唇和随时都能涌出的眼泪。

直到妈妈提醒你进屋去哭丧，你才怯怯地进去，你觉得躺在床上的这个老人无比慈祥,又无比陌生。

后来的几年,爸爸妈妈每次说要去给奶奶扫墓时,你都躺在自己的床上,眼睛直勾勾地盯着天花板,不说去也不说不去,邻里背地里说你是个不孝顺的孩子,只有妈妈说,如果不想去,那就不去吧。

妈妈是温婉隐忍的女人,在她心里,先有丈夫与母亲,再有那些难言的苦涩过往。可你是个记仇的小孩子,你可以不记得奶奶给你的委屈,可你记得妈妈给你讲过的"白汤挂面",和初次听到时为自己还是个流着鼻涕的小丫头而对妈妈的内疚之情。

你满脸青春痘,最初你也无所谓,毕竟那时你还是个情窦未开,只知道安安静静读书的小姑娘。

可自从你的同桌茜茜的书包里躺着不知道哪一个男孩子的情书时,你就变了。你忽然注意到茜茜的脸白皙、干净,而你自己的额头总是时不时地冒出令人猝不及防的痘痘,有时候你甚至觉得镜子里的那个人不是自己。你在一个下雨天无意间碰到茜茜的奶奶给她送外套,那天的晚自习你一直没跟茜茜讲话。茜茜问:"你怎么了?"你说:"不关你事。"然后又背过脸去。你暗中注意着茜茜,她和班里几个男生打得火热,而这几个男生一学期下来也跟你说不了几句话,从前你以为男生都是沉默寡言,那时你才知道男生大多爱耍宝和搞笑,只是对待你沉默寡言而已。

那时的你最爱考试,因为在考试名次上,你把茜茜甩得老远,这是你最得意的事。可当茜茜说你好厉害时,你又觉得她假惺惺。

总之,对茜茜的一切你都要诟病。

茜茜是你的假想敌,你比谁都清楚。你好像什么都比她强,又好像什么都不比她强,其实你心里知道,当你在心里衡量谁更强的时候,你就已经败给了她。你骗自己说,等到自己没有青春痘了就不再讨厌她了,生活没有骗你，在你没有青春痘后，你早已忘记了从前的她。

很久以后，你开始接受原来你也会嫉妒这件事，那是女人间的小心思，是赤裸裸的悲哀和渺小。

高中时代，你们最喜欢星期五的下午，那时很奇妙，总感觉好日子才刚刚开始，有大把的清闲时间可以挥霍。可高中生也有种很奇怪的心态，他们觉得不早恋就是浪费所谓的青春，你也不例外。

那年有个叫吴爽的男孩子，他不知道从哪里打听到你喜欢吃一种水果硬糖，于是在某个嘈杂的课间，他给你送了一大包那种糖果。那个课间，学生们都在走廊上聊天、打闹，一个男孩子送给女孩子一包糖总能引起不小的骚动。你脑海中忽然想起某部电视剧中的场景，低着头用自己都听不到的蚊子声哼哼说："谢谢你。"然后攥着一大包糖在男孩们起哄、女孩们尖叫的走廊里跑回自己的座位，把头深深埋在手臂里。

你不自觉地攥得手心全是汗。你至今都记得趴在课桌上的那几分钟，学校操场的广播里放起了音乐，是水木年华的《一生有你》，阳光斜斜地透过窗户，暖暖地盖在你的背上。

你就这样和吴爽"在一起"了。其实那时你们对彼此的了解一点儿也不多，甚至都没说过几句话，距离可能只比陌生人近一点点。

从那以后，你们经常下课在走廊说话，不出意外的话，会有一群起哄的男孩子在你身边嘻嘻哈哈。有一次你和吴爽说话时，那群男孩子结伴去卫生间了，你忽然发现你和吴爽也没什么好说的。你不知道自己为什么和吴爽在一起，是因为享受男孩们起哄的感觉以满足一点点的虚荣，还是因为你真的爱他。当你这么想的时候，你对自己说出"爱"这个字的举动感到惊讶，你心弦一颤，像有什么东西落在了胸口。

那时你和吴爽上高二，你们每个星期六的晚自习结束后都会一起走在操场上，绕着跑道一圈一圈地走，一边走一边聊天，你会装作漫不经心的样子跟他讲起自己在很小的时候曾梦想过变成一条鲸鱼，每天只需要发呆和观察人类。令你意外的是，吴爽并没有爆发出那种你害怕听到的大笑，他只是摸了摸你的头。那时学校操场的附近有个大风车，你们有时也会坐在风车的对面，虽然夜色黑得让你看不到风车，但你能看到吴爽，他的侧脸轮廓很好看。有时候会刮起寒风，他就那么牵着你的手一圈一圈地走。

那时候，风车还不会转。你以为你和他能一直这样走下去、聊下去、一圈一圈地转下去，就这样长长久久地走下去，尤其是在你给他讲过那个关于鲸鱼的梦想过后。可惜最后没有。过了那个夏天，吴爽为了高考转学去了外地，一切又回到原点，好像什么都没有改变，唯一改变的是你又长大了一岁。

或许你还是当初的你。那个风车在他离开后就开始转动了。

爱过他吗？为什么如今你拼命回想也记不得他的模样了？

后来的那一年，爸爸特别高兴，因为你主动提出清明节要和他们一起去给奶奶扫墓。

你们冒着小雨踩着石阶一步一步爬上一座大青山，坟头上已经是旧土了。墓碑上刻着奶奶的名字，你竟一时感到难过，原来人这一生的最后就换作了这刀刻的几笔。妈妈烧着纸钱，爸爸对着奶奶的墓碑说着话，你献上上山时采的小黄花。

万壑参天树，青山响杜鹃，那个你不陌生也不熟悉的老人就长眠于这茂密山林里，这是你第一次来看望她，那一刻你竟有种了却某桩心愿的满足感。

那时你才知道，原来逃避有个美好的反义词，叫作容纳。

后来你高考取得了好成绩，你选择了一个和你的分数最相称的学校，那时的你并不知道自己要在一个陌生的城市度过怎样的四年，你甚至也不知道自己热爱什么，得意什么。

很不幸的是，离开故乡后的生活没有如你所愿。你在学生社团面试，你诉说梦想的声音像一团被打捞上来的海藻，你的言辞像从无数的河流、山川中汇聚而来。会觉得可笑吗？你是那个梦想自己会变成鲸鱼的女孩啊。

大二那年，你认识了后来的男友，张北。张北问你："我是你的初恋吗？"你不知道该说是还是不是。

你去篮球场看他打球，给他买了他最喜欢喝的可乐，可你不知道他在打球时只想喝矿泉水。你看到他因为奋力弹跳而暴出青筋的小腿，他的手在运球时显得温柔又有力，汗水打湿了他的后背，短袖衫紧紧贴在突起的背阔肌上。那时你才明白男生和男人之间有明显的界限，这样的界限不是岁月也不是年纪，而是某种足以让女人心动的物质。

他打完球时看你在走神，就用乌黑的手刮了下你的脸，然后你一愣，捂住脸害羞地笑了。

再后来，你和张北聊天、牵手、拥抱直至接吻，一切都顺其自然又动人心魄。在某个夜晚，昏暗的月色让人着迷，接吻时你想偷偷睁开眼睛看张北是不是也像自己一样紧闭双眼，还没等你睁眼，你就感觉张北的手轻轻地扣在了你的胸脯上。

你慌忙地推开张北，你看不清他脸上的表情，是错愕，是抱歉还是尴尬，也许都有。后来的事你就不记得了，随便寒暄几句，张北就回宿舍了。

这件事过后的第二个月，张北发来短信说分手，理由在你看来全是借口。

你急欲知道那个真实的理由，你在他宿舍楼下想拦住他问个清楚，可他绕着你走。你堵在他教室门口，他走过来说："请你以后不要再打扰我了。"你就这样坚持了一个星期才终于承认，原来你真的和他分手了。

那个夜里，你在操场上坐到凌晨四点，你什么也没想，什么也不愿多想，你就那么坐着，有一瞬间你会猛然想起从前想要做鲸鱼的自己，你在漆黑的夜里静静地想：鲸鱼也会像人类一样难过吗？如果鲸鱼会流泪，那大海能感受到吗？

这些你都不知道，你望着月亮，你从来没有像那晚一样那么仔细地望过月亮。后来忽然一片乌云飘过来，遮住了月亮，你才忽然意识到，原来你在那里坐了那么久。

你站起身来，眼泪不自觉地掉下来。

分手后很长一段时间，你待在宿舍不吃不喝却一点儿不饿，去自习室看书却一直走神，你觉得校园里的每一条路都有种说不清的悲伤。你又哭了吗？你没有哭，从你离开大伯家扑向妈妈怀里的那一刻，你深深噙住眼泪的那一刻开始，你就不再用哭来表达自己的难过了。

能用眼泪表达的难过根本不算难过，因为那只是一种形式，一种有可能让别人觉得你懦弱的形式。

后来你又有了男朋友，你以为这次终于可以一辈子了，可是你又和他分手了，再后来你又和一个男孩在一起，这时的你已经能识别男人那些虚情假意了。后来你也遇到过让你心动的，可是那时你的第一反应不再是惊喜，而是心有余悸。你在许多瞬间都期待自己是那个十六岁的女孩，当他们说起那些誓言时，你可以满眼深情，比他们还坚定。

最后呢，你大概不情愿和那些被人们说条件不错的男孩交往，你会选择一个聊得来的他，他会静静听你讲那个关于鲸鱼的故事。你跟他在一起时不会奢求永远，那种想法太过于虚妄，可你们就那样磨磨蹭蹭一直到了结婚的年纪。

也许你永远不明白爱的深刻含义，就像这个世界上的大多数人一样。你宁愿浅显直白地理解它，你想要的爱，大概就是那段感情里，即使略带忧愁，也从未有人想过离去；大概就是当你们谈论童年里那些被别人嘲笑的梦想时，你们从不觉得对方愚蠢和可笑，只会为那一份永远也无法抵达的纯粹而感到心疼。

长大是件挺可怕的事，你现在总这么觉得。

小时候你总想快快长大，长大有芭比，有蛋糕，能帮妈妈出气。可你长大后才发现，那些都是最简单的，有钱、有力气就可以办到。长大后你才知道，其实有更多事情是你用尽一生都无法办到的。

长大后你已经忘了那个变成鲸鱼的梦想了，有时候你还会把那个小时候的想法说给朋友们听，他们有时像听了个笑话一样哈哈大笑，只有你一个人孤单地坐在那里，那时的你会特别怀念小时候想要变成鲸鱼的自己，也有人听了以后回以沉默或者微笑，你也只会对他笑笑，不再说话或解释什么。

长大后你在生活里摸爬滚打，踩高跟鞋不敢喊痛，蛋糕只敢吃一小口，别人说你活得精致，可只有你自己知道这精致的路上爬满了虱子。你通晓人情世故的所有诀窍，可又觉得现实太残酷了，如果人生被沦为一场技巧的较量，那太无趣了。你也有了那些艺术家宏大的梦想，可你也知道这世上大多数人最后都会沦为不得志的分母，你勤勤恳恳想用真心换得一份真心，可这世上久散又重逢的爱情哪能轻易遇到。

你还是像个孩子一样在没人的夜里吃完薯条舔舔手指，还像那个青春期的小姑娘一样，躲在某个黑夜里查看暗恋的他的社交主页，然后小心翼翼地删除来访记录。

看完后你心满意足地睡去，你就这样在梦里躺下，你看到那个他从山上走来，身影逐渐清晰、巨大。在另一个维度的世界里，你们在群山中出生，每当入睡时，你们身下就有异常温暖的土地。

你又梦到那个少年时代，你走过去，拍拍那个女孩的肩膀，惊喜地听她讲那个关于鲸鱼的梦想，然后分担她的苦恼，让她不要哭泣。你想保护她，给她希望，告诉她未来其实没有那么好，但也没有很糟。你转过身，又沉沉睡去，你梦见了奶奶、爸爸、堂弟、茜茜、吴爽，最后你一个人站在奶奶死去的那个深秋的院子里哭鼻子。

风从四面八方吹过来。

你就这样悄悄地长大了。

再见，那些你想成为鲸鱼的日子。

夏日

高二那年的暑假特别热,阳光亮得刺眼,蝉鸣不止。整个七月我们三个人都窝在麦当劳里吹免费空调,冰激凌总是买四个,因为第二个半价。王悠悠贪吃,我和宋青一般都把第四个给她吃,在极个别的情况下,她不好意思再吃,于是我们围在一起对第四个冰激凌该怎么处理展开一场激烈的讨论,常常还没决定好是拿去喂猫还是强行给王悠悠吃,冰激凌就化了。总之,我们就这么无所事事又精神恍惚地打发了整个七月。

七月的尾巴还握在手里,宋青就去了北京,她那时候是艺术特长生,学编导的,她所在的培训班要去北京进行高考前集训。宋青走的那天特别热,热到后来我甚至模糊地以为有些事情根本不曾发生,只是隐约记得那天她站在火车站门口拍着胸脯告诉我和王悠悠:"待我学成归来,我要拍一部像《立春》那样的好电影。"

我和王悠悠汗流浃背地拍手叫好。我们三个人在太阳直射下的影子犹如三个巨大的黑点，盛夏的热浪腾起。

宋青走后，王悠悠问我："《立春》是个什么电影？"

我想了下，说："我也不知道，不过人家是学编导的，人家说是好电影，那肯定就是部好的电影啊。"

王悠悠抹了一把脖子上的汗，愚钝地点点头。

王悠悠正趴在教室外面的阳台上准备吃一包薯片时，我告诉她我要报考飞行员，她像没听见我的话一样，表情严肃、动作麻利地撕开袋子，拿起薯片放进嘴里嚼着。我又重复了一遍："我要报考飞行员。"她才缓过神来："行呀，等我有钱了坐飞机我就找你。"她的腮帮子鼓鼓的，地上全是薯片渣子。

那时候我就想，如果宋青在就好了，这样我就可以告诉宋青我要报考飞行员，顺便告诉她："飞行员培训的地方特别美，那里云铺满天角，海盛满桅杆，阳光战栗，微风拂面，连公路好像都是柔软的，然后飞机就在那里起飞，穿梭在云朵里。"

宋青大概会努努嘴，然后问我："女的也能开飞机？"

然后我就顺势从书包里掏出那张我悄悄从报纸上撕下来的招飞简章给她看。我们俩就趴在那里一字一句地研究，最后我说："你看吧，没有'仅限男生'这四个字，意思就是女生也行。"

她一定会说"对"，然后拍拍我的肩膀："加油！你一定行的！"宋青的话肯定会让我很受鼓舞,只可惜她现在不在,我只能告诉王悠悠了。

王悠悠是我们三个里最贪吃的一个，她除了爱吃冰激凌和薯片，还喜欢吃辣条，不仅爱吃，还对辣条有着极其狂热的收集欲，就像小时候收集小浣熊水浒卡一样，把各种形状、各种口味的辣条统统收集起来，塞满了整个桌兜，就差开个辣条小卖部了。我和宋青不止一次地告诉她，那东西不健康，要少吃。每次王悠悠都特别严肃地回答我们，如果没有辣条，她也不准备活了，如果我和宋青再说下去，她就准备抱着辣条同归于尽。

王悠悠也是我们三个里最讲义气的一个，不管是陪上厕所、陪游泳，还是陪去网吧、陪逛街，她都在所不辞。其实让王悠悠陪我去游泳挺不厚道的，可是宋青不在，我只能喊她了，当她肥壮的身躯憋在那紧身泳衣里的时候，我发现我犯了一个极大的错误。

那天是周六，天气不怎么好，没有云彩，蓝天也像用蜡笔毫无章法地涂抹上去的。我换上泳衣光着脚踩在泳池的岸上，王悠悠紧跟在我后面。我们像带有巨大的磁力一样，周围不时有小男生的目光偷偷往这边瞟，隐隐约约地听到他们在议论王悠悠的小腿是像大白萝卜多一点儿还是像大冬瓜多一点儿。那些年里我骄傲又自卑，还带着几分怯懦的影子，那些可恶的话题纠缠着王悠悠，我也感觉到了一股火辣辣的烫不自觉地往我脸上蹿。我不敢回头看王悠悠，也不敢说一句话，只是任由那些小男生发出那种意味深长的笑。

泳池上水气弥漫，游泳的人拍打出浪花，水花四溅，喧哗和嘈杂从四面八方袭来。

"她可真胖呀！"一个小男孩扭头对他爸爸说，稚嫩又真诚的声音穿过层层雾气，不经意地直抵过来。

没有任何征兆，扑通一声，王悠悠一头栽入水中，很快便像铁块一样沉入了水底。

我一下慌了神，赶紧叫了起来。当岸上的一伙人费力地把她拖上来时，我一边拍她的脸一边哭着大骂："王悠悠！你在找死吗，你不会游泳跳下去干吗？"

她吐了几口水以后慢慢睁开眼睛，我看见她的瞳孔里倒映出我脸上因为着急和愤怒而狰狞的表情，她躺在那里，面无表情地说："我没想死，我还有辣条没吃呢。"阳光就打在她身上，像是在漫不经心地烤一摊正在流油的肥肉。

总之，那天的游泳就这么稀里糊涂地结束了。

那时的我一直想不明白，一向只对甜筒、薯片和辣条有兴趣，而对其他事情都慢半拍的王悠悠，为什么会突然一头栽下水，她想表达什么？又想让别人听到什么？也是在很久以后，我才明白，在那个人影模糊的游泳馆里，王悠悠如同一块莽撞又突兀的暗礁，在人们看不到的地方，孤独地抵抗那些如同暗涌一般无法抑制的情绪。

那时的她，是肥胖的少女王悠悠。没有一位少女不敏感。

游泳后的第二天，她又喊着要陪我去逛街，因为我之前跟她提过一次我想买一件卫衣，等入秋穿。我有意拒绝说："不急着现在去买，反正离秋天还长。"但想了想，还是跟她一起出了门。

我们一起在被太阳照得白茫茫的街上晃啊晃，街上卖的都是些破洞短裤或者吊带连衣裙什么的。后来终于在一家小店发现了一件卫衣，她欣喜若狂地指给我看。

店员说两百块钱，那时候我已经被太阳晒到神志不清，没多想就准备掏钱，王悠悠忽然拦住了我，对我眨眨眼说："先等下。"然后她晃着脑袋问店员："便宜点儿呗，一百九十九卖不卖？"那副又老气又幼稚的样子让我一下子涨红了脸。

店员疑惑地看看我们，然后想了一会儿，说："行吧。"于是她收了我两百块钱，又找给我一块钱。不过这事还没完，店员把那件卫衣打包好后，又从自己口袋里摸出了一块钱，然后放到柜台上，最后打印了一张两百块钱的小票塞到装衣服的袋子里。

我们提着那件卫衣出门后,我有点儿生气地告诉王悠悠:"店员也是给别人打工的,她自己垫了一块钱。"

王悠悠一边走一边反问道:"难道不是两块钱吗?她找了你一块钱,又补了一块钱。"

我想了一下,说:"哦,那就是她算错了,我本来就给了她两百,她不用补的。"

王悠悠忽然站住:"你明明给了她一百九十九啊。"

我觉得这个问题解释不清了,就想趁早结束话题:"算了,不管多少,总归是赔了。还有啊,你让人家便宜点儿的时候,人家都尴尬得不知道说什么好。"

王悠悠突然不说话了,就在大太阳底下站着不走了,然后一动不动地看着我,像是赌气一样,就只是那么看着我。我意识到我的话有点儿过分,也不好意思再说话了。

太阳真够心狠手辣的,像有火山在我们头上爆发一样,我们就一直那么站着,直到王悠悠额头上的汗水淌到下巴上,再从下巴上一滴一滴地落到地上。我终于忍不住了,深吸一口气,说:"对不起,我们走吧。"

她盯着我看了几秒,然后蹲在地上撕心裂肺地哭了起来,歇斯底里地说了句:"好——心——都——被——你——当——驴——肝——肺——了!"

我蹲在她旁边不知说什么好,甚至想不通她为什么这么愤怒。我的眼泪也控制不住了,汗水和泪水融在一起,八月最后的一天是黏糊糊的。那是在宋青离开整整一个月后的一天,那一天依然特别热,像七月一样沉闷、燥热。

太阳下,王悠悠蹲在地上哭,我蹲在她旁边,我们的影子交叠在一起,我却觉得分外孤单。有时候,也许两个都不知道如何表达感情的人,反而会走得很远。而王悠悠和我都擅长表达感情,她用哭,我用沉默。

很多年以后,关于那天发生的事,我只记得地上斑驳的树影,被揉碎的自尊,还有王悠悠大哭的声音,它们被埋葬在一起,不断发酵,无法停止。

蹲在地上的那一刻,我有点儿想宋青了。

我和宋青的故事要追溯到我们十岁的时候,那时候我们都是那个北方小城里再普通不过的小学生,背着一个硕大的书包,走在大街小巷上。

那时候一股英语热席卷了这个北方小城,小学还没有开设英语课的我们纷纷被家长塞进了一家英语培训班里学习音标,我和宋青就是在那里认识的。英语培训班开设在我们当地的一所大专院校里,每当下课的时候,我们俩就一起跑出去买零食,有时候是一包膨化食品,有时候是一包酸话梅,然后我们俩就一起趴在那个大专学校操场的栏杆上吃,聊当时热播的电视剧或者电视节目,头顶上有大雁排成队飞过,我们一起被话梅酸出眼泪。

印象里那是一个冬天,小城的冬天特别萧条、凄冷,有灰暗的楼群和枯败的树叶。那天我们俩买了包牛轧糖趴在操场的栏杆上边吃边聊,也不知道说了什么,两个人争论起来,大冬天里哈着白气,谁也拗不过谁,只能气得直跺脚。其实不过是一件很小的事,可在两个小孩子的心里,却被放大成了无比了不起的大事。多年之后,我还会无数次地回想起当日的情形,气势汹汹的劲头早过了,只是单纯地觉得那个满嘴花生牛奶味的冬天里的我们十分天真可爱。不知道宋青是不是还记得那个冬天。

还有一次也是那年冬天,那天飘着大雪,课间我们俩趴在操场的栏杆上有一搭没一搭地说着话。操场上有两个那所大专学校里的学生在顺着跑道一圈一圈地走，一男一女，牵着手，女孩穿着白色的羽绒服。我和宋青就那样看着他们一圈圈地走，后来他们在一个弯道上停了下来，不知道在说什么，但声音很大，好像发生了很激烈的争吵。寒风呼呼地从我们耳边刮过。我们就静静地看着他们，连手被冻僵了都没发觉，脸被冻麻了也舍不得离开，到了上课的时间，可是谁也不提回去上课的事情，总之就那么看着，好奇事情的后续发展。后来那两个学生又沉默了很久，最后那个男孩跪了下来，他在冰天雪地里跪了下来。更令我们诧异的是，在男孩跪下来的一刻，女孩转身走了，白色羽绒服的身影，就像童话里那个高傲又冷漠的白天鹅一样。

培训班课程结束后，我和宋青就没了联系，但是在高中开学被分到一个班时，我们一眼就认出了对方，这让我们像找到了失联多年的老战友一样欣喜若狂。过后，宋青悄悄告诉我说，她在初中的时候喜欢过一个同班的男生，那个男生又酷又帅，班里好多女生都喜欢他。有一次一大群女生叽叽喳喳地起哄逼问那个男生最喜欢谁，男生被逼急了，哆哆嗦嗦说了一大堆女生的名字，最后一个说的是宋青，说完还偷偷摸摸地看了她一眼，结果两个人四目相对，那一刻的美妙就像无意间看到了一只戴着花的麋鹿一样。

"你知道吗？那个男生的脸唰地一下就红了，"那天，宋青坐在我旁边若有所思地说，"我那时候就觉得，他对我的感觉是不一样的。"

少女的心事，疯长的草和想象中的春天，大概是最迷人的事情了。

不过宋青和那个男生的故事就像一个喷嚏似的，莫名其妙地开始，然后又悄无声息地结束。"我不记得是怎么了，反正我们就是再也不联系了。"她又想了一会儿，张张嘴想说什么但没说出口。

那天的晚自习结束后，我们俩一起走到学校门口的公交站等车回家，宋青像开玩笑似的，一脸轻松地说："后来我们谁也不理谁，有一次他给我传小纸条，让我放学的时候在操场等他，他有话跟我说。"

我看向宋青，她哈哈大笑起来："你知道我当时在想什么吗？我在想，我去了操场，他是不是要跪下来？"

我也跟着笑起来，昏黄的灯光洒在公交站牌上，我们一起上英语培训班的那所大专学校就是那路公交车的终点站。那个飘着鹅毛大雪的冬日，那个操场以及那个男孩为了挽留女孩而下跪的动作，不经意地成了十岁的我们所认为的爱情。我和宋青笑了起来，笑小时候的我们为何那么无知可笑。夜里茫茫的雾气悄悄穿过我们的发梢。

我最后一次去英语培训班是在五年级上学期，那是个青山都躲进云里的四月的一天。那天我和宋青一起从培训班出来，两个人眼睛都亮晶晶的，我们聊着培训班老师的新裙子真漂亮，也顺便吐槽几句就算裙子漂亮也不能留那么多家庭作业。说着说着，我们路过操场旁边的网球场，那一年站在九十年代的尾巴上，我们之前从没见过网球，网球场这个名字也是若干年后才知道的。

那个大专学校的网球场是用铁丝网围着的一片露天空地，门没锁，能看到里面一地黄绿色毛茸茸的球。

鬼使神差似的，我们俩一前一后走了进去，怯怯地摸了几个球，软软的，毛茸茸的，弹在地上会有巨大的回响，声音也十分悦耳，比那些塑料弹簧球好玩多了。

后来我们俩一直在那里玩到太阳落山。离开的时候，我们各自往口袋里装了一个网球，不约而同地，没有人吱声，也没有对视，兴奋又恐惧。

这只网球的力量远比我想象的强大许多。从那天以后，我就再也没有去过那所大专学校了，再也没去过那个英语培训班，也就自此和宋青失去了联系。我厌恶和逃避有关那个网球的一切。而那个充满罪恶感的网球,也不知道被我丢到了哪里。

直到我快上高中的那年春天,搬家时,挪开柜子,一只软软的、毛茸茸的网球欢喜地跳了出来……我不知道我愣了多久,只记得我抱着那个我当时还不知道叫什么名字的球,在青山都躲进云里的四月里哭了起来。

在高中再一次和宋青重逢的时候,我们俩谁也没提有关网球的事情。那个网球场就像从我们脑海中被永久删除了一样。它像一道带有秘密的裂痕,也像存在于另一个平行时空的记忆,带着无比坚硬的刺。

宋青去北京以后,给我打过一个长途电话。那时候我和王悠悠因为买卫衣的事闹得不愉快,我本来打算在电话里告诉宋青我和王悠悠的事,但转念一想,好像又没什么好讲的,就没说。我只告诉宋青我要报考飞行员,她简单地问了几句,然后如我所愿地送上了几句鼓励的话。

我没说多少关于自己的事情,宋青倒是说了很多她在北京生活的事。她说颐和园门口卖一种彩色的棉花糖,还说她的眼镜架最近坏掉了,还说她有一天早上慌慌张张地打碎了她最喜欢的那只墨绿色的陶瓷杯。讲着讲着,她忽然讲起了她在去北京的那趟火车上遇见了一个男生,还让我猜是谁,我还没开始猜,她就迫不及待地告诉我说,好像是她初中时喜欢的那个男生,可是后来看了好久又觉得不是。火车从我们的小城到北京将近二十个小时的路程,这晃晃荡荡的二十个小时里,她始终都不敢站起来走过去问问对方到底是不是那个男生。她还说她在去昆明湖时路过了一家小商店,小商店里有一种零食,是一种膨化食品,就是我们在培训班下课时吃的那种。说完我们俩就都沉默了。

后来我们又陆陆续续说了些别的事情,什么班主任最近经常发飙啦,哪个明星要结婚啦,哪个乐队又出新歌啦,就像小时候在那个英语培训班的课间，我们俩一人捧着一袋零食趴在那个操场的栏杆上一样，就那样无所畏惧、无比快乐地聊着，后来我们再也找不到当时的那种喜悦。

一直到挂了电话我才恍然想起，她不是应该在北京上编导的集训课吗？为什么关于上课的事情她一句也没讲？

新的一周开始的时候，很多事情又恢复了正轨，不过有一件事情和以前不一样了，那就是王悠悠见了我总是故意绕着走开。不过这时候我正在东奔西走打听招飞的事情，没工夫顾这件事，反正王悠悠神经大条，我想，等我忙完了这件事再请她吃辣条就好了。

那阵子我一想到会成为飞行员就立马热血沸腾。我成绩不好，尤其是数学，倒不是我不努力，只是好像我天生脑子里那根掌管数学的弦儿就没搭好，高三开学前的夏天，我每天趴在课桌上埋头和数学作战十个小时，头顶上的吊扇呼呼地转，可是每道题目我盯了半天，除了在空白处留下一个汗渍渍的手印，就什么都没了。

那时候，每个人都在为自己的前途寻找出路，小时候学过两年画画的同学开始重操旧业；以前嫌弃拉二胡像街头卖艺的同学也开始背着二胡出没于各个培训学校；什么才艺都没有的，稍微有点儿想法的，就去学编导，比如宋青。当然还有一些人，比如我和王悠悠。所幸我还对前途抱有一丝渺茫的希望，当我看到那张招飞简章时，就像在黑暗中抓到了一根救命稻草，简直要跪在地上感激上天给了我不近视的眼睛和不晕车的脑袋。

那段时间我经常做梦，都和天空有关，我不是躺在云朵里，就是骑在彩虹上，每次都能甜甜地笑醒。我在冥冥中觉得这是一种好兆头。

招飞的步骤很多，光体检就做了三四次，后来我通过了体检，那时候我就差敲锣打鼓地宣告我要成为女飞行员了。那时我和王悠悠差点儿重归于好，这和我们宿舍楼发生的一场"火灾"有关。

那时候王悠悠和我并不在一个宿舍，她在我隔壁，那天凌晨四点不到，一阵猛烈急促的敲门声把我从迷迷糊糊中震醒。再一听，那绝对不是普通的敲门声，那种声音里有种世界末日马上就要到来的恐惧，我赶紧爬起来，连鞋都没穿就去开门。

门一开，王悠悠一个脸盆直接扣到了我脑袋上——刚才她在用脸盆砸门。因为动作过于猛烈，她累得上气不接下气。

我压住心里的火，问她："怎么了？"

她喘着粗气，说："哎呀，不知道哪个宿舍的饮水机着火了……很多人都去救火了，我想看看你去了没……你没去就好啊，我来告诉你太危险了，不要去……"王悠悠穿着一身大红色的秋衣秋裤站在门口对我说，"要是你去了，我就抄家伙帮你去。"说话间，她把手上那个大红色的脸盆往上提了提。

我愣了下，然后揉了揉酸酸的鼻子，说："我不去，你也赶紧回去再睡会儿吧。"

那天早上到了教室，女生们都情绪高涨，聚在一起以一种亲历者的姿态谈论着那天凌晨的"火灾"。男生们也挤在一块儿聚精会神地听着，有几个男生还愤愤地表示这件事为什么不是发生在男生宿舍里，好让他们一展身手。

七嘴八舌中，一个女生问我有没有去救火。

也不知道是出于什么心理，可能是想解释我为什么没去，也可能是想炫耀一下王悠悠对我的情深义重，我就说："我没去。"并且仔细描绘了我打开宿舍门见到王悠悠提着脸盆时的情形，连她穿着大红的秋衣秋裤也一并说了。

我说完以后，在大家一片啧啧声中，有个男生探出头，面露难色地来了句："她穿着大红色的秋衣秋裤，不是跟剥了壳的花生米一样吗，天哪……"于是啧啧声变成了一种让人难以忍受的哄笑声。

我默默退出人群，这时候我发现王悠悠站在教室门口，她一言不发地看着我。

在我还没想好怎么跟她道歉的时候，她给我传了一张小纸条，上面只有一句话："这是你第三次伤害我了。"那句话是用圆珠笔写的，纸条的背面有那几个字每一笔的凸痕。

我不明白王悠悠所说的第一次和第二次伤害她是什么意思，如果说买卫衣的事算一件，那另一件是什么？在我还没想明白这些问题之前，我就已经意识到，我以为的心思好像一把钝刀的王悠悠并不是我所看到的那样。她从一开始就选择了粗枝大叶，所以她只能一直粗枝大叶，如果她一开始选择了细腻敏感，那么她就会一直细腻敏感，说到底，其实没有人是绝对的粗糙或者细致，只是那一瞬间，站定了就很难回头。

在我和王悠悠的关系还没有修复好的时候，宋青回来了，比她之前告诉我们的提前了两个月，和她一起到的还有我的飞行员招飞心理测试结果——不合格。

并不是在收到所有坏消息的时候都会下大雨，那天天气格外好，风软软的，光柔柔的，天蓝蓝的。我和宋青一起站在教学楼的天台上，我望着远方告诉她："你看太阳染红了云朵，多好看呀。"

宋青也向远方望着。

我继续说："招飞的体检是最难通过的，在我体检合格的那天我真的以为我会钻进那些红色的云朵里，真的，我真的是这么以为的。"说完这句话，我的眼泪就下来了，那天我趴在宋青的身上大哭了一场，她的肩膀上全是我留下的眼泪和鼻涕的痕迹。她自始至终都没有安慰我，也没有说一句话。

我的眼泪包含了太多难以抑制的感情，我也有很多想不明白的事情，我不知道宋青为什么会提前两个月回来；我不知道王悠悠为什么会在游泳馆里一头扎进水池；我不知道为什么我的招飞体检过了，心理测试却不合格；我不知道宋青给我打的那通电话里为什么不讲讲她在北京上课的事情；我不知道王悠悠说的"第三次伤害我"是什么意思。我想不明白，我只能哭。哭着哭着就想起那些天我做的那些关于躺在云朵里或者骑在彩虹上的梦，于是我哭得更厉害了。

丢了这根救命稻草以后，来势汹汹的高考彻底压垮了我，我不仅无心修复和王悠悠的关系，对正常上课和做课间操都表现得十分烦躁，甚至连为什么宋青提早两个月回来也不想多问。

有天上晚自习时，我在看一本小说，书里有句话"她打开淋浴喷头，水像温暖的橙汁一样浇灌下来"，也不知道这句话怎么就戳中了我，一时觉得特别感动，晚自习没上完，我就回宿舍收拾东西直奔浴室了。

因为是晚自习时间，浴室里只有我一个人，非常冷清，喷头水压特别大，水哗啦哗啦地打在地上，我让流水对着我的背猛烈地冲撞着。忽然感觉到从未有过的疲惫，我俯下身，蹲在那个浴室里肆无忌惮地大哭了一场。就像在空旷的海洋里一样，我是孤立无援的鱼，失望和不甘是周身隐藏的血液，没有是不是，也没有该不该，不想思考我为什么要来到这个世界，也对我该往哪里去不抱任何期待。

至于那天晚自习上我看的那本小说，我没有看后面的情节，因为那本小说失踪了。和它一起失踪的还有王悠悠。

那段时间整个班都被一种很奇怪的气氛笼罩着，大家纷纷猜测那个满身橘皮组织的胖妞去了哪里，有人说她去做减肥手术了，有人说她转学了，还有人说她因为吃辣条中毒了，什么奇奇怪怪的说法都有。

有一天晚上，下了晚自习，宋青拉住我，悄悄告诉我："王悠悠可能是和学校小卖店的儿子私奔了。"她这么说是因为王悠悠曾经告诉过她，她认为所有人都嫌弃她，都嘲笑她，只有她每次去小卖店买辣条时，那个店主的儿子会真心诚意地对着她笑。

所有人？包括我吗？也包括宋青吗？为什么她告诉宋青这些却从没跟我讲过一个字？我不敢往下想，着急地打断宋青的话："不可能的，私奔？私奔这种事只有在电影里才有，王悠悠可不是那种演电影的人！"

宋青"哦"了一声，然后就没了下文。说这些话的时候，我们俩正站在教室门口，说完这些话，我们谁也没有先走。白炽灯明晃晃的，放学后的走廊很安静，能听到的只有经过的几个同学为某一道课后习题的争论声以及他们稀稀拉拉的脚步声。

我看着那几个同学渐渐走远，装作漫不经心地问宋青："你去北京前告诉我们你要拍一部像《立春》那样的好电影，后来呢？你打电话的时候怎么一点儿没跟我讲你在北京上课的事情啊？"

她歪了歪脑袋，表示没什么好讲的。我觉得她很奇怪，明明在北京待了好几个月，每天都在集训，怎么会没什么好讲的呢？

她想了一会儿，说："有一次老师让以童年为创作背景，写一个小剧本，我就写了和你一起上英语培训课的事。你还记得吗，有一次咱俩趴在操场的栏杆那里，两个小女孩，扎着羊角辫，满嘴的牛轧糖的味儿，在那里怒气冲冲地争吵，好像吵的是当时特别火的那个女主持人身高有没有超过一米六，现在想想觉得特可笑。我就写了这件事。"

宋青讲这些话的时候语气十分温和，每个字都很柔软。我听着她讲，一瞬间竟有了一种穿越时空的错觉。好像站在教室门前被高考压得喘不过气来的我们，不是真正的我们，真正的我们还是十岁，还是那两个小姑娘，还是那年在灰暗的冬天里那两个趴在操场栏杆上的小姑娘，她们生气的时候只会跺脚，高兴的时候会摇头晃脑地哈哈大笑，她们一起吃酸话梅和牛轧糖，她们无比美好。

不过那晚我们离开教室门前时，宋青告诉我："我那次写的小剧本老师并不看好，他认为没有实质性的矛盾和冲突。"

我不知道该怎么接话。

她笑笑说："没关系，可能是我理解的小时候和他想看到的不一样吧。"

很快高考就把我们这群人赶上了独木桥，那又是一年夏天。出考场时，我对宋青说："这热气真是一浪一浪的啊。"

她说："是啊，比去年还热，去年我们躲在麦当劳里吃了一个夏天的冰激凌呢。"

她说完以后，我们就默不作声了。那时候我们依旧没有王悠悠的任何消息。

一直到高考成绩出来那天，我才知道宋青居然也是普通高考生，她不是艺术特长生吗？她不是学编导吗？我带着满脑袋的为什么给她打电话，她在电话里说她已经不喜欢做编导了。

我追问："为什么？"

她说："不喜欢就是不喜欢了呗，哪有为什么，编剧书都被我撕了个稀巴烂，就丢在那个和你一起看云的天台上了。"她说这些话的时候态度冷漠，好像不是那个我认识的宋青。

我迟疑了下，在电话这头大喊："肯定不是，你说你要拍一部像《立春》一样的好电影的，你忘了吗？"

半分钟后，宋青在电话里扔下一句："你烦不烦?!"然后挂断了电话。一串忙音孤独地回响起来。

半个月后，我收到了一个包裹，打开一看，里面是一只网球——黄绿色，软软的，毛茸茸的，弹起来有巨大的回响，声音也十分悦耳，和小时候我和宋青在那所大专学校的网球场上偷偷拿走的一模一样。包裹里夹着一张字条，字条上说："上次我不告而别是在我们一起偷拿了两只网球后。这次我可能又要不告而别了。对不起。""偷拿"的"拿"字，是最后加上去的，窄窄地、委屈地挤在一排字的中间。

字条的最后，署名是宋青。

那个夏天过后，我和宋青也失去了联系。

再后来我就读了大学，有同学告诉我，大学生也可以报考飞行员，我思索了三秒，然后摆摆手拒绝了。直到那一刻我才忽然发现，其实我对当飞行员根本没有那么大的激情，那时的我只是想逃避什么，又想借力什么，所以才会对蓝天和白云有超乎想象的期待。我抬头望天，白云浮在半空，天空湛蓝，一切都和以往一样，像以往一样美好，也像以往一样让我没有任何妄想。

大三的时候，我一个人穿越了大半个城市跑去看了部夜场电影，那部电影是《立春》。在漆黑的电影院里，女主角王彩玲说起春天："每年的春天一来，我的心里总是蠢蠢欲动，觉得会有什么事要发生；但是春天过去了，什么都没发生，就觉得好像错过了什么似的。"一瞬间怅然若失。我从电影院出来的时候已经是后半夜了，天空下起了雨，那是那个春天最暴烈的一场雨。我后来再也没有和宋青联系过，我一直深深地觉得，她是热爱编导的，她在电话里骗了我，她还欠我一个解释。她可能还不知道，我每次看到酸话梅和牛轧糖时都会分外想念她。

王悠悠在深圳，知道她消息的那个冬天我去找了她，以前胖胖的她变得瘦弱纤细，她的眼睛弯弯的，特别好看。我们没聊什么，她当初莫名其妙地失踪是因为那间教室里的高三生活让她太压抑了，她退学去深圳打工了，谁也没告诉。

送我离开的那天，深圳居然飘起了雪，王悠悠说，她来深圳这么多年，从来没见过下雪。她望着灰暗的天空，还有那些在天空中飞扬的雪花，忽然说了一句话："以前读高中的时候，我还说等我有钱了就去坐你开的飞机呢。"她的声音压得很低，好像是从遥远的过去传过来的，我勉强地笑了笑，她没再往下说。

后来她又问了问宋青怎么样，我摊摊手说："我和她没什么联系了。"

王悠悠好像很无奈，但又十分平静地叹了一口气："也不知道我们什么时候能再聚在一起。"

离别时，在那个飘着漫天大雪的深圳机场，我看着王悠悠的眼睛，跟她说了句："对不起。"她笑笑，没有说话，然后很用力地拥抱了我，就像紧紧抱住了那个我们曾经一起走过的青春时代。

札幌爱情故事

当暴风雪来临的时候,他正在札幌的一间居酒屋看着酒保出神,昏黄的灯光下,颜色不明的液体被混杂在一起,又咕噜咕噜地冒出一连串泡泡,他盯着那些泡泡,直至它们一个接一个地破灭。

他来札幌已经四天了,一路上看了丘陵公园、藻岩山和北海道大学设立在那里的一个分校区,一切都没什么特别之处。唯一值得说的是他在大仓山的滑雪场度过了整整一天的时间,他很久没有那么畅快地滑雪了,不过也因此摔青了膝盖。当热气球升起的时候,他想让旁边的日本游客帮他拍一张和腾空的热气球的合影,只是那位游客没明白他的意思,按下快门的时候,热气球已经偏离了光圈的视野,所以在那张照片上,他一个人背靠着望不到轮廓的白色雪山,看上去异常寂寥。

因为第二天就要动身回上海,他这天傍晚跟着手机地图走了两千六百米才找到这间居酒屋，当然，来这里也算是他这次来札幌要做的事情之一，甚至可以说是最重要的事情。

  他进门时外面已经开始下雪了，而且似乎有越来越大的趋势，他找了个靠窗的位置坐下。太阳早就落山了，透过窗子能看到远处洁白的山脉在夜里留下漆黑虚幻的影，它们不动声色地注视着盘绕着城市的寂静公路，他能看到公路上间或缓缓掠过微弱的光，放大一百倍看，发现那是稀稀拉拉冒雪前行的汽车，再拉近镜头，蒙上了一层雾气的窗上有一团模糊的黑影，那是他的身影。

  直到一对年轻的欧洲恋人跑进居酒屋，他才勉强回过神来，他们两个人都戴着毡帽，穿着灰色系长呢子大衣，戴着漆皮手套，俨然从时装广告牌上临摹下来的刻本。

  "雪太大了，真是太大了。"年轻的欧洲女孩一边抖落帽檐上的落雪，一边用充满北欧味的英语笑着对他说。他们面对面地坐在他旁边的座位上，然后聊着。他无意听他们说什么，不过还是间歇性地听到"重叠"或者"梦境"之类的字眼。不知道是因为独自旅行时神经太过紧绷，还是居酒屋里暖融融的气氛太过醉人，他在持续不断的异国语言里睡着了，就像中学时代望着黑板上一片白茫茫的粉笔字而出神一样，耳边不断交织着日语和英语。他靠在窗子上做了一个梦，梦里他好像一直在告诉自己"你一定要记得这个梦啊"。他的意识欣然应允，然而醒来的时候还是全部忘记了，一点儿也想不起来了。他清醒是因为居酒屋里的噪音，不断有人惊呼或者长叹："雪越来越大了。"这种大雪在札幌似乎是很不寻常的，他想。那对欧洲情侣进门就点了餐，现在已经吃了一半，桌上摆着啤酒、炸虾、筑前煮，还有洋葱和生鱼片之类的，那个女孩擦了擦嘴，又点了份可乐饼。"看来我们要在这里坐一整夜了。"她看着桌上剩下的生鱼片说。

的确，他透过窗子似乎已经能清楚地听见风雪声了。他自信是北方人，近三十岁才移居上海，他以为再天寒地冻的天气都见过，然而他还是被这里不寻常的风雪震慑住了。他的确从未见识过这样的风，决绝，不留余地，带着某种孤独的决心从不为人知的远处，以雪为马，疾驰而来，马蹄声凌厉地溅在窗玻璃上，很快，原本墨绿的山脉就被无边无际的雪原替代了。一切仿佛一场梦境。

居酒屋里还零散地坐着几位比较年长的客人，看样子都在等待雪停。一对老夫妇喝着烧酒，小心翼翼地分食一盘类似于土豆肉饼之类的食物。酒保也显得慵懒、疲惫，不时地抬头，耷拉着眼皮，向窗外望去。他走过去和酒保攀谈。酒保是关西人，每句话的末尾都带着上扬的尾音，他们在可乐饼和芥末味里有一搭没一搭地聊着，聊的无非是旅途中遇到的人或者看到的景色之类的，一边聊一边喝点儿酒。大概是最近几天太累了，他没喝几杯就开始头晕，觉得有很多人影在眼前晃，呈现出一种温暖的黄色，耳朵里响起一阵奇异的像踩在雪地上一样的咯吱咯吱的响声。

没聊多久他就因为头晕表示要坐回去，可酒保突然拉住他，送了他一个类似圆柱体形状的物件，看样子像调酒器之类的东西，还说了句十分莫名其妙的话："和你聊天，我觉得很有意思。"他不知道酒保为什么送给他这个，只觉得对方的关西口音听上去十分滑稽，他笑了笑，没有再多问什么。

再次走到窗边的时候，他才发觉刚才他坐的位子对面坐了一个人。借着居酒屋里昏黄的灯光，他看到那是一位有着明显东方面孔的女性，年纪大约三十，但也并不排除由于化妆和衣着使她看上去更年轻。她穿着藕荷色的修身短款羽绒服，乳酪色的高领毛衣工工整整地露在领口外，黑色西裤恰到好处地在昏暗中衬托出隐隐约约的腿部线条，裤脚扎在卡其色的靴子里。

不知道是什么缘故，他不自觉地认为她应该是个中国人。她前面的桌子上摆着一瓶日式清酒，应该是她刚点的。他走过去，她的眼睛捕捉到他，在他们四目交汇的那一刻，在他的心坎好像有什么倾泻了下来一样。

他有点儿不好意思，试着用中文和她说话："啊，不好意思，这是你的座位吗？"

她很抱歉地做出起身的动作："我刚才进来，看见没有摆东西，就以为没有人。"

"不必麻烦，我原本是坐在对面的。"他暗暗为她是中国人而惊喜，不过他还是故作淡定地指了指桌子另一侧的座位，并用询问的眼神看着她。旁边坐着的那对恋人正在肆无忌惮地接吻，桌子上盛放生鱼片的盘子已经空了，窗外依旧是呼啸的风雪声。

她微笑着颔首，然后背对着那对恋人，转头看向窗外。他拉开那个女人对面的椅子，坐下，把桌子下的双肩背包向他的座位这边拉了拉，打算把刚才酒保送给他的调酒器装进去。由于背包内原本塞的东西太多，他不得已先掏一些东西出来，薄荷味口香糖、杯装的泡面、笔记本，还有一小开本岩井俊二的《情书》。他隐约觉得对面女人的眼睛里多多少少地露出了几分笑意。

"一个人出门，带的东西难免多了些。"他有些不好意思地解释。

"喜欢酒吗？"她突然问道。

"嗯？"他不知道她为什么这么问，"也不能说喜欢吧，只能说并不排斥，偶尔会喝点儿，但不会喝醉。"

"喝醉的感觉确实不怎么样，起码有的人不喜欢。"她说。他能看出她化了淡妆。她没有试图以妆容来刻意修饰自己，也似乎并没有这样的打算，这使她显得比同龄女性更加亲切。因为接纳衰老是坦率做人的一部分，他想。

"确实是这样的。我还记得我人生中唯一一次喝醉酒是在大学毕业的那年夏天，也不记得那天到底喝了多少，唯一能想起的是我晕晕乎乎地蹲在一棵树旁，当时刚下过一场大雨，我看到有青蛙从我眼前跳了过去。"

"听上去真有意思，"她说话的声音很轻，"你刚才放进背包的是一种高级调酒器。"

"这样啊，"他恍然大悟，"是那个酒保送给我的，他也说我的话很有意思。"他老实作答。

"因为我做过调酒师，我知道那种调酒器。"

"调酒师？是在中国吗？你也是来日本旅游的吧？"他迫不及待地问。

"早些年是在中国做调酒师的，不过我已经来日本六年了，现在在大阪教中文。"

在她说话的时候，他注意到她眼角有几条细纹，她的鼻子很漂亮，可又不是那种很挺拔的，五官也没什么特别之处，可就是有一种不可思议的吸引力。

"六年了？那可真是不短，你是一个人在大阪生活吗？"话刚出口他就意识到他问得冒昧，赶紧不好意思地补充道，"我是说，如果你一直都是一个人在大阪生活，那真是不容易。"

"一直都是一个人生活，其间也谈过几次恋爱，但都无疾而终。"她略微沉默了一下，继续说，"很久以前就有人跟我说过这句话，'那真是不容易'，现在回想起来，真的是很久很久以前了。"

"哦？"

"说那句话的人，改变了我的人生轨迹。这要从我上大学的时候说起。"

"发生了什么吗？"他表现出一副很感兴趣的样子。

"我大学读的是生物化学专业,毕业的时候,我没有按部就班地找一个对口的或者稳定的工作,因为我不喜欢每天穿着白大褂站在实验台前观察细胞或者小白鼠什么的。那时候我仔细想了想我到底喜欢做什么,可是想来想去,发现我其实没什么特别喜欢做的事情,听上去很可笑吧?那时候我就觉得,世界上的大多数人都没什么特别喜欢做的事情。我唯一感兴趣的就是酒香了,这也是在毕业那年夏天发现的,倒也不是喜欢喝酒,只是单纯地对酒的气味特别沉迷。所以我就想到,索性去做调酒师吧,人真正喜欢的事情太少了,所以我必须要抓住这一点儿兴趣。那时候有人说我太任性了,可是不听话才是任性吧,我听从我内心的话,应该是最不任性的了吧。

"刚开始我在上海的一家酒吧做调酒师,怎么说呢?那是一段很愉快却又很复杂的日子。那时有的顾客会在吧台看我调酒,偶尔会和我聊天。有一次我说到我刚大学毕业不久,对方觉得很诧异,问我:'大学开了调酒课吗?'我说:'我从前学的专业是生物化学,学的是分析化学、高分子生物学之类的课程,没有调酒课。'对方听了我的回答,瞪大了眼睛,然后又心不在焉地说了些追求梦想需要勇气之类的话。"说到这里,她做了个很无奈的表情,然后继续说,"总之,那种感觉很奇怪,我也说不上来是哪里不对,大概就是我认为因为喜欢酒香而去做调酒师是很自然的事,对方却认为从生物化学专业跨行到调酒需要很大的勇气。"她说每句话的语气都很温和,却带着一种令人难以抗拒的力量。他想她算得上美女,加上她独特的想法,更衬托出她本身带着的一种不同寻常的气质。

"后来呢?"他问道。

"后来我一直在上海做调酒师,直到两年后一个人出现,就是我刚才说的改变我人生轨迹的那个人。他是日本人,自幼在上海长大,会说一口标准的上海话。他看我调酒，也和我聊了很多关于酒的事情，总之，我们很投机。我也跟他讲了一些关于生物化学的东西，其实就只是两个陌生人随便聊了聊从前彼此做过些什么而已，对他怎么看待我学了生物化学却做调酒师，我并不抱什么期待。让我意外的是，我在讲那些的时候，他听得很认真，还提了一个很深入的有关DNA研究的问题。我当时笑着跟他解释我不做DNA方面的研究，他倒是很耐心地告诉了我那个问题的答案，我当时还以为他是做这方面工作的呢。其实不是，他在大阪做红酒生意，只是之前碰巧看过一本关于DNA方面的专业书籍，就把他最感兴趣的一部分说出来和我讨论了。我当时只觉得他和其他人很不一样，他那天离开的时候，对我说：'学生物化学却做了调酒师，要重新学习的东西很多吧，那真是不容易。'"她微笑着说。

"'那真是不容易'？我刚才也说过这句话。"看着她微笑，他感到非常紧张。

"对。听上去十分轻松的一句话，可是当时的我听后流下了眼泪。在上海的两年，虽然说做调酒师应该是一件还不错的事，可我内心还是顾虑重重，生怕别人会觉得我做的这一切不值当，其实哪能说得清到底做什么事情会更有价值呢？别人会这么觉得也不是他的错，只是对于我来说，有些是生命之源的东西，而在别人看来就像马桶套。因为所有的人都是局外人，在不同的地方出生、在不同道路上长大的局外人。"

"所以他那句'那真是不容易'在你看来，就是对你的理解了？"他小心翼翼地问道。

"可以这么说，在他第二次来酒吧的时候，我就跟着他离开了，到了大阪。你应该觉得很意外吧，我自己也很意外，直到到大阪机场时我才反应过来我决定了什么事，那一年我二十四岁，做这个选择也没有花多少时间，说起缘由来，应该是比起调酒，我可能更喜欢他。"她说这些的时候带着一种浅浅的笑，好像那些笑容就潜伏在水中，待风一吹过就自然而然地浮了上来，"不过我到大阪的第二个月就和他分手了，因为性格方面的原因吧，那时每天都失望得要死，好像并没有过上自己想象的生活，而且那时的大阪很久都没有晴朗的天空，时间漫长得像永远都过不完的冬天。"说到这里，她忽然停下来问他是不是觉得她说得太多了。

他摇摇头说："没关系。"

"那时候我真正开始一个人生活，离开家，离开朋友，到一个完全陌生的国家和城市，可就算那样，我也从来没有考虑过把这一切推翻重来，可能我就是这样子的一个人吧，生命的际遇如此，往前走，可能不会太好，但不至于更糟糕。"她沉吟了片刻又接着说，"我那时租住在心斋桥附近，那里很热闹，可是那些热闹都和我没有关系。我一周去一次便利店，买一些速食饼干或者夹心面包之类的食物存放在冰箱里，完全没有心情去做一些很麻烦的食物。后来好不容易心情好点儿，我去超市买了通心粉和番茄酱，打算自己煮些吃的，可那一包通心粉还没有吃到一半，我就再也提不起兴趣了，大概觉得吃什么都索然无味吧。工作日我在一家培训中心做老师，教孩子们中文，他们经常会问我一些关于中国的奇奇怪怪的问题，甚至很多问题我自己都从来不知道，不过这样也好，工作占据了我大部分时间。周末就看电视剧打发时间，经常是那种很无趣的青春剧，其实来日本之前我不喜欢看电视，可是在大阪，除了看电视，我不知道还能做些什么。也不会出去逛街，没有想要添置的东西，只是有一次下课后在培训中心门口看到有家小店在卖中国制造的遮阳帽，我才回过神来，原来我已经从大阪的冬天待到了夏天。"

"你没有尝试过在大阪找个男朋友吗，日本男朋友也好？"他真诚地问道，说罢望了一眼窗外，"雪变小了，是不是？"

"是交过一个日本男朋友，他叫智也。智也君是大阪大学的学生，他很喜欢中文，我们就是因为中文认识的。其实最初和他在一起的时候，我就抱着一种我们迟早会分开的态度，因为我总感觉我不会一直留在日本，总有一天会回到中国的，做一名日语老师，或者继续做调酒师，可是智也君是不会离开日本的。现在想来，一开始就对恋爱抱着这样的态度是有问题的，既然在一起，那就应该仔细思考如何更长久地在一起，而不是每天惴惴不安，担心什么时候会分开。可是那时我不懂这个道理，也不知道我那时的思想是更复杂还是更纯粹一些，那时候我会像大多数人一样对那些为了爱情义无反顾的人嗤之以鼻，现在我只觉得那时候的自己甚是可悲，我竟然在嘲笑这个世界上最幸运的人。"

"你现在还会觉得你不会永远留在日本吗？"他试探性地问道。

"现在？"她摇摇头，黑色的头发扫过她的肩膀，发出簌簌的响声，"现在我不知道未来会发生什么。不知道我会不会回国，也不知道我会不会永远留在日本，甚至不知道我会不会哪一天又去了非洲或者美洲，虽然现在我觉得不会去，但这些想法也许会在未来的某一天改变。"

"这样说的话，那什么都没办法保证。"他耸耸肩。

说话的当口，邻桌的情侣在互相喂食可乐饼，两个人你一口我一口，最后一口轮到男孩吃，他拿着可乐饼装模作样地咬了一小口，剩下的留给了女孩。附近的桌子有人点了北极贝沙拉，空气中充满了不合时宜的芥末味。她揉了揉鼻子，说："人只能保证的是，事情发生时所表现的诚意。"

"这么说未免太悲观了。"他略微吃惊她对待感情的态度。

"怎么说呢，我觉得一段感情的价值，是以它结束时你是否对感情感到悲观和失望来决定的。如果你感到悲观和失望，那说明这段感情在你心里烙上了很深的印记，可这种感受偏偏是很令人讨厌的。"她微笑着说，"有价值的东西并不都是令人愉悦的。"

他对她的话不置可否。居酒屋里靠近酒保的位置传来此起彼伏的喜悦和呼喊声，分食土豆肉饼的老夫妇齐声兴奋地大喊着："雪已经停了，风也没那么大了，可以回家了。"他向窗外望去，还是有风夹着雪花撞向窗玻璃，不过和早些时候相比，雪已经小了许多。

"你家在大阪吗？雪小了很多，你着急走吗？"他问。

她轻轻摇摇头。"不急着走，"转而又有些失落地说，"有人等着的地方才叫家，我一个人住，不着急的。"

"那后来呢，你和智也君发生了什么？"他抱歉地看着她说，"其实我还挺好奇你们俩后续的发展的，只是担心你要早点儿回去。"

"没关系。"她眯着眼笑的样子让人觉得像雪融化了一样，"好像是我和智也君在一起的第二年春天，准确地说，应该是初春，我们一起坐火车来北海道，那时候他因为一些事情和家人起了争执，心情不是特别好，不怎么讲话，我就在车里给他讲各种各样好玩的东西，比如我读中学时有一次在动物园看大熊猫吃竹子，它吃了两个小时，我就呆呆地隔着窗子看了它两个小时，后来我甚至怀疑竹子是不是真的特别香甜；比如做调酒师时，伏特加的味道总让我联想到苍凉的西伯利亚，还有我最喜欢的酒香是朗姆酒的；比如大学时候上解剖课，我们要剥离兔子的迷走神经之类的事情。总之，我就那样说了一路，把能记起的在我身上发生的，或者我想象过的有趣的事情全说了一遍，直到晚上我们到了北海道。"

他微笑着说："听上去……那一路上感觉很美妙吧。"

"不过恋爱最好不要用力过猛。"她抢过话，"我曾经在一切都结束后怀疑自己，当时对那个人为什么会有那么多话。想想看，原来自己并不是平淡无味。"

"你们那天是来北海道看樱花吗？"他很有兴致地问她，一边问一边做了个习惯性的摸脑袋的动作，"我早就听说过北海道的樱花，但这次来札幌我并不是为了看樱花。"

"不是的,樱花好像对寒冷很敏感,我们那次来的时候一朵都没开。不过我们也不是专程来看樱花的,只是随意挑了个地方走一走,就来北海道了。樱花没开,我们就去爬山了,那座山我已经不记得叫什么名字了,只记得山脚下有一条小河,河水泪泪地流淌。我们顺着一条雾气氤氲的山路爬上去,天空还飘着雪,一片朦胧,衣服都被打湿了。"然后她忽然提高了声音,"那座山的半山腰上还有一个温泉,水似乎软绵绵的,空气很清新,我和智也君泡在温泉里的时候,雪花飘落在我们身边,现在我的脑海里还能浮现出当时我们一起向远处望去,看到青山连绵的景象。"

"那真是很美啊。"他表现出了比对北海道樱花还感兴趣的样子。

"我也是在那里看到智也君背上有一块胎记。"

"那是有什么问题吗?"

她摇摇头:"没什么问题,我只是忽然想到了,那块胎记的形状很特别,弯弯的,像月亮一样。"她接着说爬山的事情,"后来发生的事情我记不清了,有没有爬到山顶也记不得了,唯一有印象的就是那晚我们住在那座山的山脚下,木质地板的缝隙很大,房间里有一股很重的味道,鱼腥味或者说是潮水味。因为智也君的家是在靠海的地方,所以那种味道他很熟悉。"

"那后来呢?在北海道爬山的事情就这么结束了吗?"他有点儿失望地问道。

"是的。"她做了个很抱歉的表情,然后摸了下头发,把钻到衣领里的那一小撮头发拉了出来,"第二天我们就来了札幌,不过这里好像没什么可玩的,当天下午我们就回了大阪。"

"札幌确实没什么特别好玩的地方。"他表示赞同。

"回去后我还是重复着以前的生活,在培训中心教孩子们中文,他们学得很快，智也君也回到学校继续读书。"说完，她忽然意识到了什么，极为自然地笑了笑，说，"回到大阪后我们又相处了很长一段时间，后来才分手的。智也君是我来日本后交往的第一个男朋友，我们也是真心相爱的，我一直以为我们会一直相处下去，直到我回国或者他毕业，可是事情并不是那样的。"

"出了什么问题吗？"

"不是的，我原本以为相爱的两个人要分手，至少要发生一件轰轰烈烈的大事吧，比如出现了第三者，或者一方要离开原来那个地方，或者是因为父母反对之类的，总之，就是要有一些不可抗拒的因素或者难以弥补的裂痕，可事情并不是那样的，不安、忙碌、疲惫，这些就足以磨灭感情了。"

"感情的事是不由人控制的。"他真心诚意地评论道，"那你……你为什么会一直记得在北海道爬山这件事呢？"他有点儿困惑地问。

"其实我记得的不是来北海道爬山这件事，我记得的是泡温泉时有一片白色的雪花在我们眼前落下的那一秒，还有无意间瞥到智也君背后的月牙形的红色胎记。我也不知道为什么几年过去了，很多关于他的事情我已经不太记得了，对那天的很多细节或者某个瞬间却记得那么深刻。最后……"她停顿了几秒，说，"在札幌的时候，我们在一间居酒屋，他吻了我。"她不好意思地笑笑，"就是在这间居酒屋。"

不知道从什么时候开始风雪声变小了许多，几乎听不见了。"这里的可乐饼很好吃，那次智也君在这里吃到第一口时，眼睛简直是要发出光来。"她说。

他把头靠在椅子的靠垫上，微笑着听她说话。

他不清楚此刻心里是什么样的感受，居酒屋里灯光昏黄，周围不时有人走动,他们的影子此起彼伏地落在他们的身上。"那么你呢,你为什么来札幌,是来旅游的吗?"她问道。

他想了一会儿,不知道该回答"是"还是"不是",于是他讲起了他为什么来札幌:"可能是工作方面的原因,我有时候需要阅读一些日语文献报道或者材料,所以需要学日语。"

"日语学起来还是比较简单的,不过要阅读日语文献就没那么容易了。你是研究员吗?"

"不是,我是记者,科技版块的记者,主要负责 DNA 和遗传这些生物部分。"他回答。

"这样啊。"她的眼神里有一种难以捉摸的意味。

他接着说:"我在上海有一位日语老师,是中国人,我叫她美惠,她曾经在札幌生活过四年多。"

这句话刚出口,她就向他投来了极为好奇的目光:"在札幌生活过四年吗?好像很多中国人在日本生活得久了,都想回国去。"

"那位日语老师,我是说美惠,该怎么形容呢,应该说很活泼吧,但又不是小孩子的那种活泼,上课的时候,她除了讲一些日语生词或者语法,还讲很多她在日本生活的事情。比如,天天吃寿司很烦啦,吃生鱼片总让她拉肚子啦,还有正宗的乌冬面根本没有那么好吃啦,总之,她讲的事情,基本上离不开吃,并且还要加上她自己对这些食物的一番点评。"说着,他笑起来。

"她一定是个很可爱的女孩子。"

他点点头:"美惠确实很可爱,不过她快四十岁了,从年纪上来看,她可不算是什么女孩子了。不过,判断是不是女孩子,不仅仅依靠年纪来定,对吧?"他沉思了一会儿,又补充说,"并不是我有意要打探她的年纪,只是在一节课上,她为了举例而造了个句子。'美惠还有一年就四十岁了。'她讲这句话的时候，用一种特别调皮的眼神看着我，好像在说，'怎么样，看不出来我四十岁吧！'不过，说实话，我当时确实很惊讶，一方面是因为她真的看上去没有人们印象中的女人四十岁的样子，她留着波波头，经常戴各种好看的帽子，看样子也就三十岁出头；另一方面是因为大多数女性都会比较介意自己的年纪吧，我几乎没有见过女性如此正大光明地说出自己的年龄，并且美惠说这句话的语气和神情，特别坦然自在，好像丝毫不打算掩饰什么。"

她微笑地听他讲，然后和蔼地评论道："可爱一点儿会让人显得年轻。其实判断是不是女孩子，我也会更认同那些心理上的感受。"

"在我年轻的时候，我是说我在读中学或者大学的时候，会对某一类看上去很完美的女孩子有一些执念，会单纯地以为那些在学校里穿白裙子的女孩子，或者会写一手漂亮的楷书的女孩子，还有那些扎着马尾露出细长的脖颈的女孩子比较可爱，大概是少年时期的荷尔蒙让我如此以为吧。只是年纪越大，我越容易推翻从前的论断，现在我会觉得那些内心纯粹的女性更加可爱。"

"看上去那位日语老师就是这样的女孩？"她问道。

"确实是这样的。美惠经常会有一些听上去特别天马行空的想法，也会说一些很奇怪的话。"他笑着说。

"哦？"

"这个事情说来就话长了。"他扭头看窗外的雪。雪确实已经停了，居酒屋的外面被人踩出一条泥泞的小路，那对老夫妇回家了，土豆肉饼没有吃完，被老妇人打包拎在手上，有泥点子溅到了他们的裤管上，他皱了皱眉头。那对情侣在兴奋地聊着什么，那个女孩还时不时地发出一阵阵爽朗的笑声，桌上只剩下他们喝了半罐的啤酒和一整盘可乐饼，还有一些空盘子。

"真是一场突如其来的大雪。"她轻轻说,"你慢慢讲吧。"

"我从小学时就喜欢吃泡面,非常喜欢,每周都要吃上几回,后来因为健康问题被母亲制止了,一周只能吃一次。所以我每次都得提前好几天想该吃什么牌子什么口味的。等到我上中学的时候,零用钱也多了起来,母亲根本管不了这个,所以我还是保持每周吃一次泡面的习惯,而且只吃杯装的。一来,我很害怕一次性吃太多总有一天会厌烦的;二来,只有杯装的才有那种泡面拿在手里吃的气魄。"他笑着摆了一个吃面的姿势,"总之是这样的,我说不上来。"

"那你一定是泡面专家了。"她说。

他看着她一愣,略微沉默了一下。"她也是这么和我说的,我是说,美惠,她也对我说了'那你一定是泡面专家了'这句话。上日语课是在一家培训机构里,每个周日的上午十点到下午四点,中间有一个小时吃午饭的时间,午饭要自己解决。我不喜欢叫外卖,不卫生并且觉得麻烦,我就带杯装泡面泡着吃。第一次上课的时候,我就发现美惠居然也在吃杯装泡面,更巧合的是,她吃的那种泡面我之前吃过,只是我不是很喜欢罢了。因为那种牌子的泡面不能从便利店里买到,仅仅从这一点就可以看出来,就算她不像我一样是一个泡面的骨灰级粉丝,那她也算是对泡面有一定研究的人了。那时我的心情简直可以用欣喜若狂来形容。从小学开始,也就是八九岁的时候,到那个中午我看到她吃那个牌子的泡面,这二十年的时间,我从来没见过和我一样的泡面狂热爱好者,感觉就好像……好像是一只麋鹿,在广袤的苍茫大地上奔跑,许多年月就这样荒废了,有一天,它突然仰头,发现了北极光。

"当时我按捺住紧张又急迫的心情,走到美惠跟前,特别小心地问她:'你很喜欢吃泡面吗?'她先是有些疑惑地看着我,当她看到我手上的杯装泡面时,她一下就懂了我的意思。后来我们聊了很多,不过都是关于泡面的。"

"关于泡面的?是坐下来一起研究什么牌子什么口味的更好吃吗?"她问。

"是这样的,不过也不全是这样的,我们还讲了如何热爱泡面。美惠说,她在读高中的时候,学校里有好多社团,老师应该是想让大家多发展点儿业余爱好,就要求每个人都参加。她跟我讲这些的时候还挺生气:'难道每个人都必须要有个兴趣爱好吗?'可是没办法,还是得照着办。高一的时候她参加的是合唱团,只唱过几次,而且经常因为音不准而被揪出来,后来她就不想再去了,高二的时候她索性就退出了。之后,她也不知道自己能干点儿什么。不过后来她想到了,因为她看到了贴了一黑板的方便面社宣传单。"

"方便面社吗?"她略带吃惊地问道。

"美惠当时讲给我听的时候,我以为是她在开玩笑呢。但她说确实有这个社团,她当时还按照指定的时间去面试了。不过,她说去面试的人绝大部分都是因为好奇而去的,而她虽然也很好奇,但她还是真心实意地对泡面充满热爱的。那个方便面社是在那一年才成立的,所以之前没什么人知道。结果面试到最后,其他人发现没什么意思就都走了,只剩下她一个人。整个社团原本就只有一个人,是一个男生,也就是方便面社的创办者,所以最后就他们两个人,不知是因为紧张还是怎么了,她一下子把自己多喜爱泡面的事全对那个男生说了,还抱怨人为什么非得有个兴趣爱好。

"她说,当时那个面试她的男生就坐在那里认真地听完了,只在最后说了一句:'欢迎你加入方便面社。'然后她就加入了方便面社,结果这个社团从来不组织任何活动,到了第二个月就解散了。美惠跟我说这些的时候,长长地叹了口气:'看来那个男生也只是因为好奇和有趣才组建这个社团的啊,他对方便面并没有什么真正的爱,那时候我还挺失望的。'我当时听到她这么说,感觉就好像她在说给我听一样,我着急得只想拍着胸脯向她保证:我绝对是真正的方便面爱好者。"

"你们可真有意思。"他讲的这些把她逗笑了。

"是啊。那天我和美惠还一起交换了关于方便面的看法,喜欢的牌子、面的形状、放调味包的顺序,甚至聊到有名的方便面企业拓宽生意卖起饼干后,方便面的品质直线下降的事,总之是有很多共同话题,我觉得我这辈子从来没有像那天一样说得那么痛快,好像之前的二十多年都是生活在不会说话的土著部落里似的。"

"能找到一个志同道合的人确实不容易。"她评论道。

"我非常喜欢她,直到现在也是。"他说,"我从来没有遇到过和我一样,只是对泡面本身非常热爱的人,她也是真挚地热爱泡面,从始至终。她甚至在那天直接提出,由我们俩去创建一个方便面社或者方便面研究协会之类的,我当时问她:'这又不是在大学或者中学,怎么创建社团?'她特别一本正经地告诉我:'不是有什么诗词研究协会、消费者权益保障协会之类的嘛,就不能有类似于这样的方便面研究协会吗?'"

她笑了:"你的这位日语老师确实很可爱,那后来呢?"

"后来我们又聊了些其他事情,泡面以外的事情。美惠说她刚到札幌的时候生活也是一团糟……抱歉,我的意思不是说您刚来日本的时候……"他不自觉地用了敬辞。

她的眼睛很温和,笑着说不介意他把她刚到大阪时的生活认定为"糟糕",让他接着说下去。

"她刚到日本时什么也不会做,生活压力很大,沟通问题也很大,吃不惯也住不惯,唯一让她感到慰藉的就是周末去周边玩。她跟我讲了她去小樽的那次，就是岩井俊二的小说《情书》里的那个地方。她说那个地方根本不是书里写的那样，有皑皑的白雪连接着天和地，更别提一脚踩在厚重的积雪上发出咯吱咯吱的响声了。她说她去的那天，小樽没有下雪，而且因为当时刚下过雨，地上都是一滩又一滩的烂泥。她站在一个空旷的大广场上，四周一片灰暗，一切都无比陌生，她失望透了，可能那时她正处于情绪崩溃的边缘，面前的荒凉与理想的差距压垮了她的最后一根神经，一瞬间，就像什么崩塌了一样，她蹲在那个广场上，像个孩子一样放声大哭。"

"一个人刚到陌生的地方，确实会感到难挨。"她说道，感同身受似的。

"可就在那时，她好像隐隐约约地听到了从远方传来的声音：'你——好——吗？你——好——吗？你——好——吗？'事情的转变就在这时发生了，那一刻她站起身来，满脸泪水，偏执地拼命朝着天空大喊：'一——切——都——会——好——起——来——的！'"他说。

"这场景就像《情书》里的博子那样，对着天空呐喊。"她温和地说道，"看来她对你的影响很大，你背包里有一本《情书》，刚才你为了装调酒器而把它拿出来过。"

"对，这本《情书》是美惠送给我的，我一直随身带着。她说她从小樽回到札幌以后，就像得了场大病又痊愈了一样，开始努力地生活。她对那本书，怎么说呢，说满怀感激可能言重了些，但总归是让她重新振作起来了。"他顿了一下，接着说，"其实我觉得她的生活什么都没变，人生不过就是由那些愉快的和不愉快的事情拼凑起来的，什么都躲不过去，人只能老老实实按照轨迹行走，不一样的是，她看待事物的方式变了，可能她觉得，冥冥之中，天空存在某一种神秘的力量吧。"

他讲到这里的时候，坐在对面的她好像看穿了一切，她用有些调侃的语气说："你确实很喜欢那位日语老师。"

他不好意思地笑了笑。"后来，美惠就一直在札幌生活，其间谈过两次恋爱，其实准确地说，我也不知道她到底有过几次，她只告诉过我那两次。第二次恋爱中的男朋友，就是她后来的未婚夫，也是一个中国人，好像是做生意的，当时一个人去札幌游玩，然后邀请她做导游。她陪他去北海道看了樱花，奇怪的是，美惠说那时她站在樱花树下，竟然能强烈地感觉到樱花飘落是有声音的，之前她从来没有过类似的感觉。只可惜那天夜里一阵冷空气袭来，次日一早，那些樱花就全败了。"他抬起头，说，"就像你说的，樱花对寒冷极其敏感。"

"那后来他们就在一起了？"她问道。

"是的，旅行还没有结束，他们就在一起了，美惠跟着他回了国，成了一名日语老师，后来我成了她的学生，再后来，他成了她的未婚夫。"

她长长叹了一口气："是这样啊。"然后又沉默了片刻，说，"你是说，你们是先聊到泡面，在这之后，她才成为那位先生的未婚妻，是这样的顺序吗？"

"确实是这样的。"他也叹了口气，"说真的，在和美惠谈到关于泡面的那些事情时，我还深切地以为我和她之间有某种特殊的联系，肯定会让她觉得我和别人不一样。那时我虽然知道她有男朋友，但内心还是抱有某种不道德的也不切实际的幻想，可最后还是破灭了。"他耸耸肩，"说实话，我也不知道这次我为什么来札幌，我这几天也只是跟着那种一日游的旅行团去了几个大众化的景点看了看，一个人的时候就在札幌的大街上逛，确实没有什么心思玩。我本来打算去小樽的，可最后没有去，当然我也没去北海道看樱花，不知道为什么，在认识美惠之前我对北海道的樱花还是很期待的，可是这次来，我竟然一点儿都不想去。还有，不知道为什么，自从认识美惠之后，我也不喜欢吃泡面了。"

"大概是一下子太过于期待又一下子太过于失望吧。"她这样替他解释道,"不过我刚才看你的背包里还装着一桶杯面。"

"这么说吧,一方面,出来旅游带方便面确实是为了方便而已;另一方面,可能是为了纪念我内心的某种情感吧。毕竟我和美惠有了更深一步的了解是因为方便面,而分离在一定程度上也是因为方便面。"

"因为方便面而分开?"她问道。

"其实是和方便面有特殊的联系,但也可能是更深层次的原因。我一直不愿意承认,我和她之间是有根本性的分歧的,只不过它一直在等待时机发作而已。"

"所谓的人生理念不同吗?分歧?"她问道。

"不是的。说出来你肯定会觉得可笑。我认为使我们最终不能够在一起的原因是,我喜欢吃海鲜味的泡面,而她却坚持不吃海鲜泡面,并不是她不吃海鲜或者对海鲜过敏,她是吃海鱼和海虾的,只是不吃海鲜泡面而已。这才是我和她之间根本性的分歧,从认识她的第一天我们彼此就很清楚这件事。可我本以为那只是我们爱好上的一点儿小差异,不算什么,却是问题的关键所在。背后有什么隐喻的东西我也说不好,但之后我和她说过这个想法,她说她也这么觉得。"

居酒屋里的客人躁动起来,雪彻底停了,他们纷纷披上厚外套出去了,酒保也开始收拾东西准备下夜班,只有那对情侣还在兴奋地聊天,像是有说不完的话一样。

"前一阵子我和她聊天,她说她再也不想吃泡面了,没什么理由,就说突然觉得一点儿味道都没有,还说有时候想想自己竟然执着于泡面那么久,觉得不可思议。我本来想告诉她,自从认识她以后,我也不怎么喜欢吃泡面了,不过想了想还是没说。在那次聊天的末尾,她说,等她不想做日语老师了,就去当调酒师,一方面,她未婚夫很喜欢伏特加;

另一方面,她觉得酒香很迷人。"

"那位日语老师的想法确实挺天马行空的。"她笑着说。

"其实我来这间居酒屋也是有原因的,说出来你可能不信,美惠曾说过,她和她的未婚夫第一次接吻就在这里。所以我来了。"

她笑了笑,又是那种轻轻的笑,让人十分安心。之后,他对她说:"在某种感觉上,我觉得你和美惠很像,非常像。"

她看着他的眼睛,他更坚定地说:"真的很像。"

他们后来又说了一些话,但主要是他在说,在某一种意识里,他一直想问她愿不愿意就此跟他回国,但是在犹豫之后,他还是没有讲。天快亮的时候,伴着居酒屋里的气氛,他迷迷糊糊地睡着了。后来,坐在邻桌的那对情侣拍着他的肩膀叫醒了他,说雪终于停了,可以走了。

"原来雪可以这样美啊,我这一生都没见过这么大的雪。"原来是昨晚那对分食土豆肉饼的老夫妇站在居酒屋门口评论。"外面的一切都显得格外干净。"老妇人裹好围巾,神采奕奕地说道。

他把脸贴近窗户,天幕尽头广阔,远处皑皑白雪覆盖了一切,像另一个寂静得没有回音的世界,太阳一点点地从东边探出头,那些覆盖在札幌街头的积雪越发耀眼,像燃烧着的火焰,亦真亦梦。

他才发现她不见了,他听见"没见过这么大的雪"的时候才突然回过神来。他起身摸了摸对面的座椅,冰冰凉凉的。他赶忙去问那对情侣,问有没有看到坐在他对面的中国女人。

"你不是一直一个人吗?"其中一位看着他,疑惑地说。

另一位补充说,可能是他们后来睡着了,没留意到。

桌子上的盘子里还放着几片生鱼片,已经泛出微微的黄色,看上去摆了挺长时间。他本想问问那对情侣是不是又点了一盘生鱼片,可又隐隐约约听他们讲这家的生鱼片腥味太重。

他的双脚踢到了昨天傍晚来居酒屋时背的双肩背包，他打开看，薄荷味口香糖、杯装的泡面、笔记本、岩井俊二的《情书》都还在，他翻来翻去也没有找到酒保送给他的调酒器。

他站起身来想去问酒保，他记得他和那个女人聊到调酒时，她还饶有兴趣地看了酒保一眼，酒保也操起他的关西口音兴奋地向她问候。但他没走出几步就想到了什么似的停了下来，折回到了原来的座位上。

他瞥了一眼居酒屋的菜单，菜品不多，他始终都没有看到北极贝沙拉这道菜。

人们陆陆续续地离开，居酒屋里逐渐安静下来。人们一个一个渺小的身躯嵌入了外面的新世界。他看了看表，是时候该动身去机场了。

他依旧重复着往日的生活，偶尔吃杯装泡面，不断有新女友说他背上月牙形状的胎记很好看，依旧去那家培训机构上日语课，只不过原先教他的那位日语老师前阵子因为结婚移居日本了，他才不得已换了新老师，依旧做他的红酒生意，依旧喜欢吃可乐饼，依旧对 DNA 有着着魔一般的热情。直到两年后，他无意间在一家旅游网站上看到札幌的那间居酒屋被拆掉的照片，那一刻，他的心像被什么东西重击了一下，在 8 月的最后一天，他把人生中最后一杯泡面吃完，丢进了垃圾桶。

红豆信箱

1

她是医学院的学生,新学期开学的时候,医学院换了校区,新校区里除了他们,还有很多留学生。那些留学生大多来自中东地区,骨子里带些张扬和豪放的个性,总是肆无忌惮地吹着口哨,或者骑着摩托车轰鸣而过,也有些中东女留学生裹着黑色的头纱,在学校门口的水果店一边比画一边用不太流利的汉语说要买一把熟透的香蕉。

图书馆三楼是外文阅览室,一楼和二楼经常被上自习的人占满,当她背着几本厚厚的讲美术史的书爬上三楼时,她被那种浓重的体味和香料混合的气味堵在了门口。抱着乔尔乔内的画册,看着眼前清一色的黑色头纱,她觉得,站在门口的自己才是个外国人。

她又走下楼，在二楼的角落里找了个空座位，坐了下来。她打开那本美术史，翻到上次看到的介绍威尼斯画派的那一页，就在低头的那个动作里，她的目光扫过周边的一切，她看到她旁边，她旁边的旁边，还有再旁边的那些桌子上，都摆着像砖头一样的《内科学》或者《系统解剖学》之类的课本。她画册上的艳丽在周围那些黑白印刷的各种骨骼和肌肉画面前，显得堂皇又荒唐。那一刻，她只觉得坐在一群黑压压的中国人里，自己也好像是个外国人。

这个在繁重的医学课业中企图探出头望一望另一片璀璨星空的她，就是佳欣。

新学期第一堂英语课上，那个教英语的老头儿操着一口不知是什么地方的方言，仔细听了一会儿，佳欣才勉强明白过来他的意思："最后的考试是口语形式，考不过会很麻烦。"

那是一个午后，夏天还没有完全结束，暴晒的阳光透过窗户打在她的身上，让她想要逃离。

挣扎了半天，她彻底放弃了，她在课桌下掏出手机，然后打开学校的论坛，她经常登录一个叫作"红豆信箱"的版块，不过每次只是浏览不同人的不同人生而已。不过这次好像有点儿不一样，她也说不上哪里不一样，只觉得有一股强大的力量在催促着她做点儿什么。她拿着手机出神地想了一会儿，然后在红豆信箱的版块匿名发了一篇帖子："How are you?"

看着发送的进度条一点点地推进，她仿佛听到那句"How are you?"真的在绵绵不断地回响，像是对时空的另外一头遥远的呼唤，又像是对自己轻轻的问候。

她不知道她发帖的目的是什么，甚至可以说是没有目的，不是为了打发时间，也谈不上想结交新朋友，如果一定要说有什么期待，她希望借此认识个外国人吧，毕竟那个教英语的老头儿说了，期末考试是口语，考不过会很麻烦。

半个小时过后，佳欣加了几个主动和她说"hello"或者"hi"打招呼的人。

她迅速滑着手机屏幕，看着那一串陌生人的头像，忽然觉得好笑。她是那种觉得周围的人大多幼稚并且无聊的人，可是她现在，不就做着最幼稚、最无聊的事吗？

有时周围的人会觉得佳欣是个孤僻的人，但其实她一点儿也不孤僻，或许从某种角度来说，甚至可以说她开朗活泼。但大多时候她很懒，懒得经营一段关系。当然最主要的还是知音难觅，在茫茫人海中，她总是很难找到和自己有共同兴趣的人。

挨个聊了聊，第一个回复她的人在论坛里的 ID 叫作 Tom。一部动画片里雄猫的名字，佳欣心想。接下来她和他进行了一段教科书式的对话。

佳欣问道："How are you?"（你好吗？）

Tom 回答："I'm fine, and you?"（我很好，你呢？）

"I'm fine too, thank you."（我也很好，谢谢。）

然后呢？然后对方没了下文。

佳欣不甘心好不容易开始的英语对话就这么草草结束，又问道："Our message just like textbook in China primary school, do you know it?"（我们发的消息就像中国小学课本里教的那种英语对话，你知道那种对话吗？）

对方秒回："Yes, I know, so funny."（我知道的，这很有趣。）

嗯？又一轮对话结束了。好像对方又把话题抛给了她。

那一瞬间，佳欣真觉得，都说中国男性木讷，不会聊天，原来木讷的男人是不分国界的啊。

后来 Tom 就静静地躺在佳欣的论坛通讯录里，不联系，也不关注，偶尔 Tom 会在论坛里发帖，标题是哪里能改装摩托车或者哪里有纯正的巴基斯坦餐厅之类的事情，有时还附带一张图片，可图片还没刷出来，佳欣就顺手滑了过去。再后来，他大概换了个 ID，因为佳欣再没有看到他发的帖子，在某次清理论坛通讯录时便删除了这个叫 Tom 的 ID。

和 Tom 同一天加佳欣为好友的还有个头像是汤姆·克鲁斯照片的人，她照例发过去"how are you？"时，汤姆·克鲁斯回复她："我挺好的，你是哪个专业的，大几了啊？"

佳欣真是一下子就没了兴致。

为什么总是遇见一些无关紧要的人呢？佳欣托着脑袋想，她想起在很小的时候，她和爸爸妈妈跟着一个旅游团去云南玩，当大巴车行驶到一座不知名的山坳里时，有一种上半部鲜红而下半部黑色的果实吸引了她，导游说那就是红豆，也就是相思子。后来她在百科全书上看到，相思子是一种有毒的植物。她不知道为什么这种有毒的植物会被叫作相思子，也不知道相思子为什么又被叫作红豆，只是当她第一次在论坛上看到那个红豆信箱版块时，她很想把小时候第一次看到红豆的情形讲出来，可她最终还是没有找到能说这件事的人，这种感觉压得她接近窒息。

窒息的感觉，就像那节英语课时窗外的阳光像暴雨一样鞭打着大地，让人无处可逃。

2

佳欣没有男朋友。

并不是没有男生向她主动示好,她只是单纯地觉得,还没有了解对方,更谈不上心动。其实在她看来,她和那些男生并不是太熟,他们只是一起说了几个笑话,一起走了几段回宿舍的路而已,当她的感觉还停留在这个男生好像并不讨厌时,对方却突然没了耐心,迫不及待地追问她:"我们可不可以在一起?"她只好摇摇头。

有时候她很奇怪,为什么有的人会把爱情当作快餐,草草点几个甚至都叫不全名字的菜,就企图解决饥饿。

佳欣的手机震动了一下,是一个陌生人在论坛加她好友。

对方的 ID 叫"Lu",头像看上去是一个美国人的照片。佳欣点开对方的主页,没有任何发帖记录。佳欣心里想,这个外国人会不会还像那个 Tom 一样无聊。

那个教英语的老头儿还在讲台上站着,激情飞扬、口水四溅地讲他在美国遇到的奇闻逸事。邻居家的草坪有一亩地的大小啦,冷面包夹培根卷啦之类的琐事,他就像提着菜篮子站在单元楼下跟别人谈闲事的中国老太太一样,遇到个人就要事无巨细地把所有事情添油加醋地描绘一番。更让人无法忍耐的是,他在讲到自认为好玩的地方时,会停一下,然后等着在座的观众发出那种恍然大悟的笑声,架势好比说单口相声。

佳欣可没心思给他捧场。

她顺手一点,同意添加"Lu"为好友。

接下来的半节英语课上,佳欣一边用手机查单词,一边用她蹩脚的英语和 Lu 聊天。

佳欣问道："What do you do when you have a boring class?"（当你上一节很无聊的课时，你会怎么办？）

Lu 回答："Just look at the teacher."（看老师。）

"Why?"（为什么？）

"Then you will find that you are more boring than that teacher."（然后你就会发现，你比那个无聊的老师还要无聊。）

佳欣捧着手机，这个回答差点儿让她笑出声来。她想了一会儿，又噼里啪啦地敲上去一串英文字母，期待着 Lu 的回复。

后来他们又聊了星座、体育什么的，虽然用英语交流对她来说障碍不小，但这一点也不影响她发言。他们聊的都是无关紧要的话题，无非就是狮子座的人也并不完全热情大方，更喜欢 C 罗还是梅西之类的，只是在足球这个话题结束时，她怀揣着惴惴不安的心情，用试探性的口吻小心翼翼地问道："Why do you read notes from red bean mailbox?"（你为什么会读红豆信箱的帖子呢？）

"red bean mailbox?"（红豆信箱？）

佳欣想了一会儿，回答："I mean... the section on the forum."（我是说……论坛里的那个版块。）

"I know. A mailbox called love pea."（我知道了，那个叫作相思子的信箱。）

在那一瞬间，佳欣的心里像有什么东西土崩瓦解了一样，她甚至可以感受到被别人称作"难以撼动"或者"沉闷寡情"的外壳正在裂开，然后脱落，里面是鲜嫩柔软的内核，那里藏着她内心的柔软。

他们一直聊到那节英语课结束，聊到她一边盯着手机一边走到食堂。

"I am in the dining hall. Do you have dinner?"（我现在到

食堂了,你吃晚饭了吗?)

"Yes, I have had dinner." (我已经吃过了。)

佳欣看着食堂里餐台上黑乎乎的茄子、没有一点儿油星的白菜粉条,还有干瘪的鸭肉,真是什么胃口都没有,她随口问了一句:"What did you have for dinner?" (你晚饭吃的什么?)

对方回答道:"Rice Noodle Casserole." (砂锅米线。)

她一愣。"What?" (什么?) 然后又飞快地输入,"Do Americans like to eat Rice Noodle Casserole, too?" (美国人也喜欢吃砂锅米线吗?) 还没来得及点发送,对方已经发过来四个大字:"砂锅米线。"

佳欣开始怀疑,这个吃砂锅米线,还会输入汉字,并且每个汉字还没错的Lu,该不会是个中国人吧?她很小心地问他:"Are you Chinese?" (你是中国人吗?)

对方干脆利落地回答:"Of course." (当然是啊。)

"Why do you speak English?" (那你为什么说英语啊?)

对方回答:"You speak English." (因为你说英语。)

……

这个理由,真是让人无法辩驳啊。

不过Lu是中国人好像也没什么不好的,更重要的是,这个人在佳欣心里,好像和其他人有一点儿不一样。

从前她一直站在一个种满仙人掌的花房,手里紧紧拽着一个叫作理解的气球,每走一步都小心翼翼,可别人看不懂她在守护什么。现在,花房的天花板陡然裂开了,阳光透过那道缝隙射进整间屋子,气球也从那个缝隙飘了出去,她抬头望着气球慢慢地飞走,只见它穿越过厚厚的云层,飞向更远的蓝天。

3

佳欣后来知道，Lu 的大名叫路宁，是她们学校附近一所大学的大四本科生，他那个论坛头像上的美国人照片是美剧《行尸走肉》里的 Shawn。

其实路宁加她为论坛好友纯属偶然，他浏览论坛上的红豆信箱版块也只是个偶然。当时路宁正在准备考研，每天从早到晚地闷在自习室里，为了克制自己，他上自习从来不带手机，只会带一个三阶魔方，在自习累了的时候玩魔方当作放松。不过巧合的是，在浏览红豆信箱里的那篇帖子的前一天，那个陪伴他四年的魔方突然掉在地上，摔裂了，于是第二天早上出宿舍门时，虽然犹豫了一下，他还是把手机带在了身上。

佳欣问他："所以你加了我为好友？"

路宁说："当时有道高数题我解了好久都解不出来，就顺手拿起手机想休息一会儿，随便翻着帖子，就点开了你的个人主页，我发现你的个人主页只有一条内容，就是你们学校大门的照片。所以我本来是想加了你，然后把那道高数题拍给你看的。"

"那你加了我怎么没发给我？"

"因为……我以为你是外国人。"最后路宁还补充说，"早知道你是中国人我就不跟你聊了，我考研很忙的。"

佳欣在手机这一头，突然有种很奇妙的感觉，什么感觉呢？她说不清楚，好像是那种很确定又有点儿侥幸的感觉，很确定的是认识了他，却又很侥幸认识了他。佳欣缓过神来："那你现在把那道高数题拍下来，发给我看看吧。"

路宁发过来，是一道用洛必达法则求极限的题目。

回宿舍后，佳欣开始狂看《行尸走肉》，以前她是绝对不会看这种血腥又暴力的剧的，但是那天，她竟然一口气看到了半夜。她挠挠头，想不明白的是，《行尸走肉》里的Shawn，在第一季结束的最后就被主角Rick杀死了，而他们认识的时候，《行尸走肉》的第六季都播完了，为什么路宁会对第一季里的一个配角念念不忘呢？

她不明白。

在知道彼此都是中国人以后，佳欣和路宁的聊天畅快了许多，之前用英语解释不清楚的事情、表达不清楚的感情，终于可以痛痛快快地说明白了。当然，聊天的话题也不再局限于星座或者足球之类的了，他们聊小时候的糗事，聊读大学时的选择，聊彼此实实在在经历过的人生和暗含着的深意。

佳欣说："给我们上英语课的那个老头儿真的是我见过的最无聊的老师了，单从他每次讲完一件自认为很有意思的事情，然后以我们的笑声来肯定他的故事有趣，我就觉得他太幼稚了。"

路宁回答："那你可以反抗啊。"

"怎么反抗？"

"嗯……憋住，不笑。"

佳欣想了一会儿，说道："这不是用无聊的方式反抗无聊的行为吗？"

"这是用沉默来填补无聊。"

"呃……路宁同学，你在讲哲学吗？"

"喂！我正在看高数书上的拉格朗日定理和柯西中值定理，谁有空和讲你那些柏拉图、卢梭和黑格尔啊。"

看到路宁发过来这句话，佳欣忽然有些恍惚，在医学院待了这么久，早就对遇到一个心有灿烂星空的人不抱期待了，可是在那一刻，路宁就那样真真切切地存在着，佳欣忍不住问道："你读过很多关于艺术或者哲学的书吗？"

对方一时没有回应，在等待的这段时间里，佳欣的心里像打翻了涂鸦用的颜料桶，一片五彩斑斓的景象。过了一会儿，路宁回复道："没有，我学的是通信工程专业，我看过很多关于电磁波、高频电子还有模拟电路之类的书。不信你看。"

他发过来一张照片，是他面前的桌子，上面摆着厚厚的一沓书，有《概率论与数理统计》《信息安全》《通信原理》……还有最下面一本周国平的《思想的星空》，蔚蓝色的书封从侧面看像一片汪洋。

真是个调皮的玩笑啊。

佳欣也拍了自己的桌子，桌子上是她的《卫生学》和《系统解剖学》课本，每本都将近一千页，最下面压着那本乔尔乔内的画册。她心满意足地把照片发过去，还故意配了句话："对着人体画册学习解剖学，应该会学得更好吧。"

结果迎来的是一个意料不到的回复："《卫生学》学得好的人，应该会比学得不好的人更讲卫生吧？"

佳欣抱着手机瘪瘪嘴，想着该说什么怼回去，还没等她想好，手机又震动了一下，是路宁发来的消息："不过，乔尔乔内如果知道你一边看《系统解剖学》一边看他的画册，一定会气得从土里蹦出来的。"

看到这句话，佳欣忽然觉得她好像找到了那个和她同处于一个世界的人。她拍书桌照片的小心思他都明白，他话外的意思她也都能理解。是啊，乔尔乔内的画里尽是一些丰腴人体和世俗享乐图；而解剖学呢，骨骼清晰，肌肉线条凌厉，像是在悄悄地诉说着这个世界的残酷。

那晚聊天的最后时段，佳欣问他："你最喜欢《行尸走肉》里的Shawn吗？他可是第一季就死了呢，还有点儿可恶。"

"我没有说过我喜欢他啊。"

"那你为什么要用 Shawn 的照片当作论坛头像啊？"

"我虽然不喜欢他这个人，但我喜欢他的某一部分。"

"这是什么逻辑啊？"

"打个比方吧，比如我说我喜欢你，那我就是喜欢你的全部，我说我不喜欢你，但我也可以喜欢你的某一部分。"

"哪部分？"佳欣的心怦怦直跳。

"我说了，只是打个比方而已啦。"

佳欣的心"咯噔"一下，说不出是什么感觉。那晚的路宁，心里也震颤了下。他和佳欣一样，都是在这个汹涌却安全的世界里想要迎着浪潮逆流而上的人。

有时候他们都觉得生活残酷到让人觉得委屈：当佳欣抱着乔尔乔内的画册坐在一群医学生中间时；当路宁厚厚的考研资料下面压着一本被翻破的《思想的星空》时；当用"憋住，不笑"来对抗教英语的老头儿那个不好笑的笑话时；当被问到"你读过很多关于艺术或者哲学的书吗"，他说不出"是的"时。有时候，或者是在大多数时候，他们都像生活中的异类。

其实在《行尸走肉》里，路宁记得最深刻的一句台词是 Dale 对 Shawn 说过的："You are born to this dirty world."（你生来就很适应这个肮脏的世界。）他没有告诉佳欣的是，他想成为 Shawn 一样的人，虽然他永远不会成为那个用残酷的方式面对残酷的世界的 Shawn。

大概人生有许多选择的机会，他没有及时走进那种世俗意义上的生活，也没有机会中途折回手可摘星辰的时光，他变成了他应该成为的那种人，唯一能做的，就是一鼓作气把那个人演到底。

4

后来他们的联系就不多了,因为路宁要考研,他又恢复了不带手机上自习的习惯,他又买了新的三阶魔方当作休息时的消遣,而佳欣还是继续穿梭于校园之中,穿梭于那些"外国人"中间,还有上英语课。不过他们好像觉得生活开始有一点儿不一样的地方了,因为他们知道,在这个世界上,还有和自己一样的人。

在秋意正浓的一个夜晚,佳欣又像往常一样刷着论坛里的帖子,当她翻到红豆信箱的版块时,一个帖子吸引了她,帖子的标题叫作"愿君多采撷,此物最相思"。

她点开那个帖子,原来是版主发起的一个活动,要求所有参加活动的人拍一张属于自己的充满回忆或者感情的物件的照片,并且附一段文字解释,然后上传,活动不分胜负,只在于分享,所有发帖的人都可以获得一份纪念品,是一颗红豆。

佳欣往下翻着回帖,第一个回帖的拍的是一张摆在床上的一个巨大的登山包和一堆摊开的杂志。登山包是灰黑色的,侧边磨损了不少,杂志的封面奇奇怪怪,有满脸忧郁的女人头像、鲜红色的雪山,还有些黑白电影的海报,杂志的名字也让她摸不着头脑,有些甚至不是中文或者英文、日文之类的能叫得出来的语言。再看照片下面的解释:"这些是我在 gap year(间隔年)收藏的杂志,大三时我休学了一年,去环游世界,这个大登山包陪我走过了五大洲,看过古建筑,翻过冰川,住过青旅,睡过山洞,搭过帐篷,扬过帆,射过箭,每到一个地方,我都会顺手在当地买下一本杂志作为纪念。这里有各种建筑史、艺术史甚至是帆船史的杂志,大多数我都看不懂,不过于我而言,这几年最美妙的经历莫过于和大登山包一起度过的日日夜夜,和收集这些我可能永远都看不明白的杂志时充满期待的心情。"

  人气最高的回帖是一张机票的照片，是从斯里兰卡飞往中国的，下面用英语解释了这张照片背后的故事，佳欣看了一会儿才明白过来。发帖的人说这张照片是他第一次从家乡来中国读书时拍下的，他的故乡在斯里兰卡的南部省份汉班托塔。2003年印度尼西亚海啸，他最重要的亲人在那场海啸中被海浪卷走了，从此杳无音讯，那一年他十三岁，那时，他发誓永远不会离开家乡，一直要在那里等待家人归来。可时光流逝，他们却没有回来，在这些年里，他开始慢慢接受一些事实，接受那些如愿或者不如愿的人生，也开始理解生活的阳光有时是灿烂的，有时是阴暗的。在他二十五岁时，他有机会来中国读书，他没有犹豫和迟疑，踏上了来中国的路。在这篇帖子的最后，那个斯里兰卡学生用英文留下一句话："Love beans are in my heart forever."（相思子永驻我心。）

  翻着这些帖子，佳欣非常动容。忽然她想到了什么似的，急忙打开电脑，点开她保存照片的那个文件夹，她记得那年和爸爸妈妈去云南旅游时，他们用数码相机拍下了那颗荚果的照片。她找了很久终于找到了那张照片，那颗荚果上半部是鲜红色的，下半部是隐隐的黑色，有种动人心魄的美。她把这张照片上传到那个帖子下方，在解释这张充满回忆的照片时，她这样写道："这是在我八岁那年，我和父母在云南旅游时偶然看见的相思子荚果。相传在汉代闽越国有一男子被强征戍边，他的妻子终日望归。后来，与他同去的人都回来了，唯独他没有回来，妻子思念心切，每日立于村前道口的树下，朝盼暮望，哭断柔肠，最终泣血而死。那一日树上忽结荚果，带有剧毒，半红半黑，人们后来把它称作'红豆'，也叫'相思子'。我最初来到红豆信箱这个版块也是因为我童年时在云南见过这种荚果，我一直想把这个故事讲给一个人听，幸运的是，我隐隐约约地觉得，那个人已经来到了。"

那晚，佳欣意外地收到了路宁的会话消息，他说："我也见过红豆，是有一年我舅舅去马来西亚出差顺手买下的纪念品。不过这种红豆不是你小时候见过的那种藤本相思子，而是落叶乔木海红豆，它通体红色，有点儿类似于桃心的形状。"

佳欣想了一会儿："那王维的那句'此物最相思'，说的是哪种红豆呢？"

"其实我也不知道，这个问题好像也无从考证了。不过，这些不重要了，重要的是，红豆信箱是这样的一个信箱。"

她想笑："什么样子的信箱啊？"

路宁久久没有再回复，佳欣就那么抱着手机和未知的期待睡着了。第二天一早，她打开手机，论坛的好友会话页面有一条未读信息，她点开看，是路宁发过来的："我每天都会走过教学楼下面的信件收发室，收发室的外墙上挂着密密麻麻的信箱，那些信箱对于我来说分两种：像红豆信箱的和不像红豆信箱的。刚开始经过它们时觉得都不是红豆信箱，可是走着走着我几乎能够在每一个信箱上找到红豆的影子。今晚下了今年的第一场雪，不知怎么，我觉得那里已经布满了红豆。"

起初，佳欣没有明白他说的是什么意思，她只记得看到这段话的那个清晨，窗外雪花飘动。

5

进入深冬，路宁的研究生考试终于结束了，他和佳欣决定见一面，地点约在动物园。佳欣一直觉得那里是一个很奇妙的地方，她小时候听过一个童话,在天空没有变成天空之前,动物园里的所有动物都跑了出来,然后呢?

然后就有人因为爱走向了对方。

路宁站在动物园门口,穿着件深色的大衣,背着双肩包,口罩遮住了大半张脸,不过佳欣还是一眼就认出了他,因为他的眼睛显得很明亮。

佳欣抱着那本乔尔乔内的画册,走到路宁的右侧。她的头只到路宁的肩膀,她的步子比他小很多,她的喘息声比他的大一点儿,她悄悄地感觉着这一切。一起走了一段路,路宁忽然停下脚步,问她手冷不冷,她不明所以地点点头,然后路宁把她怀里的那本画册装进了自己的双肩包,笑着说:"其实,比起乔尔乔内,我还是喜欢提香多一点儿。"

提香,威尼斯画派的另一位代表人物,于是他们接着那个话题聊了起来。

在那个冬天的动物园里,在那些目光炯炯的狮子和昂首阔步的大老虎前,他们畅快地聊着威尼斯画派的艺术、周国平的哲学作品。有时候路宁也会聊些电磁波,佳欣也会多说几句对兔子的迷走神经的认识。见面之前的记忆很多,所以他们有足够的话题可以聊。

其实在认识对方之前,路宁和佳欣都觉得自己像是孤独地住在格陵兰岛或者南极洲的人。

可在遇到彼此以后,他们又都觉得,原来这个世界上真的会有一个人,能恰好地接住自己说出的每一个话题,能懂自己想说的每一句话,能感同身受到那种孤单和高傲,也能把那些好的、坏的和冷漠的、热情的,一并收入怀中。

大概有那么一刻,他们都同时听到了对方的某一根心弦悄悄颤动的响声。

绕过长颈鹿园区,佳欣终于忍不住,说:"以前看过一本书,书里有句话很有趣,说是'我遇见你,就像遇见戴着花的鹿一样不容易'。"

路宁笑了笑,说:"我只是那个用 Shawn 的照片当头像的 Lu,我没有戴花。"

佳欣没反应过来,说:"戴什么花?"

"是朵玫瑰吗?"

转个弯就是狗熊园区了,那只熊怀抱着一个蜂蜜罐子,把头深深地探了进去,金黄又黏稠的蜂蜜溢了出来,缓缓地流淌开来,像融化进了那年的冬天,连空气都是香甜的。

路宁轻轻碰了下佳欣的手,她迟疑了一秒,没有躲开。

其实动物园真的是个很可爱的地方。

有脖子长长的长颈鹿小姐,遇到不喜欢的人她可以扭过头,高傲地转身就走。有住在树丛里的浣熊先生,孤单的时候他就独自吃果子,然后摸摸鼓起的肚皮,那样他就不觉得孤单了。还有永远住在恒温箱里的蛇先生和他的妻子蛇小姐,他们一起被透明玻璃隔绝起来,但在那个空间里,他们能感受到彼此的温度。

就像路宁和佳欣一样。

佳欣问:"如果我想把我们的故事讲给别人听,我应该怎么讲?我该讲你是用 Shawn 的照片作头像的 Lu,还是讲关于相思子和红豆的故事,还是讲我们都看乔尔乔内和提香,还是讲你那晚吃的是砂锅米线?"她不好意思地笑起来,调皮地眨着眼睛,"或者讲讲我们是怎么遇见的……是因为红豆信箱吗?或者是我们生活在同一片星空下吗?可是这样说,别人好像不理解呢。"

"嗯……那就说得简单点儿吧,你就说看到动物园里的那只熊,然后我们就在一起了。"

"哦……然后我们在一起?"佳欣有点儿坏笑地看着他。

"好像也不能这么说。"路宁沉默了下,"我想起以前看一些电影时,总会在结局的时候感叹:为什么看起来应该在一起的人却没有在一起呢?现在再看类似的电影,我才明白:其实在他对她说第一句'你好',她低下头,眼睛却笑起来的那一刻,他们就已经在一起了。"

重逢

梁子帆下班路过卖年货的临时集市，一股腥味正从里面飘出来。他很不情愿地走进去，加入缓缓挪动的人流。杨姗嘱咐过他，一定要去看看有什么可买的。

卖野生菌的摊主给他装了半袋竹荪，又让他多买一点儿。他说："今天是集市的最后一天，我给你优惠一点儿。"梁子帆推让着，他想："我买这么多竹荪干吗，这半袋恐怕都要吃到明年了。"在试图扎起塑料袋彻底拒绝摊主的时候，他的手机响了，是个陌生的号码。

电话里面说："杨姗啊？"

他说："我是杨姗的丈夫。"

电话里面说："啊，是你呀，你还记得我吗？我是张小雨啊，就是大学的时候跟杨姗一个宿舍的小雨。"

他说:"张小雨啊,你好你好,真是好久不见了,你现在怎么样啊?"

电话里面说:"都挺好的,这不刚用微信嘛,我就建了个微信群,想把我们大学时候一个宿舍的都拉进来,舍长和聪妹都在群里了,就差杨姗了。她之前的号码怎么停用了?我问遍了所有同学都没有她的联系方式,这个号码还是托当警察的同学在户籍系统里查到的。"

梁子帆听到最后一句时心里稍微有点儿不舒服。

"就差杨姗一个了,没办法,我就照着那个号码打了,没想到是你的电话号码。"

梁子帆努力回想张小雨的样子。那已经是将近二十年前的事情了,那时候梁子帆和杨姗在同一所大学,杨姗是英语系的,梁子帆是机电系的,本来毫无瓜葛的两个人却因为一个暖水壶而意外相识。梁子帆至今都还记得,那是在9月末的一天,他和同学在足球场踢球,对方队友开了大脚,他奋不顾身地扑了过去,结果一不小心,不仅没控好球,还生生改变了那只足球的运动轨迹,球像一只不受控制的天体一样飞跃了足球场边的铁丝网,直直冲向了外面的步行道,最后不偏不倚地砸到了一只暖水壶。当时那个暖水壶"砰"的一声就炸裂了,提着暖水壶的女孩在人群中惊慌地大叫了一声,当她反应过来时,梁子帆已经追着那只足球跑到了她跟前,气喘吁吁地站在那堆暖水壶破碎的塑料壳和内胆上。那天杨姗穿着一条蓝白相间的裙子,那时候男生和女生还不好意思有什么肢体接触,梁子帆急急忙忙地借了辆自行车,载着她去医务室做检查,坐在自行车的后座时,她手里还紧紧攥着那个已经碎掉的暖水壶的提手。

他依稀记得杨姗她们宿舍几个女孩的样子,只是分不清楚了,唯一确定的是舍长是那个年纪最大、身高最高的并且常年穿着一条黑色尼龙裤的女孩。另外两个一个叫小雨,一个叫聪妹,以前他在女生宿舍楼下提着饭盒等杨姗一起去食堂打菜时偶尔会碰到她们俩,那时候他是靠是否有刘海儿来区分她们俩的。可是站在卖野生菌的摊主前,梁子帆怎么也回想不起来张小雨到底是有刘海儿的那个,还是没刘海儿的那个。也许她们的发型早变了,他这么想,反正张小雨的声音变了许多,如果对方不说她是张小雨,他是无论如何也不能凭声音分辨出对方是谁的。

他答应把杨姗的电话号码发给她,接着又问了一遍:"你现在怎么样啊?"

"我啊,也就这样,一直在市政府上班,生活循规蹈矩的……没什么大的变化。"

梁子帆在电话这头点了点头。不知道从什么时候开始,他总是用动作替代语言,嘴角浮现出一丝微笑,懊恼地皱紧眉头,无端地咳嗽两声,这些都是他常用的手法,兴许是年纪大了,总之,在外人看来,他是越来越沉闷寡言了。

挂掉电话,塑料袋已经被装满了,梁子帆愣了愣,还是付了钱。

小雨没想到杨姗的丈夫还记得她。他那么清楚地重复了她的名字,一点儿犹豫都没有。小雨在群里说:"是杨姗的丈夫接的电话,还是当年那个经常拿着饭盒在宿舍楼下等杨姗一起去食堂打菜的梁子帆,他居然还记得我。"

"肯定是因为那时候你留着娃娃头,看着比较可爱,所以就一直记得咯。"舍长这样评论道,她听了觉得很有道理。然而她想起了另外一件事。

他们的大学是在上海念的,张小雨就是土生土长的上海人,所以也谈不上一个人出远门念书之类的,而杨姗的家在福建的一个小渔村,在读大学以前从来没去过大城市,所以对上海的一切都表现得十分好奇。

梁子帆的家好像是在山西，或者陕西，她记不清了，只记得他们一起吃饭的时候他每次吃的都是面条。好像听他说过小时候去过的最远的地方是北京，因为他那时候得了很严重的鼻炎，家里人听说北京有个大夫能治鼻炎，就带他去了。当时一家人还在天安门城楼前合了影，后来看完大夫就带着几付中药回家了，鼻炎最终也没好转。"但我当时的小伙伴们都很羡慕我去过北京。"当时梁子帆这样告诉小雨。

张小雨记得那时东方明珠刚竣工不久，整个宿舍的人兴冲冲地跑去参观，杨姗也带着梁子帆一起去了。那是个冬天的早晨，天气很冷，寒风刺骨，几个女生抱成一团，杨姗躲在梁子帆身后瑟瑟发抖。张小雨忽然想起书包里有上次爸爸从国外回来带给她的巧克力，那时候她爸爸被外派到俄罗斯工作，每次爸爸离开家的时候，她总是想着什么时候爸爸能退休，那样他就能一直留在家里了，所以她最讨厌的地方是机场。她一边想，一边从书包里掏出那块俄罗斯白巧克力，打开盒子，撕开锡纸包装，巧克力是薄薄的一大片，中间有一棱一棱的印痕，轻轻一掰，巧克力就顺着印痕裂开了。她挨个儿把那一小块一小块的巧克力递给大家，聪妹、舍长、杨姗，结果到梁子帆时，他没接住，巧克力掉在了地上。她又掰了一块给他，然后弯下腰去捡掉在地上的那块，梁子帆连声说着谢谢。起身时，张小雨用余光看到站在梁子帆旁边的杨姗用一种很复杂的眼光白了他一眼，而梁子帆毫不知情，还在笑嘻嘻地看着那块巧克力。

聪妹和舍长一直在叽叽喳喳地问为什么手中的这块巧克力是白色的呀，她就说了爸爸在俄罗斯工作的事，也一并说了其实她和妈妈并不想让他去那么远、那么冷的地方工作，那两个女孩发出"嗯……"的回应，倒是梁子帆兴致勃勃地评论道："能在国外工作一定是很厉害吧？"她笑着摇摇头："我爸他只是被单位派去的，充当苦力而已。"他们聊这些时，杨姗一直没有说话，而是出神地望着寒风里的江面。

张小雨照着梁子帆给她的电话号码打了过去。

彼此说了几句后,电话那头笑了,不是那种很痛快的笑,张小雨倒也不觉得奇怪。杨姗在毕业后就同梁子帆结了婚,然后随他一起回了老家,现在是当地一所中学的英语老师。其实她并没有去多么神秘、遥远的地方,可是大家都联系不到她,看样子有点儿像她故意躲着大家,张小雨在电话里问杨姗:"你们现在是在哪个城市啊,我记不清梁子帆的老家是在山西还是陕西了?"

电话那头愣了一下,旋即用一种很轻松的口吻说道:"哎呀,都差不多啦。"

虽然杨姗说她平时不用微信,但张小雨还是要了她的微信号码。挂了电话,张小雨就加了那个微信号码,但直到半小时以后,对方才通过了好友验证。杨姗的朋友圈里只有几条动态,都不用往下翻,最近的一条是半年前发的:"学校组织出来培训。"配图是摆在桌子上的一份看着还不错的三文鱼,盘子的边沿一圈印着红色的某个酒店的名字。

梁子帆是先一步回到家的,他把那一袋竹荪放到客厅的茶几上,就转身进卧室换衣服,羽绒服外套还没脱到一半,他就听到了巨大的响声——那是很用力地关防盗门的声音。他知道是杨姗回来了,并且带着不悦的情绪回来了。

她总是这样,除了在刚结婚的那几年还保持着读大学时温婉的性格,在那之后,脾气就越来越差了。很多时候,她都是因为工作而生气,比如,她教的那个班学生的英语平均成绩没拿到第一;班里有个学生在英语课上写数学作业;学校要举办大合唱比赛,占用了她两节英语课的时间,等等。梁子帆一开始很认同妻子对待工作的这种严谨的态度,并且由衷地佩服她的敬业精神,可是时间久了,他倒觉得有很多时候杨姗只是在吹毛求疵。"全年级二十八个班,你们班英语成绩能得第二名已经很好了,下次再争第一嘛，不至于为这点儿事生气。"梁子帆这样开导妻子。可每到这时候，杨姗都会更生气地说："你懂什么？我辛辛苦苦教出来的学生我自己心里有数，为什么得第二啊，只能得第一！"久而久之，梁子帆也就不再说什么了，他心里逐渐明白，争强好胜才是杨姗真正的性格，甚至读大学的时候她就是这样，只是那时候爱情胜过生活，她没有机会表露出来。

梁子帆一边从卧室里走出来，一边小心翼翼地问："你回来了？"

杨姗把手提包丢到沙发上，然后径直走进了卧室，没搭理他。

梁子帆也跟了进去："不高兴吗？"

她站在衣柜前换衣服，先扯下丝巾，又逐个解开茶棕色毛呢大衣的扣子，然后脱下一只袖子，当脱下另一只袖子的时候，梁子帆已经伸手帮她提着大衣了，这时候她才发话："张小雨给我打电话了，她说她是从你那里要到的我的电话号码，你怎么不跟我说一声？"

梁子帆帮她把衣服挂在衣架上，解释道："张小雨不是你的大学室友吗？我觉得她要联系你很正常啊，没必要提前跟你打个招呼吧。"

"你应该提前跟我说一声的，好让我有个心理准备，从大学毕业以后我就和她们没联系了，你觉得她们会怎么想我？"她站在那里又解开了黑色高领毛衣上靠近脖子的那两颗扣子，说道，"我们几个人里，张小雨本来就是上海人，肯定是留在上海了；舍长好像去了美国，我也是以前从一个大学同学那里听说的，她毕业后去美国念书了，现在应该是留在了美国吧；吕聪聪我不知道，但肯定也是在大城市……就只有我，在这个小县城里，张小雨还在电话里问我到底在哪个城市，吓得我都不敢回答！"

梁子帆有点儿不理解杨姗的想法，他们的确生活在一个小县城里，但也算安逸、幸福。杨姗在一所省重点中学教英语，还在去年被评为特级教师,在他们这个小县城里很受人尊重。而他在刚毕业的时候被分到了机电厂工作,后来又在"下岗潮"时被迫下了岗,于是自己做了一点儿小生意,开了一个厂子,近几年也赚了一点儿钱。他们有个十七岁的女儿叫梁静,就在杨姗任教的学校读高三,成绩还不错,总之,从这些方面来看,他们家的生活怎么也算得上有滋有味了。

可杨姗一直很抗拒和大学同学联系,在前年手机丢了以后,就换了号码,彻底不与他们联系了。梁子帆知道她在想什么,她当然会感觉失落,看着曾经一起考上上海那所大学的同学如今已遍布世界各地,而她只是从福建的一个小渔村来到陕西这个小县城,本质上并没有什么大的改变。梁子帆是个性格十分直爽的陕西人,可面对杨姗时,他就变得唯唯诺诺,这一点儿也不像他,可也没办法。"她当年做出了很大的牺牲才跟着我回了陕西。"梁子帆时常这样告诉自己。

"对了,张小雨还要加我的微信,我说我不怎么用微信,她还是非要我把微信号码告诉她。没办法,我就说了,然后挂了电话我就把我平时发在朋友圈的那些乱七八糟的东西删了,就留下了几条动态,最近的就是我们学校上次组织去西安培训时聚餐的照片了,你看过的,就是我拍的那个三文鱼。"杨姗说。

"那我们上次一起去香湖公园拍的照片呢,你也删了?"梁子帆问道。

"删了,那张照片拍得我太显老了,她们看到了不好。"她漫不经心地回答,然后她又想起了什么似的忽然站直了身,用有些愠怒的口吻说道,"总之,你今天没提前告诉我张小雨问你要我的电话号码这件事,我挺生气的。"

"我也是想着那是你大学的室友嘛。"梁子帆在一旁赔着笑脸。

杨姗不说话了,她走到穿衣镜前,瞟了一眼镜子里的自己。她没有发胖,黑色高领毛衣让她看起来很有气质;她的下半身穿着毛呢直筒裤,是找裁缝照着十几年前的经典式样做的,那些流行的黑色紧身打底裤或者加绒丝袜之类的她都不喜欢。她对自己现在的样子很满意,又朝镜子里的自己抬了抬头,挽成发髻的长发一丝不乱。

张小雨把杨姗的的微信拉进了她们宿舍的那个微信群,四个人终于凑齐了。群里最爱说话的是吕聪聪,因为年纪最小,读书的时候大家都叫她聪妹,当年的她性格大大咧咧的,很敢想敢做。"现在聪妹都已经四十岁出头了,时间过得可真快。"张小雨心里这么想。吕聪聪一直在群里问大家什么时候出来聚一聚,都好多年没见面了,她还专门问了杨姗,说是自打毕业后就没见过她了,不过杨姗只是看了一眼手机就放下了,没再理会这件事。

虽然吕聪聪早已被贴上了"人生赢家"的标签,并且经常在工作日晒出在海边奢侈酒店度假的照片,可她并不认为自己的生活多美好。她曾有过两段失败的婚姻,第一任丈夫因为赌博借了高利贷,最后因无力偿还而选择用一种极端的方式结束自己的生命,那时候他们刚结婚两年。那个男人是吕聪聪在工作初期认识的,她在毕业的时候选择留在了上海,进了一家国际贸易公司做销售,一次业务上的往来让二人相识,一来二去就产生了感情,其实那可以说是吕聪聪的初恋。

吕聪聪的性格有点儿莽撞。"我觉得可以的事情就没必要再多考虑啦!"这是她的人生信条。的确,她的生活哲理引导她完成了生活中的大多数事,比如在1998年长江特大洪水的时候,她们上大三,她在报纸上看到那个新闻时当即给灾区人民捐了一千块,那是她三个月的生活费。那时候食堂里有那种免费的面汤供应,她因此整整吃了三个月的免费面汤泡白米饭。

还有一次,学校为了促进和欧洲一所大学的交流合作,就邀请了那所欧洲大学的学生来她们学校参观、学习,当时还是在九十年代,那件事可谓轰动一时,学校也相当重视,于是在全校范围内招募志愿者翻译,要求英语口语流利,仪表端正。杨姗她们都是英语系的,早就跃跃欲试,可那时候女大学生都十分害羞,互相推搡着,极不情愿地说一些"你上吧,你口语比我好",或者是"我不行,最近胖了,形象不太好"之类的违心话,所以一时无人报名。那段时间吕聪聪正忙着带从家乡来的哥哥嫂嫂在上海旅游,一开始并不知道这个消息,等她在宿舍楼下的报刊栏看到这个招募信息时,她踩着风火轮就去报名了。当时她的英语口语里还夹杂着些许家乡口音,身高也只是一米五出头,再加上给哥哥嫂嫂当导游的那几天没顾得上好好休息,整个人看上去十分憔悴。"我觉得我英语口语还行吧,形象也说得过去。"当时她是这么笑嘻嘻地告诉面试老师的,也不知道当时面试她的老师是被吕聪聪的坦率天真所打动,还是当时确实没有其他合适的人选了,总之,吕聪聪不仅入选,还成了学生代表,负责迎接那群来自欧洲的大学生。她笑着和那群欧洲大学生合影的照片至今还保存在她们母校的档案馆里。

不过,吕聪聪的这种莽撞的性格也为她第一段婚姻的失败埋下了伏笔。她和那个男人在认识的第二个月就结婚了,虽然当时有人提醒她要再考察考察,婚姻问题不可草率,但当时爱情像龙卷风一样席卷了她,她甩出一句"我觉得和他结婚完全可以啦"堵住了所有人的嘴。那一次,她的我行我素非但没有助她好运,反而像一块石头一样砸了她自己的脚。她在结婚半年后发现对方有赌博的恶习,虽然一开始她总是抱着一种"我相信他会改过自新"的态度,但在经历了数次乞求、悔恨、发誓、再犯、失望的循环后,她就逐渐麻木了,唯一的心愿就是迅速离婚,好彻底摆脱这样的生活。

在吕聪聪还没有搞清楚离婚的具体流程时,那个男人已经因为赌博而欠下了巨额的高利贷,逃往了洛杉矶。她是在吃牛排的时候接到他在美国自杀的消息的,那时候她已经彻底放弃了对她丈夫的期待,并且早已打定主意要一个人好好生活下去。可听到那个消息时,她还是能感觉到来自心灵深处的冲击,就像是无数的房屋坍塌、陷落一样,她马上塞了一大口沙拉,企图盖住那种异样的感受,夹在那一大口沙拉中有一个黑橄榄,十分难吃,她本想吐出来,可还是硬生生地咽了下去。等她嘴里满满的食物全被咽到胃里时,她才发现自己已经泪流满面。

在那之后,她独身了七年,那些年,她每天都生活在一种对婚姻不抱有任何期许、对未来不抱有任何期望的状态中。直到遇见了第二任丈夫,她才算是从那段阴暗的生活中走了出来。第二任丈夫是她在飞机上遇到的,当时她已经做到了公司的中层管理岗位,年终的时候很多职员都休年假回家了,而她主动提出留守在公司。"回老家的话,家里的亲戚又该催我了,不回老家的话,一个人冷冷清清的,倒不如在公司加班。"她笑着对同事这样解释。正巧新年那段时间公司临时有一个远在洛杉矶的跨国项目需要谈,即便当时听到洛杉矶这个地名时她出于本能而抗拒,可不知道是从身体的哪个部位传出来一个声音,说:"你不可以再退缩了,是时候面对这一切了。"虽然内心五味杂陈,但最后她还是搭乘了飞往洛杉矶的飞机,她的第二任丈夫,当时就坐在她旁边。

他们从认识到结婚,经历了漫长的三年。"先生和我之前都曾有过一段失败的婚姻,所以我们对于结婚这个问题都很慎重。"后来吕聪聪和张小雨联系时,她这样解释当时的情况,那时她已经与第二任丈夫结了婚,并且生下了一个十分可爱的男孩,叫路安平,安是安稳的安,平是平顺的平。张小雨在电话那头听完吕聪聪的话,扯着嗓子大笑道:"你们把孩子的名字起得太老气啦!"吕聪聪笑着承认这个名字听上去确实十分老气,不过她说:"可能人年纪大了,反而觉得这种老气的名字让人听着十分踏实呢!"

在吕聪聪的第二段婚姻持续的那段时间里,正逢上国内电商迅速发展的黄金时期,她和丈夫紧紧抓住了时代的机遇,做起了电商生意。因为丈夫之前就做一些钢材建筑相关的生意,也有自己的一本生意经,再加上吕聪聪在外贸公司工作多年,练就了一手把握时代脉搏的本领,于是两个人在那几年默契配合,不仅迅速积累了大量财富,事业链在偌大的上海都占据了一席之地。原以为生活就会这么好起来并且彻底步入正轨,可令两个人都没想到的是,最后他们还是因为性格不合,感情破裂了,并且不得已走到离婚的地步。"我这么说不知道你能不能理解,如果我们穷困一些,或者说只是普普通通的寻常夫妻,或许我们还可以走得更远一些。"她在电话里这样告诉张小雨,"人一旦积累了物质财富就会变得和以前不一样,不仅仅是生活水平不一样了,婚姻观、人生观、世界观,统统……统统都变了。"

离婚后,儿子跟着她生活,那个孩子也不再叫路安平了,而是改名吕安平,跟着吕聪聪姓。吕安平出生后的那几年正是他们夫妻共同创业的时候,所以对孩子的管教不够,如今八岁的吕安平经常惹是生非,性格里的那份嚣张、乖戾已经初现端倪,为此,吕聪聪伤透了脑筋。

也不知道是年纪大了,或者心思太沉重的缘故,她经常会整宿整宿地失眠,在那些睡不着的夜里她时常问自己:这是自己想要的生活吗?一个没有丈夫的家,一个管教不好的儿子,还有一份永远不需要担心明天的家产,这难道就是从前的自己想要追求的未来吗?想到这里,吕聪聪沉沉地翻了个身,她其实很羡慕杨姗,那个性格有点儿别扭的女孩,她听别人说杨姗在毕业后跟着梁子帆回到了他的家乡,做起了普普通通的工作,也有了普普通通的家。以前她还对这样的人生嗤之以鼻,暗地里觉得那些抱负什么的全白费了,可现在她才发现,杨姗其实才是真正的赢家啊。

手机还在震动，吕聪聪和舍长正在微信群里兴奋地聊着各自在尼泊尔发生的事，聊天记录很长，杨姗只是随便翻了一下就把手机放在了茶几上，然后顺手抱起那袋子竹荪走向厨房。梁子帆也跟了过去，他随口问起她们在微信群里聊了些什么。

"我也不知道，在聊尼泊尔之类的什么事吧，看样子她们好像都去过那里。"

"去尼泊尔？旅游去的吗？"

"吕聪聪在说尼泊尔的出租车价格什么的，应该是去旅游的，舍长在说什么国际志愿者，看样子不太像旅游。"

"哦！国际志愿者啊，那是在做义工啊，现在很流行这个，我在新闻上看到过。"

杨姗没有吭声，她正把竹荪泡在清水里。它们是正常的浅黄色，也没有刺鼻的气味，在水里，它们的网被浸透，伸展开来。杨姗摘掉了所有的网，又听到梁子帆说："你们的舍长不是定居在美国了吗？还去尼泊尔做过义工，生活真是丰富多彩啊。"

"我只知道她后来好像是去美国念书了，有没有定居美国我可不知道，做不做义工我就更不知道了。"

"那你问问她嘛，人家是打进国际圈子的人，以后咱们的女儿要是有机会出国念书，说不定还可以和你们舍长交流交流呢，对吧？"

杨姗听到这些话只觉得浑身不自在，她转过头看了他一眼，说："要问你问去！"然后低下头把一个个竹荪上浮出来的斑点搓掉。

舍长是个东北女孩，身高一米七五，年纪也是她们四个中最大的——

她高考考了三次才考上上海的那所大学。进宿舍的第一天，她就被大家推举为舍长了，虽然当时彼此并不熟悉，但舍长的那副直爽的"大姐大"的姿态已经展露无遗了。"好啊，以后我罩着你们。"她这样说。

"罩着？罩着是什么意思啊？"身为上海人的张小雨问。

"就是说……就是有什么事我帮你扛着的意思。"她回答。

"这样啊，谢谢你，不过不用了，我的事情我会自己承担的。"张小雨客客气气地说道，在弄清楚"罩着你"仅仅只是东北人一句带有义气的口头禅前，她只觉得舍长有点儿不注意个人分寸——从小在父母那里接受的教育使她这样认为。

舍长当时只是看了一眼张小雨，就没再说什么了，而是开始收拾自己的行李。她先是弯腰把一床厚厚的红色棉被从蛇皮口袋里取出来，然后摊开棉被，被子里还卷着两件军绿色的衬衣和两条黑色尼龙长裤。随身的小包里有个崭新的不锈钢饭盒和蹭掉了一点儿漆的铁皮杯子，带着杯盖，还有一双筷子——这些就是她全部的家当了。

张小雨看到这些，就没拿出爸爸在她高考过后的那个暑假送给她的一只德国进口保温水杯。在第二个周末她放假回家的时候，她就索性把那个杯子一起带回去了。

开学伊始，在她们都忙着加入什么文学社、诗社的时候，舍长一眼就被体育老师相中了，直接被拉去了校排球队。她们学校的排球队很厉害，还经常去全国各地打比赛，所以训练上也尤为苛刻。舍长是那种脾气和性格都十分坚韧的女孩，当时在校排球队也是最不怕苦、不怕累的，体育老师也因此一直窃喜自己挖到了个好苗子。不过训练势必会影响正常的课程，尤其是在赛前集训的时候，经常从早到晚地练，舍长还被强行旷了英语必修课。不过这也没事，因为体育老师已经和英语老师们打好了招呼，虽然那些守旧认真的英语老师认为体育老师这样做十分不合情理，是在耽误一个学生的未来，但是事关学校荣誉，他们也只是私底下议论纷纷，表面上却不说什么。这么一来，遭殃的就是她们排球队的成员了。

在第一次考试中，舍长就栽了跟头，她的英语成绩是七十四分，比全班的平均分低了十分。杨姗那时候因为沉迷在和梁子帆刚认识的甜蜜中，也没有考好，但勉强达到了平均分，吕聪聪虽然看上去挺机灵，但成绩也不怎么样，她考了七十九分，那一次考试中，张小雨是全班第一，九十六分。

其实张小雨在学习上并没有很用功，倒是十分热衷于做一些与学习无关的事情。梁子帆在踢足球时意外砸碎了杨姗的热水壶，因此也和她结识了，那时候梁子帆是比她们大两届的学长，在学校里是属于那种比较木讷的男生，和女性交流最多的时候就是每天中午在食堂和打饭阿姨说话的时候了。所以，在那个温暖和煦的9月下午，梁子帆推着自行车，车后座上坐着穿着一条蓝白相间裙子的杨姗，当他们的影子不断地在斑驳的树影下穿梭的时候，梁子帆就动心了。他至今都记得那一刻，那时有一阵风吹过来，拂过他们的脸庞，扬起了杨姗的发梢，杨姗害羞地低下头，然后风就吹到了他的心上。

在那之后，梁子帆就像开了窍似的使出浑身解数追求杨姗。他先是托在排球队的同学找到了当时也在排球队的舍长，企图让舍长在中间牵线，但舍长对这些儿女情长的私事提不起兴趣，一口回绝了他。梁子帆没有气馁，又通过一个上海同学在上海老乡会那里找到了张小雨，张小雨那时候理解的大学生活就是追求多姿多彩的青春，毫不犹豫地答应了梁子帆的请求。"恋爱也是追求青春的一种方式嘛。"所以梁子帆和杨姗在一起这件事，张小雨也出了不少的力。

不过这些事情都没有耽误张小雨的学习，因为她本来就是上海人，接触英语的时间也比其他省份的学生更早一些,再加上父亲在国外工作,母亲在签证中心工作,家庭环境也让她在英语学习方面有着得天独厚的条件。所以考第一对她来说并不是什么难事。不过舍长却难以理解。"我见她也没怎么努力,怎么考的第一?"那天张小雨跑去参加文学社的活动了,舍长在宿舍准备去排球馆时这样问道。

"人家家里那样的条件,想学不好都难。"杨姗一边涂指甲油,一边阴阳怪气地说道。

"她自己也挺努力的,我有几次去洗衣房洗衣服,看见她一个人在楼道里背单词。"吕聪聪当时正躺在床上看席娟的一本言情小说,她连头都没转过来,漫不经心地说道。

"背着我们努力。"杨姗说。

"也不算背着啦,她肯定觉得在宿舍背书会吵到我们,所以就在楼道背书!"吕聪聪说。

"唉,要是我也能有时间背书就好了,排球队实在太忙了,连看书的时间都被挤没了。"舍长一边换鞋,一边感慨道。

"那就退出排球队,整天练也怪累的。"杨姗说。

"退出排球队?怎么可能那么容易啊?"舍长说。

"那有什么不容易的,你要走,他难道还能拦着你不让你走?"杨姗把左手的指甲涂好了,又换了一只手拿刷棒,开始涂右手。

"倒也不是拦着,有些问题——总之是有些事情解决不了。"舍长这么解释道。

"我们学校排球队是要为学校争荣誉的,队员也能拿到学校补贴。"吕聪聪心直口快地说。她有个要好的老乡也在排球队,这些信息是从老乡那里听来的。

杨姗冷不丁地听到吕聪聪这么说,左手一抖,右手上红色的指甲油有一大块被涂到了肉上。她知道吕聪聪没什么恶意，只是忽然想到了就这么说出来了，但她的心思细腻敏感，从话里听出了别样的意味，她不敢扭头看舍长，只是低着头从旁边扯出一大片卫生纸，开始小心地擦拭涂到肉上的指甲油。

舍长应该也没料到吕聪聪会这么说，她站在那里先是一愣，然后提着训练包走出了宿舍。

再有半年，梁静就要高考了，临近年关，高一高二的学生早就放寒假了，高三学生集体补课，还有一天才放假。虽然杨姗就是那所高中的老师，但她不教梁静，梁静和其他同学一样，在学校寄宿，一周回家一次。

梁子帆帮杨姗从上面的餐柜里把大号的砂锅拿出来，砂锅装在白色的无纺布袋子里，和一个半月前装起来时一样干净。"你想让梁静去哪儿上大学啊？"梁子帆突然问道。

杨姗给竹荪换了水："我们现在考虑这些都是多余的，还会给梁静徒增压力，倒不如让她安安心心地准备考试，成绩出来我们再研究让她去哪儿上大学。"

"这不是我们俩私下说说嘛，我倒挺想让她去上海的，当时我们一起在上海上学，那边熟人也多些，梁静去上海，能有个照应。"

"上海的同学……张小雨在上海，聪妹也应该在上海，不过我刚才看她朋友圈，感觉她在世界各地折腾，我可不想让梁静跟着她。"说话间，杨姗又看了看表，她决定第二天清早起来去买一只土鸡，炖到中午，梁静回来的时候，时间应该刚刚好。

"我觉得张小雨就挺好的，人也热心，现在又在政府部门工作……要是梁静真去了上海念大学，我们刚好有个机会可以一起聚聚，毕竟很多年没见过了，当年我追你她还帮了忙呢！"梁子帆想了想，又说道，"我觉得你们大学宿舍的那几个同学人都挺好的,你有空也跟大家多沟通沟通感情嘛。"

张小雨是当年宿舍里最让人羡慕的女生,人长得很白净,留着娃娃头,学业方面也算不上多么刻苦勤奋,总之,平时看上去一副平淡无奇的样子,但一到考试,她就立马脱颖而出。这一点让很多人都心生不满。

那个年龄段的女生之间的友谊就是这么脆弱和敏感,关系越好,攀比就越严重,所以经常会有两个原本好到无话不说的女生在一夜之间形同陌路。当然她们分开的理由并不是因为发生了大的冲突,而是其中一个人开始有意地避着对方,这种行为其实就是在暗暗告诉对方:"我不想和你一起玩了。"

吕聪聪神经大条,虽然经常会不过脑子地想到什么说什么,但她没什么心机,所以她当年和张小雨走得最近。杨姗是个平时嘴上不说什么,但心里很清楚的一个人,她很羡慕张小雨拥有优越的家庭环境,这种羡慕甚至带有一丝敌意,比如,有时候张小雨会从家里带来妈妈做的青团或者条头糕之类的食物,杨姗从来都不会上前拿一块;有时候张小雨会聊爸爸告诉她的国外有趣的见闻,别人都跟着笑,可每次她听到张小雨讲这些,就抱起一大盆衣服去洗衣房。舍长的性格很直爽,有时候会在宿舍说"不服气张小雨一直考第一"什么的,但也就是说说而已,张小雨从家里带来的吃的,每次都是舍长吃得最多。

看群里的聊天记录,舍长的确定居美国了,并且近几年也是全世界各地跑,印度、尼泊尔、斯里兰卡、刚果、塔吉克斯坦……都是做义工。不过让杨姗感到最不可思议的一件事是,舍长至今未婚。

"算起来她得有四十五岁了,现在还是一个人生活,并且一直是一个人生活。"杨姗这样告诉梁子帆。

"一直一个人?"

"应该是,她在群里说她毕业后就去美国读书了,学的好像是社会学。以前我虽然也听其他大学同学说起她是去美国读书了,但我从来都不敢相信,毕竟在二〇〇几年的时候留学美国可不是一件容易的事,而且舍长的家里……我是说看上去应该不是那种经济宽裕的家庭,她成绩也没有好到公派留学的要求,那时候虽然大家都那么说,但我心里还是挺不相信的。"

"那她后来怎么去留学了?"

"应该是她当年在排球队的时候,看聊天记录她是这么讲的,有一次全队一起去北京打比赛,她在那里无意间结识了赞助那场比赛的公司的总经理。好像当时有个四五岁的小女孩吵着要吃巧克力,她就把包里的巧克力掏出来送给那个小女孩,并且在发生这件事的时候她并不知道那个小女孩就是那个赞助商的女儿。"

"就是因为一块巧克力啊。"梁子帆感叹道。

"应该是她去北京之前张小雨送给她的外国牌子的巧克力,你知道的,那时候张小雨经常拿些奇奇怪怪的外国零食送给我们吃,大概是舍长当时没舍得吃,就顺手放包里了,后来就送给了那个和自己素不相识的小女孩。"杨姗顿了一下,接着说道,"舍长就是这样的人,性子直,为人也很坦诚,大概赞助商就是看到了她这一点,才一直帮助她,后来还资助她出国留学了。"

"那真是个人际遇啊,不过那时候你们都不知道这回事吗,她认识那个赞助商的事?"

"都不知道,可能那时候她觉得如果把这些事讲出来会惹来不必要的麻烦,毕竟女生之间的关系是很微妙的,谁能保证没人在自己背后说些什么呢？"杨姗若有所思地说，"她现在在群里讲这些，也是因为事情过去这么多年了，大半辈子都过去了，没人会揪着这个问题不放了。"

"这样啊。"

"她后来就定居美国了，研究社会学，一直没有结婚，说没遇到合适的人，所以就一直一个人生活了。不过她说她最近几年开始做起国际志愿者了，所以也不觉得一个人生活多么孤单乏味，倒活得津津有味呢！"

"那还不错，虽然四十多岁不结婚让人有点儿难以理解，但理解的人也就理解了，又没人规定人到什么年纪必须干什么。"梁子帆这样评价道。

"对啊。不过看她的样子现在应该挺忙，全世界地募集福利基金，还去那些山村照顾留守儿童，不过做公益就是这样，帮助别人快乐自己，难怪张小雨在群里说舍长现在是人生最大的赢家了。"

舍长还一直在群里鼓动吕聪聪这个女老板多捐点儿钱，吕聪聪把张小雨喊出来当挡箭牌："张处长，您赶紧从国家政策层面解决解决这件事吧。"张小雨一急，直接把问题推给了杨姗："我们出钱出力，都不如杨老师出点儿文化资源。"群里的几个女人笑作一团。

舍长发了一张她在柬埔寨给孤儿院的孩子们上课的照片，照片上的她比以前黑了不少，也瘦了不少，但精气神很好。张小雨她们都在下面说着好羡慕之类的话，可舍长知道，自己连一点儿炫耀的心思都没有，只是她必须这样做。那张照片的背后，她真正想要说的是："你们看吧，我现在过得很好，性格开朗，帮助别人，人生轨迹也和你们大同小异。"她知道所有人都记得她在听到吕聪聪的那句"排球队队员都能拿到学校补贴"后脸上难堪的表情。没有人说，但她们一定都记得。后来，所有人都对她很好，张小雨从家里带来的吃的，大家分完剩下的，全留给她吃；有时候排球队的集训太多，杨姗会主动提醒她不要忘记交英语作业；吕聪聪的床上堆着很多小说，每次都告诉她："不用跟我打招呼，你随便拿着看。"她不知道那是大家本身待人的习惯还是单独对她的同情，她只是一味地觉得，她们可不可以不要这样同情她？

这种恨意曾让她自己不寒而栗。她一直努力地想要剔除身上那些阴暗的部分。在和那个北京的赞助商交流的时候，她试着以很轻松的态度告诉对方自己的母亲早已过世，父亲瘫痪在床，那块外国牌子的巧克力是同学送给自己的，还没舍得吃；她可以在美国念研究生时用英语流利地讲自己读大学的费用是靠校排球队的补贴，毫不隐讳；她在做国际义工的时候经常向那些同行的志愿者开玩笑似的自嘲自己的身世；她可以在自己遇到的唯一一个心动的男人面前，放肆地怀念童年印象里的父亲是多么年轻强壮，尽管她并没有和那个男人走到最后。

梁静回到家的时候，竹荪炖鸡刚好出锅，杨姗垫着一块抹布把砂锅端到餐桌上，然后打开盖子，香味立马四溢开来。梁静闻到香味，连书包都没放下，就三步并两步地凑到了餐桌前，说了句："真是饿死了。"她是一个十七岁的中学生，扎着马尾辫，露出大脑门，身材偏瘦，背上那只大书包重得让她的背不自觉地驼了起来。梁子帆从卧室走出来，让女儿赶紧放下书包洗手吃饭，随即又对杨姗使了个眼色，意思在说："她看上去心情不错，应该是期末考试成绩还可以。"

梁静快高考了，不知从什么时候起，爸爸和妈妈就不再和她谈论与学习相关的事情了，以前他们对她要求十分严格，可现在越到紧要关头越不过问了。梁静不知道为什么，但是她觉得这样很轻松。

在餐桌上，梁子帆先是讲了讲最近看的国际新闻，又说了上次他在工厂开会时发生的几件好玩的事，因为杨姗就在梁静读的那所高中任教，为了不给女儿增添不必要的压力,她已经很久没有当着梁静的面讲工作上的事了,所以她就问竹荪炖鸡是不是盐有点儿放多了之类的。后来讲着讲着,杨姗就说起了大学同学组建微信群的事。

"妈妈,你那几个大学舍友现在都在干什么呀?"梁静吐了一口鸡骨头,问道。

"她们都很厉害啊。"杨姗说道,顺势又夹了一只鸡腿放到女儿的碗里,"一个在美国定居了,现在是满世界跑的国际志愿者,她一直没结婚,一个人活得挺潇洒;还有一个在上海工作,已经升了处长了,生活也挺安逸;还有一个家里条件挺好,不过跟老公离婚了。最后一个,就是在这个县城当老师的你妈妈我了。"

"嗯……"梁静嚼着鸡腿肉,"那都好厉害啊,妈妈也很厉害。"

"嗨!我有什么厉害的!"杨姗又夹了一块竹荪给梁静,"尝尝这个炖得怎么样。"

"妈妈当然厉害了,你教的班哪次不是全校第一啊,我们同学都说了,他们最佩服的老师就是你了,听得我特别自豪。"梁静眨眨眼,对杨姗说道。

一直没说话的梁子帆开了腔,他是不会放过任何一个夸奖妻子的机会的:"对啊!我厂子里好多职工的孩子也都在你们高中念书,我一说起你的名字,那是没有人不知道啊!哈!我也特别自豪。"

杨姗只觉得丈夫说得太夸张,轻蔑地看了他一眼,不过听到这些话她心里还是很高兴的。"那个家里条件很好的舍友也说我很厉害,还在群里说我是……是什么赢家呢。"她说道。

"那个词叫人生赢家!"梁静抢着补充道。

"哎!哪里是什么赢家,人家只是客气客气罢了。"杨姗说。

"你又怎么知道人家不是真心诚意的呢?"梁子帆说,"几个人里她为什么偏说你是赢家啊，肯定是你有她们几个没有的东西。"

"那她们也有我没有的东西啊。"说话间，杨姗为女儿盛了一碗鸡汤，又为梁子帆盛了一碗，到自己的时候就舀了一小勺，鸡汤就见底了，梁子帆赶紧把自己那碗鸡汤推到杨姗面前："我不爱喝这汤，你怎么给我盛了这么一大碗？"

杨姗把碗接过来，继续刚才那个话题说道："我觉得吧，要说赢家的话，那肯定是张小雨了，生活在大城市，孩子没什么可操心的，不至于大富大贵，起码安逸啊。聪妹和舍长的生活也挺不错，满世界飞，见多识广。"她瘪瘪嘴，"但我还是不太喜欢那样忙碌的生活。"

梁子帆用勺子舀着锅里剩下的一点儿鸡汤，说："你觉得张小雨是赢家，可人家张小雨说不定还憧憬着过聪妹和舍长那样的生活呢，在机关单位待得久了，都想跳出去看看……"

杨姗端着碗，若有所思地说："你说的也对。"

那顿饭杨姗吃得很愉快。

吃完饭后，杨姗一并收拾了餐桌和厨房，然后在睡衣外面披上了那件茶色毛呢大衣去楼下倒垃圾了。那件大衣是梁子帆在他们结婚二十周年纪念日那天买的，花了不少钱，虽然当时杨姗吵着说太贵了能不能退了什么的，但她心里还是很喜欢的。

她提着垃圾袋从楼上走了下来，楼道口有些冷清，风里仿佛已经有了春节的烟火味道，她把垃圾丢进了垃圾桶，然后站在空荡荡的步行道上打了个冷战。那一刻也不知怎么的，她忽然想起读大学时臭美的情景，一个人在宿舍里偷偷地修眉毛，结果一不小心，把整条眉毛都刮掉了，张小雨和聪妹她们回来，指着她大笑："哈！你怎么没有眉毛了?！"想到这里，杨姗笑了出来，在那个寒冬的午后，她感到整个人都放松下来了。

朋克岁月

我忽然想讲讲有关朋克的故事。

不过这个朋克可不是那个朋克摇滚的朋克,他的大名叫沙朋克。每个听到他大名的人,都会竖起耳朵让他再重复一遍,每次朋克都会把那套一成不变的自我介绍搬出来:"我叫沙朋克,不过我不搞摇滚,我搞表演,我们姓沙的有挺多搞表演的人,比如沙溢、沙僧、沙宝亮,还有我。"

我知道沙溢演过《武林外传》,不过沙僧是谁我倒要揪住朋克问问清楚。

他不改油腔滑调的老样子:"沙僧演过《西游记》啊。"

我一脸疑惑。

"难道你都没童年吗?就是拿着月牙铲,张口闭口就只会喊'师傅被妖怪抓走了'的那个大胡子啊。"

他这串纯熟的解释化作一个大写的"服"字贴在我脑门上，我又问他："那沙宝亮演过什么？"

"《暗香》的MV啊，难道你都不看MV吗？"

朋克胡说八道的功力达到十级，简直让人无言以对，不过我最好奇的还是他演过什么。

他反问我："你难道没听说过那句话吗，人生是个大舞台，每个人都是演员。"

我摇摇头，说："还真没听过，我只听说过刘老根大舞台。"

听完我的话，他变得一本正经起来，还特真诚地看着我的眼睛对我说："这对话没法进行下去了。"没法进行下去的理由是我在故意跟他抬杠。

前一晚，朋克和我们一起吃饭，带着他的新女友。那女孩的脸色看起来气血两虚，再加上是朋克的第七任女朋友，于是我们私下里都叫她田七——专门补血的中草药。

田七很瘦，腰很细，感觉稍微大一点儿的风吹过来，就能把她的腰吹折了。她虽然瘦，但是胸不小。那也是我们第一次见田七。正巧前段时间朋克打球伤了腰，天天用一只手杵着腰，见着田七的那一瞬间我们可算明白了，大伙纷纷不怀好意地大声提醒朋克："人生有限，干什么事儿都要适可而止。"

朋克嘴里喊着让我们滚一边儿去，手里轻轻地把椅子拉出来让田七坐。他看田七时的眼神非常温柔，眼睛里溢满笑意，像沉静的海水一样，一波一波轻抚着在那海里游泳的人鱼小姐。

在饭桌上，田七简直像外太空来的一样，嗑不动瓜子，剥不动龙虾，连筷子都拿不利索。于是朋克坐在她旁边，笑盈盈地帮她把瓜子一粒一粒地嗑好，再小心翼翼地喂到她嘴边，又一只一只地剥龙虾，把肉悄无声息地放到她碗里。他的每一个动作里都透着耐心，而耐心正是这个浪子曾经最缺少的东西。

田七不怎么爱讲话，在饭桌上唯一一次说话就是讲了个挺无聊的笑话，一桌人听完都以为她没讲完，等着姑娘接着讲下半段，只有朋克一个人像个大猩猩似的捶胸顿足地说"这也太搞笑了"，顺道还爆发出连珠炮一样的笑声。一桌人也只好跟着一起哈哈大笑起来。

原来爱情真的是一种很奇妙的东西，他能让你忘记上一次戴上金箍时的愤怒和无奈，让你不会想要去躲去逃，让你满脸稚气地生活下去，让你像个孩子一样毫无顾忌地抓起那些未知的下一刻，然后笑出声来。

朋克之前有过六任女朋友，在每段恋爱中他都是当之无愧的人渣，每一任女朋友都亲手洗过他的臭袜子，也不知道那些姑娘着了什么魔，居然都心甘情愿地把心全部交给他。可朋克对待自己的第七任女朋友田七完全变了个样，饭桌上一副居家好男人的样子，嘘寒问暖的笑容堆满了从前胡子拉碴的脸，简直就像桀骜少年换了一副模样。

我趴到朋克耳边问他："哎，你忘了你以前什么样了吗？"

朋克夹了一块红烧肉放到嘴边吹一吹，然后放到田七的碗里："什么样？"

"人渣的样啊。"我开玩笑说。

朋克呸了一口，良心发现似的纠正我："以前不是人渣，是人面，辣椒面的面，比渣更碎一点儿。"

这家伙骂自己真是一点儿都不心慈手软。

田七嚼着那块红烧肉。朋克看了她一会儿，然后扭过头，眼睛闪闪地告诉我说："你知道吗，她就像只小鹿一样，每天都蹦蹦跳跳的。"

我看了一眼田七:"哦,脖子是挺长,是有点儿像长颈鹿,所以你打算和她长久发展?为她提供长久的免费劳动力?"

朋克睁大眼睛,说:"当然是要长久了,还有,什么叫免费劳动力,我是心甘情愿照顾她的。"

我对他的话嗤之以鼻,我夹一口菜,懒得理他。

"还有啊,她的头发特别软,像藏着春天一样。"过了一会儿,朋克忽然说。

在认识田七前的那几年,朋克还是一个文艺青年,准确地说,应该叫恬不知耻的文艺青年,有点儿像《中国合伙人》里大学时代的王阳,泡洋妞,留长发,废话比谁都多,情绪比谁都忧郁,还认为全世界自己最酷。那时的朋克,人生主旋律就是篮球和斯诺克、电影和唱片、梦想和女人。

朋克对我的描述很生气,他说:"什么叫泡洋妞,什么叫泡啊,那是爱情,你懂吗?"

我白了他一眼,送给他一句:"你还好意思说是爱情呢。"

朋克刚大学毕业时有个女朋友,叫足球妹,不过这个足球妹连一场足球赛进行多长时间都说不清楚,足球妹的名字也跟踢足球无关,只是这个姑娘有上百双足球袜。虽然足球妹的衣着打扮让她看起来和正常人不是生活在一个世界,但是没关系,朋克菠萝一样的头发、爱因斯坦一样的胡子也像来自某不明世界的生物,于是这俩人走在一起也没那么突兀。

足球妹的声音很嗲,说起话来摇头晃脑的,一讲到韩星或者什么男团组合就是一脸兴奋,这时候我们总要很努力地控制自己想打她一拳的欲望，才能勉强维系和足球妹的表面和平。

朋克很喜欢她，简直喜欢到了令人作呕的地步。朋克和足球妹在一起的时候，天天给她扎辫子，他就是在那时练就了一手扎麻花辫的好本领，技艺之精湛已经达到专业盘发师的级别了。还有，他每晚睡觉前都要在电话里给足球妹念书，讲故事，从《伊索寓言》讲到了《红楼梦》，幸好后来他们分手了，不然讲到现在可能已经讲到《资本论》了。总之，那段时间朋克的文化素养得到了质的飞跃。最令人难以接受的是，朋克用一个笔记本详细地记录下了足球妹每天吃什么、不吃什么、喜欢吃什么、不能多吃什么，资料翔实到就差出版发行了，目录我们也帮他想好了，和那本《养猪大全》一样就可以。

不过，足球妹对朋克也是掏心掏肺地付出，姑娘在毕业时直接放弃了家乡的高薪工作，顶住压力和朋克一起留在了南京，甚至没有一丝犹豫和摇摆。可那时足球妹的父母只觉得朋克是个彻头彻尾的愣头青和穷小子，千方百计地阻拦他们，可是足球妹，那一度被我们认为幼稚可笑的足球妹，像个勇士一样站在朋克的身旁，她怀着满腔的期待，和目光里沉甸甸的爱，坚定不移地抓紧了他。

那时的她太年轻，只想陪在他身边，陪他一起挥霍这段年少轻狂的时光。

再薄情的浪子也有深情的一刻，朋克为足球妹这种不顾一切的付出大为感动。他在一个满天繁星的夜晚，站在紫金山的峰顶上扯着嗓子大喊此生非足球妹不娶，还发了毒誓，一直喊到嗓子沙哑，他还是拼了命地朝山林的最深处大喊。足球妹在他旁边大笑，可再一转眼，泪水打湿了她年轻的脸庞。

朋克在那个山顶紧紧拥抱了足球妹，当时他的内心五味杂陈，疑虑、自责、兴奋、欣慰以及被全世界围剿时与她一同突围的悲壮。那一刻，他们觉得生命也许就是如此。

可是那晚后来莫名其妙地降了一场雨，滂沱而至。

山顶告白的事情过去不到半年，朋克和足球妹的故事就草草收场了。朋克是足球妹的初恋，她太害怕人生的第一场恋爱夭折，所以对任何事都小心翼翼地经营着，生怕一不小心就改变了故事发展的方向。可能就是这种不安和顾虑，让她经常因为一点儿小事生闷气，无故吃醋。她不停地索取，企图以此来获得那点儿可怜的安全感，可是朋克那时还是一个愣头青，在他眼里，那只是索取。

在他们分手以后，朋克告诉我，他有时候会梦到那晚站在紫金山顶上望着的夜空。很奇怪的，在梦里那好像不是满天繁星了，而是一大块画布。

"画布？"我问。

"对，那种深蓝底色的画布，上面画着星斗。"

"星斗？"

他想了一会儿："像泪珠一样的星斗。"

朋克这种深情的人渣，我还没来得及骂他，他又说："你说我回想足球妹，怎么脑袋里全是那天夜里她站在山顶上笑着哭的样子？"

和足球妹分手后，朋克先是萎靡了一阵子，以表对逝去的感情的尊重，后来又恢复了年轻流氓的性子。那时他是南京一家小公司的程序员，那个小公司的老板——按朋克的话来讲，蠢得像驴又勤快得像马，所以朋克在背后叫他骡子。"骡子"经常想出一些乱七八糟的创意，然后让底下的员工们实现，频率是一天少则四五次，多则四五十次，于是朋克经常没日没夜地加班，也经常把没日没夜加班创造的结果推翻重来。

有一天晚上，朋克又为了"骡子"的突发奇想的一个破创意加班，他一边噼里啪啦地敲着键盘，一边嘴里痛骂，就那么一边敲一边骂，一边骂一边敲，从黑夜到清晨。

第二天早上，朋克拿着熬了一夜终于做好的程序交给老板，那个四十来岁大腹便便的中年男人说："很好，这次我不改了。"

可是这次朋克笑眯眯地回答他："谢谢，可是以后我不想陪你玩了。"

说完，他就把自己在公司的全部家当统统丢进了垃圾桶，连那台曾经陪他并肩战斗在一线，并且接受过他唾沫星子洗礼的电脑都没放过。然后他转身，大步离开了公司。

他那一刻只觉得自己走路带风，无比痛快。

朋克说那是他二十多年以来最辉煌的一刻，还一直跟我们重复那天早上他离开时的背影多么高大伟岸，这个背影一解他多日的怒气，于是他对这个背影念念不忘，以至于后来有一天夜里他给我打电话："要不我翻墙进公司把那天的监控录像偷出来看看？那个背影肯定炫酷无比。"

有没有炫酷无比我不知道，反正那种辉煌没持续几天朋克就觉得自己愚蠢至极了，他一直很懊恼他在冲动之下把电脑丢掉了，更懊恼的是，他在丢掉电脑之前竟然忘了把他收集了近十年的珍藏版影片拷贝下来。

离职以后，朋克一个人跑去北京玩。他说，在"骡子"手下工作太久，他的人生像蒙上了一层阴影，变得阴暗无比，他要去北京，要去让金色的光芒照耀自己，于是他给自己的北京游安排了一条红色的革命路线。

朋克在人民英雄纪念碑下坐了十一天以后，他忽然醒悟，觉得自己不能再这样坐下去，不然他迟早会变成一尊面无表情的石像。当时他忆起了往事，回想过去的一切，从五岁时和小伙伴们一起在公路边撒尿到十七岁时和自己的第二任女朋友吵架，还有痛失珍藏版影片的那个早晨，那些好的坏的故事统统在他的脑海中涌动。

后来，他只记得最后一次坐在人民英雄纪念碑下的那个傍晚，天气非常好，西边一大片火烧云，他忽然想明白了什么，却又说不清到底明白了什么，只记得当时自己的白衬衫被映得红彤彤的。他站起身来，刚好旁边有辆北京香山一日游的旅游车，他毫不犹豫地一脚跨上了车。

朋克是在北京爬香山的时候认识欧洲姑娘F的。

在爬香山的时候，他看到欧洲姑娘F坐在台阶上歇脚，十多厘米的高跟鞋摆在旁边。于是他二话没说，上前一把拎起姑娘的高跟鞋，还没等姑娘反应过来，他又转了个身，把姑娘的手搭在了他的背上。后来他就那么背着F一个台阶一个台阶地往上爬。

我们听了以后啧啧了半天，然后问他："你不是去感受金色光芒了吗，这事和金色光芒有什么关系？"

朋克一脸骄傲地说："正因为我要去感受金色的光芒，我才坐在人民英雄纪念碑下，才能在那里顿悟人生的真理，要互帮互助。如果我没有帮助F，她就不会爬上我的背。"

"你帮助她什么了。"

"我帮她提鞋了。"

"呸。"

朋克这个回答让我真想给他一拳。明明是抢了人家的鞋，还说得这么振振有词，天底下能有这么不害臊的，除了朋克，我实在想不出第二个人。

不过这些都不重要，重要的是朋克和F就这么认识了。

朋克后来告诉我，他在纪念碑下想明白的唯一一件事就是："人生有限，要把一分钟掰成两半来活，前一半爱理想，后一半爱姑娘。"

朋克的歪理有时候真的让人无法反驳。没有人能够永远年轻，但永远有人用那些炙热的理想和疯狂的爱情来宣示自己的年轻。

朋克的话还有下半句："我的理想就是追求姑娘。"于是在爬香山的过程中，他用他蹩脚的英语跟 F 聊了一路，连说带比画，从山脚一路聊到山顶。

处在某些瞬间，就是朋克岁月里激荡的时刻。后来姑娘问他："What does sex feel like for a man？"（男生对性有什么感觉？）

朋克让 F 重复了好几遍问题，朋克说："We are in China, I've never touched a breast before."（这是在中国，我从来没摸过女孩的胸。）

于是在那个红成一片海的香山山顶，姑娘拉起朋克的手放在了自己的胸上。

我后来问朋克，他怎么会说 touch a breast。朋克非常自豪，他说跟情侣有关的他基本都会说，因为这是调戏姑娘的必备技能。

之后朋克就回了南京，姑娘也从北京跟了过来，直接住在了朋克在鼓楼租的房子里，于是俩人就顺理成章地在一起了。英语并不是姑娘的母语，但俩人只能用英语交流，于是两个人就一边说，一边比画，实在说不下去就用接吻来结束这个话题。

朋克和 F 一起去动物园，逛到河马馆的时候，气味奇臭无比，朋克憋着一口气出来的时候脸都绿了，他回过神来看 F，F 边掉眼泪边说河马太臭太可怜了。于是朋克在动物园的河马馆里志愿劳动了一个星期，他是个有洁癖的人，可是那一个星期他天天和河马一起洗澡。

朋克带 F 去夫子庙吃南京的灌汤包和鸭血粉丝汤，F 轻轻咬开包子皮，汤汁轻溅，那种感觉美妙到让 F 的眼睛发光。于是朋克花了一个月的工资买了个大冰柜放到他们的出租屋里，还买了成堆的菜谱，天天研究怎么做好吃的灌汤包。

朋克和F一起去南京第一高楼——紫峰大厦看夜景，也不知道他和F打了什么赌，朋克输了，于是愿赌服输地要兑现背着F从一楼爬到八十九楼的承诺，欧洲姑娘很看重约定，朋克也不认怂，就那样上气不接下气地背着F爬了八十九层楼，F趴在他的背上笑着，然后他们在那个高楼顶上拥吻了。

F说喜欢他长发的样子，尽管我们一致觉得朋克长发的样子像一只很丑的拖把，但朋克偏偏要留长发。F说她最爱的男人是法国大提琴家马雷夏尔，其次才是朋克，于是有一段时间朋克就天天顶着那一头长发，身后背着个二手市场淘来的大提琴，企图挽救他排名第二的尴尬命运。那时的朋克像个顽劣的孩童一样强烈地想要霸占F的内心，他不肯与别人一同分享他爱的那个姑娘的心，哪怕是一丝一毫，即便那个大提琴家一辈子都与他们毫无瓜葛，可朋克依然这么天真又固执地与他较真。

其实很多事情并没有对与错、好与坏之分，缱绻于心的爱情只是像一个野蛮的天神一样，呼啸着从天而降，然后抓着朋克的衣领飞向九霄云外。没有走火入魔，也没有中毒成瘾，有的只是爱情这片海洋中翻滚的海浪，在这惊涛骇浪的拍打中，他忘了自己要去什么地方，只觉得自己好像也一起变成了海浪，然后他闭上眼睛，不敢相信原来自己也拥有这般不要命的速度和如此巨大的力量。

朋克和F在一起的第一天就知道他们最终一定会分开，所以每一次接吻都带着诀别感。他们聊爱情和人生、书和电影，世界是一个宏大的命题，所以他们永远有话可说。他们一起连猜带比画地用蹩脚的英语讨论理想，找一些两个人都看不懂的印度语电影或者美洲纪录片，不知道对方在表达什么，不确定在明天到来之前会发生什么。

朋克和F拍了很多照片，F跟《和莎莫的500天》里的Summer非常像，长相和性格都像。照片里可以看出朋克跟F在一起很幸福，俩人非常亲密。朋克的拖把头在照片里好像也没有那么丑，F咧开嘴大笑的样子让人觉得十分明媚。他们就那么一起笑着，凝视着对方，时光定格，那一刻美好到能印到明信片上。

两个人见面的时候也经常吵架，无缘无故地吵，有时候也是为了吵架而吵架，没有人肯低头，没有人会认输，最后像两头倔强的原始动物一样，以大笑、亲吻和上床的方式作为结尾。

F经常说一些很文艺的话。有一天，她说她觉得自己就要死了，又有一天她说人生就是虚无的。朋克都当作F只是像从前那个忧郁又愚蠢的自己一样，缓一阵子就知道充满柴米油盐的生活的珍贵了。

可是F并不是朋克认为的那样，F对爱和生命的热情只是来自与生俱来的直觉。她疯狂地爱着一个人，也渴望有人至死都疯狂地爱着她，她的一生要么一败涂地地爱下去，要么心甘情愿地死去。时代好青年朋克不理解F为什么会这样想，他只觉得F的想法太消极了，于是给她灌输了许多积极向上的人生观。

可是F并不需要这些，她只是疑惑地看着朋克，看着这个曾经让她发疯一样爱着的灵魂竟然如此陌生和遥远。她试图用激烈的方式表达她的爱，试图让朋克明白爱和死是一样拥有强大的力量的东西，可是朋克摇摇头，他只承认爱和死都有一股强大的力量，但他不觉得它们是一类。

爱情的最后一根弦就这样撕扯着。

直到后来有一天，姑娘直视着他的眼睛对他说："I never get what I want. Including you."（我永远也得不到我想要的，包括你。）

朋克脱口而出："你难道还没有拥有我吗？"

话没说完，F就打断了他。她非常坚持，一字一句地又重复了一遍："I never get what I want."（我永远也得不到我想要的。）

最后一次，朋克拿出他毕生的耐心来为F解释什么是责任，什么是生命，什么是理想。F是有自己的想法的。可是这些想法在朋克眼里全变成了一些不经大脑思考、盲目的追求，乃至疯狂且偏执的爱。

最后，他们之间不再有激烈的争吵，也没有以亲吻结尾。两个人沉默了一会儿，F用中文跟他说了句："我们分手吧。"

年轻气盛的朋克愣了一下，然后非常努力地装出一副无所谓的样子。他露出懒洋洋的微笑，眯起眼睛靠在椅背上，说："OK, bye."（好的，再见。）

于是姑娘连夜收拾了行李，回了北京。

缓过神来以后，朋克像疯了一样开始试着挽回F，但是F已经不理他了——短信不回，电话不接。他又一个人跑到北京，从早上等到晚上，又从晚上等到早上，F也不见他。

他在北京给我打电话，发了疯一样朝着我喊："我该怎么办呢？她没有QQ，没有微信，我能联系到她的方式只有一个手机号码。"

……

"我怎么也找不到她了。"

……

"现在我什么都没有了。"

……

"我觉得我彻底失去她了。"

一个星期后，朋克回了南京，为了强迫自己不再想这么多，他退租了在鼓楼的房子，卖了和F在一起时买的大冰柜，连他和F一起睡过的那张大床也被他用锤子砸烂了。

他搬到了以前的大学附近，天天看路上那些年轻的女大学生白花花的大腿，他以为那样就可以忘掉F，会像从前一样，迅速又无耻地投入一段新的恋情。可是很快他就发现，这种自我麻痹的技巧实在太拙劣了，他非但忘不了F，那个姑娘还像春水漫过的野草一样，在他的心底疯长起来。

他的所有姿态、自尊和自信，在那时一下全垮了，就像《悟空传》里那只猴子一样，被刀劈、斧砍、雷劈、火烧之后只剩下一副不死的躯壳，但紫霞仙子的一句话，便让那双眼睛失去神色。于是朋克开始彻底放任自己，他无所谓地保持着那种放纵的生活态度。

接下来的一年，他照样打篮球、打台球、打牌、玩游戏，但是做任何事情的时候都会恍惚。关于那个姑娘的一切事情，哪怕是极微小的联系，朋克也会想到她，然后整个人进入一个很奇怪的状态。他不知道要用多久才能忘掉她。

三年以后，朋克找了个工作，是一家以压榨员工著称的跨国企业，签就业协议的时候他在北京，他想了一会儿，给那个姑娘发了短信，说："How's it going？"（最近还好吗？）

那个姑娘没有回短信。

两天后他离开北京，站在北京火车站的时候他又把那条短信发了一遍："How's it going？"还落款了一个名字，是他和那个姑娘在一起时的爱称。

然后他就站在那个和那个姑娘相遇的城市，删除了那个姑娘的号码。

我以为朋克会盯着手机等她回信，顺便喝掉三罐可乐，吃掉五块面包，抽一盒烟，把烟盒捏扁、捏皱，再慢慢展开，像之前给她发短信的时候那样迫切，那时他只能以这些方式来打发等待的焦虑。

但是朋克跟我说:"非常奇怪,这一次我没有想要等她回我短信。真的,就那么一瞬间,我确信,她对我来说只是回忆了,没有感情了。"

之后,他好像变了一个人。过了段时间,他交了一个新女友,就是田七。我们纷纷劝他不要祸害良家少女,顺便打赌他们在一起不会超过三个月。

朋克说:"不可能,我们是要结婚的。"

朋克一直是一个骄傲又有点儿自私的人,一直以来他跟女友吵架的时候不会去哄,也不太会照顾别人,但是和田七在一起的时候,他对她非常包容。在饭桌上,田七嗑不动瓜子,剥不动龙虾,就连筷子都拿不利索,我们简直能想象这要是搁在以前,朋克这种毫无耐心的人准一巴掌招呼过去了。可是那天和我们一起吃饭的时候,朋克就那样笑嘻嘻地帮她把瓜子嗑好,把龙虾坚硬的壳子去掉,帮她夹菜。

朋克还说:"我遇见她之前没想过结婚,遇见她之后想到结婚这事就没考虑过别人。"

虽然这句情话从朋克的嘴里说出来有点儿恶心,不过我还是说:"哦?是吗?是不是觉得田七这人好相处才要和她结婚的?"

朋克咬牙切齿地说:"你能睁大眼睛看清楚点儿吗?田七看着像好相处的样子吗?"

想了一会儿,他又说:"我就是不能想象自己跟除了她之外的人一起带孩子,一起散步,一起遛狗,一起窝在沙发上看电视,一起聊彼此的工作,周末去看电影跟话剧,平时互相打击,互相嘲笑。老了之后我去打牌,她去跳广场舞,到时间就一起回家吃饭。这个人,除了她,不可能是别人,我想不出来。"

那一刻他看田七的目光非常温柔,毫不锋利。

我们从前认识的朋克是那个站在紫金山峰顶上向足球妹大声表白的

朋克，是那个背着 F 爬了八十九层楼，浑身湿透，气喘吁吁地和 F 拥吻的朋克。

从一而终是好的故事，但不是朋克的故事。

他曾经望着夜空发下毒誓此生非她不娶的那个足球妹，就因为那些无知又可笑的理由与他分离；还有他以为他会爱到生命尽头的 F，也被他放下。他最终还是和一个平凡的姑娘享受着俗世里那些平庸的幸福。

然后乘桴浮于海，道梦天涯。

上一个故事讲完了，现在我要讲的是第二个故事。

有时候我会想，爱情最可怕的地方究竟是什么呢？是朋克和足球妹那样一起为了彼此背叛了人生，失去自我，让人不得不放弃很多准则，然而到头来只觉得空欢喜一场，所有的心血和努力都白费了，还是朋克和 F 那样激情退去之后难以继续的平淡人生。其实都不是，爱情最可怕的地方就在于，它真的能让你在一瞬间忘记，离别原本就是人生的常态。

其实田七就是欧洲姑娘 F。我们第一次见到朋克从北京带回来的洋妞时，都觉得她腰细屁股大，西方人冷色调的脸让人觉得气血两虚，于是我们就私下里叫她田七。朋克对田七是出乎寻常的好，田七不会嗑瓜子，朋克就帮她嗑，田七没吃过小龙虾，朋克为她剥壳，田七不会用中国的筷子，朋克就一筷子一筷子无比耐心地为她夹菜。

那时他们就这样互相爱着对方，一边爱，一边想念。

朋克和田七也不知道吵过多少次，只知道最后那次，就在鼓楼的出租屋里，俩人又吵了起来。田七连夜收拾行李说要回北京，那时的朋克固执又激进，他没有拦她，开车把她送到了火车站，然后两个人在汽车后视镜里完成了此生最后一面。

第二天，朋克正在出租屋里睡大觉，没有 F 和他一起霸占那张床，他四仰八叉地睡在床上，像是对此时已经不知在哪里的 F 示威一样。

阳光懒洋洋地晒在他的屁股上，他梦到，他一觉醒来，那天阳光灿烂，他打开门，F 就提着行李箱站在门外，她哭着紧紧地抱住了朋克，然后说些再也不分开的话。他们不知道又大笑着聊些什么，F 又生气了，在梦里，她抽了一根棍子要揍他，于是朋克就没命地跑。梦里的人不会跑得很快，可朋克却在那个梦里跑得飞快，他甚至能感觉到头发被风吹得嘶嘶作响。他就那样一直跑着，感觉这辈子都要一直跑着，他很快乐，他大声地笑，F 也一边跑一边大笑。梦里周围看热闹的人多了起来，声音也忽然大了，然后朋克陡然惊醒。

是敲门声，朋克打开门一看，是两个穿着制服的警察，先是问朋克叫什么，又问朋克是否认识什么外国人。

朋克站在门口想了一会儿："我不认识什么外国人。"

他后来才知道，F 并没有乘上去往北京的列车，而是在南京长江大桥边上留下了一部手机，从此消失了。

朋克告诉我这些的时候，眼睛亮亮的，像一口水井，但是他又笑着说了一句完全无关的话。他说："你知道吗，她的瞳仁会变色，她很漂亮。"

至于朋克，情深义重的朋克，无法接受爱人在那晚夜灯下的汽车后视镜里变成最后一个轮廓的事实，就一直活在自欺欺人的状态中。

从此，朋克拒绝和所有人讲起田七，也就是 F。

她是这个世界上最干净、最温暖、最柔软的女孩，他不能用那些通用的所谓的漂亮、聪明、迷人来解释她，来对待她，来敷衍她。她是他至情至性的呼喊与欢笑，她是他时间荒原里最后的钟声，她是他打马而过的时光，她是他慌慌张张穿越汹涌人潮最想抓住的渴望。

她是他的理想。

后来朋克开始怀疑自己会不会哪天睁眼醒来，发现自己的一切经历只是一场梦。他开始逐渐明白，自己的理想其实不过如此，和所有的人一样没什么了不起，也和所有人一样不堪一击。

可她依然是她，她还在那儿，在他心中尚未崩塌的地方，她绽放着，要比任何一种理想都有血有肉，都要生机勃勃。

F到底去了哪里，田七到底是不是F，我不知道。

就像我始终无从知晓，不爱和死亡，哪一个更让人绝望。

分手不是唯一的结果

"我觉得谈恋爱就像一场无尽的拷问,你看,不是有那种拷问方式吗,就是人端坐着,手背在后面捆在椅子上,头上罩着一个铁皮桶,每隔十分钟就有人敲一下铁皮桶,发出'咣'的一声。每当你准备放松下来,开始试着接受以后的人生就在这种黑暗中度过时,就会有一个震破你耳膜的声音告诉你,你要接受的不只是黑暗,还有无休无止的痛苦。对,就是这种感觉,和胡小澜在一起就是这种感觉,无休无止的痛苦。"说到这里,周京低下头,用力吮了一口插在西瓜汁里的吸管,因为用力过大,吸管发出"咻"的响声。

"这样啊。"孟露拿起西瓜汁。

"真的是毫无默契可言,我和胡小澜在一起两年,这两年我几乎找不到和她合得来的事。第一次一起去看电影,她坐在我旁边一直吃爆米花,电影还没有放到一半,她就把那一大桶爆米花吃完了。我想着这下该安静下来好好看电影了吧,可是她居然又跑出去买了一大桶。我当时就在想,这在搞什么啊,你到底是来吃爆米花的还是来看电影?可是她居然一脸严肃地问我:'如果不吃爆米花,还怎么看电影?'唯一一次一起去游乐园,她一定要拉着我坐过山车,我说我不喜欢这种刺激的娱乐项目,她居然瞪大了眼睛说:'那来游乐园还有什么意思啊?!'她难道不明白去游乐园只是消遣,而不在于你玩的是什么。还有,刚和她住在一起的时候,她说她去泡杯柠檬水,然后就去了厨房,去了很久都没有回来。我就去厨房看,原来是她在翻箱倒柜地找她上次买的干柠檬片,我告诉她:'我扔了,晒干的柠檬片会流失营养成分,冰箱里有鲜柠檬,以后用鲜柠檬片泡水比较好。'你知道她怎么说的吗?她居然质问我为什么要把她的干柠檬片扔掉!"周京说得激动,右手不经意地攥成一个拳头,一边说一边用关节敲击着桌子,"你说为什么会有她这样的人,别人的善意都被她这样生生的质问给无视了。"

她低下头吸了一口西瓜汁,然后看着周京,眼神柔和,没说什么。

孟露是周京读大学时的女友,如果不算高中时代和隔壁班女生眉来眼去、互相暧昧的行为的话,孟露就是周京的初恋女友。不过两个人的关系并不因为是初恋而多么情深义重,像大多数大学情侣一样,毕业以后他们就分手了,一切都那么顺其自然,起码周京这么以为。分手后,两个人并无联系,甚至周京都要把她忘记了,只是偶尔翻到大学时的相册,看到自己身边站着的那个颧骨有点儿高的女孩,他才会恍然意识到,哦,那时候他是和她在一起的啊。

周京是在这一天偶遇孟露的,他在上海一座写字楼的十六层上班,做证券报表之类的工作,繁杂而琐碎,看上去没什么前途,却也稳稳当当地不用过多焦虑什么。他永远是在下午六点下班,六点零三分准时出现在电梯口，六点零五分出电梯，六点零九分准时到楼下的自动售货机买一杯简装咖啡。生活没什么大的变化，只是有时候机器里的咖啡卖完了，他会勉强换成一杯运动饮料。偶尔轮到他值班，一切只需要往后顺延两个小时。

这一天的六点零九分，周京又准时出现在自动售货机前，他一连塞了九个硬币，点击了简装咖啡的按钮，很意外的是，自动售货机没有丝毫反应。他用力拍了拍机器，还是没有反应，他又掰了几下退币的旋钮，还是没有反应。他愣了两秒，又退后看了看自动售货机，就转身离开了。他就是这种温和的性格，生活于他而言，没有什么波澜壮阔的事情，即便偶尔有小的起伏，他也只是沉默着，偶尔会在心里嘀咕一句："事情怎么是这样的啊？"他不会去拨打贴在自动售货机上的服务电话，也不会去申报故障，那太麻烦了。他此刻唯一考虑的是，附近哪儿还能买到一杯饮品。

当他扭头看到写字楼的东北方有一家饮品店时，他径直走了过去。招牌很新，应该是刚开业不久，不过周京也不确定，因为他在这里上班的两年多时间里只在楼下的自动售货机买过饮品，对这儿附近有几家店面，新开张了几家店面，他从来没有关心过。

走过去的路上他一脚踢飞了路边的一只塑料矿泉水瓶。

女店员抬头时，他正在思索是要一杯西瓜汁还是直接走掉，店里只有鲜榨果汁，可他一向对果汁没多大兴趣，况且刚才自动售货机白白吞了他九个硬币，他还沉浸在不悦的情绪中。倒是女店员一眼认出了他："你是……周京！"语气里似乎还夹杂着一丝诧异。

他看向女店员："啊，是你啊。"然后有点儿局促地十指交叉在一起，说，"真没想到在这儿遇见你。"

那个女店员就是孟露。"好久不见了。"她笑着说。

"是啊,好久不见了。"

"喝点儿什么呢?"

"西瓜汁。"他不假思索地回答道。

周京一改往日手持饮品往地铁站走的习惯,而是在店里挑了个座位坐下来。孟露将西瓜抱到案板上,刀还没下去一半,瓜就裂开了,露出了鲜红的瓤。他看着她,这个昔日女友娴熟地榨西瓜汁,一时间竟有些怀疑是否时间真的如此飞快地过去了。西瓜汁被端上来时,两杯,分别插着蓝色和粉色的吸管,店里没什么人,孟露坐到了他对面。

他拿走插着蓝色吸管的那杯西瓜汁,说:"毕业这些年,你真的是一点儿没变啊,你是在这里工作吗?"

"你也没有变啊。"孟露眯着眼睛,笑着说,"这是我自己的店,毕业以后工作了不到一年,实在不喜欢那种被限制的生活,就开了一家饮品店,之前租用的店面拆迁了,两个月前才把店搬到这里来。"

"固定时间的工作确实让人很不自在。"他点点头,表示同意她的话,"我在这附近上班,就是那座写字楼,十六层。"说着,伸手指了指写字楼的方向,"这些年来还是第一次见你呢。"

"我也是第一次见你啊。怎么样,你还好吗?"孟露拿走另一杯插着粉色吸管的西瓜汁,一脸真诚地问道。

"应该算还不错吧,毕业后就到这里工作了,已经升迁了好几次。"

"那是不错。其他方面呢?"她吮了一口吸管,饶有兴趣地看着他。

"要说感情方面的话,怎么说呢,现在有一个固定的女朋友,但好像也就是那么回事。"说完,他不自在地笑了笑,又顺势向她抛出了一个同样的问题,"你呢?"

"毕业以后就没有再交男朋友了,一开始总觉得是因为没有什么合适的机会认识异性,可后来想想,或许是自己的性格确实不够主动或者活泼吧,偶然在生活里认识的男生到后来甚至连朋友也称不上。"她耸耸肩说道。兴许学生时代的恋情早已让他们释怀,再谈到有关感情的话题时,两个人竟有种出乎预料的像老朋友攀谈一般的坦率。

孟露眨眨眼,说:"还是说说你吧。"

不知道是因为生活过于封闭,周京已经太久没有和一个人痛痛快快地讲话了,还是他内心早已积压了对胡小澜的许多不满而无处发泄,在喝那杯西瓜汁的时间里,他一口气向孟露讲了许多话。

"她叫胡小澜,我和她刚认识几个小时就确立了恋爱关系,怎么说呢,有种火急火燎的感觉吧。在此之前,我们对彼此的了解几乎为零,在相处之后,我才知道她是那种大大咧咧、无拘无束的女生,如果遇到紧急的事,她像踩着风火轮一样,要是没什么事,除了叫一顿外卖,其余时间她能像具尸体一样躺在床上一动不动。对了,她还有一个标志性动作。就是这样……"说着,他做了个弯着腰剪脚指甲的动作,不过很小心地没有让鞋底碰到座椅,"这也是我最讨厌的一个动作,就是这样子坐在沙发上一边剪脚指甲一边甩出一句:'你看天气预报了吗,明天有没有雨啊?'然后把脚指甲碎屑弄得满地都是。要是我说'没看'或者'你怎么不自己去看啊'之类的,她能当场跳起来,拖着剪了一半指甲的脚跟我辩论五百回合关于'一个标准男朋友的职业素养'的问题。我搞不懂,她为什么不能自己去做这些事啊?"模仿胡小澜说话的时候,他故意捏着嗓子,发出那种尖细的声音。

"听上去她是个很可爱的女生。"孟露被他的那些形容逗笑了,"不过每个人都有自己的性格,况且爱情总有一天要面对生活,无论你是否愿意。"她端着那杯西瓜汁微笑着,和蔼地评论道。

周京的眼睛落在孟露身上,她的颧骨还是很高,栗色的长发垂到胸前,发梢向内打着卷,看样子是很认真地打理过的;画着精致的眼妆,但又不是那种厚重的睫毛或者戴着变色的美瞳，总之让人觉得她气色很好，眼睛十分明亮。工作围裙是那种黑红相间的，花边和褶皱整整齐齐地排开，套在一件很合身的白色短T恤上。她一说话，嘴角就有细小的绒毛在微微地颤动。

"说实话，我想和胡小澜分手了。"这句话说出来，连他自己都吃了一惊，他手里的西瓜汁也差点儿洒了出来。

他心里的确抱怨过胡小澜很多次，在她早上睡醒连牙都没刷就要伸手去抓床头柜上的薯片时，在她洗完澡把沐浴泡泡弄得满地都是时，在她一边吃面条一边发出呼噜呼噜的响声时，即便在那些时候，他也从来没有想过要和她分开。说到底，他不过是个平庸的男人，事业和性格上都没什么可圈可点之处，每天都在像齿轮一样重复往日的生活，他从不觉得需要改变什么，也不觉得能改变什么。此刻他也不知道是什么激发了他的勇气，让他突然蹦出这样的想法。

"就因为不够默契，所以想要分手吗？"孟露放下西瓜汁，问道。

周京想了一会儿，那杯西瓜汁已经在他讲述有关胡小澜的事情时喝完了。"不能说是，也不能说不是吧，其实我也不知道。"他顿了一下，接着说道，"你能相信吗？她到现在还一直用干柠檬片泡水，两年了，不管我跟她说了多少次干柠檬片不卫生，她从来不听，还是图干柠檬片比较方便这一点，我扔了多少干柠檬片，她就会重新买多少，方便这个问题真的那么重要吗？"

"也许是她认为方便这个问题会更重要一些呢。"孟露说，"男人和女人总归是不一样的，女人一旦喜欢上了对方，就算有再多生气的地方，也全部都能原谅，而男人一旦喜欢上对方，就会开始挑对方的毛病，女人的喜欢是谅解，而男人的喜欢是斤斤计较的开端。"她看了他一眼，"也许就像你这样。"

他对她的话不置可否，只是隐隐觉得，说这些话时，她还和大学时一样，有着超越年龄的早熟气质，甚至多多少少有些老气横秋。

她吸了一口西瓜汁，接着说道："不过你们也确实是不够合拍。"

"总之，太可怕了。"周京深深地靠在椅子的后背上。

"可是你有没有想过，不合拍或许才是两个人相处的常态，彼此都先磨合，再妥协。"

"怎么说呢，在我看来，磨合和妥协已经是很遥远的事情了，现在和胡小澜在一起的每一天，用天气来形容的话，感觉就像梅雨，潮湿，阴郁，放晴的日子遥遥无期，如果拿气味来打比方，就像一股草席子熬成水的味道，没有准确的词能表达那种感觉，总之，就是要皱皱眉头，如果用家具来说的话，会比较像什么呢……"

周京到家门口的时候已经是晚上九点多了，他刚把钥匙插进锁孔，门就开了，敷着面膜的胡小澜探出头来，雪白的脸吓了他一大跳，他把眉毛拧成一股绳："你吓死人了！"

胡小澜趿拉着拖鞋一边走回客厅，一边嘟囔着："听到你回来了，就去给你开门，至于这么凶嘛。"她穿着一件粉色的 Hello Kitty 的睡裤，上半身穿着还没来得及换下的雪纺衬衫，总之是不成套的搭配。"我在外面吃过了，给你带了菜，饭在锅里，你是自己盛还是我去盛啊？"为了不让面膜打皱，说话时，她嘴唇都没有动。

"我自己去吧。"周京一边换鞋一边说，换完把自己的皮鞋放到鞋柜中，又看了眼脚下，把散乱地放在地上的胡小澜的一双运动球鞋和平底鞋也放进了鞋柜。

当他打开电饭煲时，米饭已经成了一团，他试着用勺子挖了一口，尝了尝，又黏又腻，他不自觉地叹了口气，索性又倒了一碗水进去，打算直接熬成粥。翻了翻胡小澜带回来的菜，是扎起来的一个食品袋，里面有黑乎乎的像烧茄子一样的东西，红色的应该是番茄，白色的是蒜瓣，再翻一翻，还看见了里脊肉，看样子是把几样菜混在一起装了。他打开冰箱，想看看有没有其他可以下饭的菜，只有半袋海鲜酱、几个生鸡蛋和一大把香菜，还有粉条和洋葱之类的，倒是有一大包干柠檬片因为没封好口，在冰箱门打开的瞬间倾泻而下，散落了一地。

胡小澜听到厨房里的响声，大声地喊："怎么啦？"

他走出来，说没什么事，打算自己煮粥喝。她已经把面膜摘下了，正低着头剪脚指甲，"哦"了一声，连头也不抬，又用鼻子哼出一句话："你看天气预报没啊，明天有没有雨啊？"说话间，指甲剪发出"咯嘣"一声，剪掉的脚指甲弹到了茶几上。

他返回厨房，收拾好了散落一地的干柠檬片，又把胡小澜带回来的串味的菜倒进了垃圾桶，给自己盛了碗粥，他什么也没有想，脑海里却莫名其妙地浮现出下午见孟露的情景——她将成块的西瓜放入榨汁机时的背影，她端起西瓜汁时白净细长的手指，她的白色短T恤领口露出的好看的锁骨，还有她为了拉长眼睛的形状而在眼尾勾出的一小道精致的弧线。

周京端着一碗粥从厨房走出来，放到了餐厅的桌子上，他没有开餐厅的灯，而是直接坐下了，用米饭熬的稀粥确实不好喝。吃了四五口吧，索然无味，他放下碗，一个人静静地坐在昏暗的餐厅中，背景音乐是客厅的电视机里正在播放的一档无聊的综艺节目，女主持人讲的一些听上去极其无聊的笑话却惹得胡小澜哈哈大笑。就在这时，他站起身，走了过去，说："胡小澜，要不我们分手吧。"

如果没有那场地铁中意外的卧轨事故，他和胡小澜是不可能在一起的。毕竟他们对彼此又没有太深厚的感情，周京这么以为。

那是两年前的一个夜晚,他像往常一样要乘坐地铁九号线到宜山路站换乘三号线,然后从中山公园换乘二号线回家。人天生就有种逆来顺受的习惯,也不知是从哪一天起,每天一个多小时的回家路程让他从厌倦慢慢转变为了习惯,要不是那件事,他大概会一直那样平静地生活下去。

那天在离家还有五站地铁路程的时候,地铁突然停下了,并且久久不再动,站台上熙熙攘攘的都是人,地铁里的人流把他冲出来了。周京不知道发生了什么事,只是一边跟着人流走,一边不时地从周围人的嘴里了解到一些情况,比如,那个人是站在地铁的候车区直勾勾地落下去的,姿势像鞠躬一样;那个人就在附近的写字楼里工作,每天都要加班到凌晨两点什么的;还有的人在手机上搜着卧轨事故里那些很恐怖的血腥图像。虽然他埋着头一个劲儿地往前走,不想听有关那件事情的太多细节,但还是忍不住听到了一些,然后心里冒出冷汗来。

地铁彻底停运了,好在离家不算太远,周京打算走回去。他记得那天晚上很多人都是走回去的,每个走在路上的人都露出一副不安的神情,像是有种不知道今后怎么样,会不会自己有一天也会选择那样的方式逃离现有的生活。走到北新泾那边的时候,他突然看到前面有个人的背影很熟悉,他快步走过去看了看对方的脸,对方也看了看周京,然后他仔细回想在哪里遇见过她。那个她,就是胡小澜了。胡小澜是周京所在的公司楼下另一家公司的职员,原先两个人只是在电梯里打过照面,连招呼都没打过,更不用说知道对方的姓名或者兴趣爱好什么的了。要是在平时,周京肯定不会和她搭话,但是他当时心里的感觉很奇怪,见到她好像莫名其妙地松了口气似的,后来他们就那么肩并肩地一起走,还聊了很多,一路上都很开心。当时胡小澜住在淞虹路附近,他们走到淞虹路时,她却没说要回家。当时很晚了,附近有家二十四小时营业的过桥米线店还亮着灯,胡小澜说她要吃过桥米线,结果进去还没吃几口,她就说饱了。周京也时常纳闷,他和胡小澜在一起后,她再也没有吃过过桥米线,有一次他在家里点了过桥米线的外卖,她走过来看了一眼,说:"什么嘛,为什么吃这个啊,我不喜欢吃过桥米线的。"

后来那晚吃完过桥米线,他们就在一起了。的确很莫名其妙,其实到后来他们也这么觉得。

"所以说,如果没有那次突发的地铁卧轨事件,我们也不可能在一起,我可能这一生都不会跟她讲一句话。怎么说呢,我也不知道我们之间究竟有没有爱情,只是因为不知道怎么称呼才好,就拍拍她的肩膀,也不知道说什么好,就握住了她的手,就这样在一起了,没有那些从认识到谈恋爱之间的暧昧、懵懂的小心思,所以也谈不上有什么特别美好的回忆。"周京在饮品店偶遇孟露的那个傍晚,这样跟她解释和胡小澜在一起的过程。

胡小澜在听到周京提出分手时,刚好把指甲剪完了,她的动作定格在原处,没有抬头。半晌过后,她才直起身,用商量似的口吻对周京说:"明天我爸爸过生日,他下午打电话说让我和你一起回去吃晚饭的,可以明天吃过饭再说这些吗?"

周京从她的脸上看不出一点儿不一样的情绪,她如此安静平和地接受了这件事,还是让他挺吃惊的。按照胡小澜的性格,原本他还以为她会抓着他的衣领歇斯底里地质问他为什么要分手,再不济也要哭闹一番。但是这一切都没有发生。

"谢谢。"胡小澜接着说。

周京愣在原地,然后点点头。

两人进家门的时候，胡小澜的父母已经把菜端上桌了，其中有一盘毛豆烧鸡和一盘蒜泥黄瓜。这不是周京第一次来胡小澜家了，他还记得第一次来的时候，他一直小心翼翼地夹离他最近的那盘菜，刚好是一盘蒜泥黄瓜，胡小澜的父母就误以为他最喜欢这道菜，以后他每次来都要做这道菜。后来熟悉了，周京在饭桌上也会聊些最近播报的国际新闻或者生活上的琐事，一次无意间聊起自己小时候最喜欢吃母亲做的毛豆烧鸡，再往后，每一次到胡小澜家，桌子上就总少不了一盘毛豆烧鸡。

胡小澜的母亲一边将双手在围裙上反复擦了擦，一边招呼他们赶紧去洗手，准备开饭，说话的当口，她父亲打开了一瓶珍藏已久的红酒。

胡小澜和周京站在洗手台边洗手时，她还是习惯性地按了好几下洗手液的泵头，挤出了一大团洗手液，然后将一半甩到周京手上。往常，周京总要皱着眉头说："我自己来，别把你手上的细菌甩到我手上。"然后胡小澜会随口回一句："臭毛病真不少。"但是今天，他什么也没说，只是机械化地接过洗手液。

"你想什么呢？"胡小澜看着洗手台上方镜子里他发呆的模样，一边搓手一边问。

他低下头，说："我忽然想到第一次来你家里时，你爸爸一直在灌我酒，结果没想到他倒先喝多了，然后一直打我的头。"

"我爸他本来就不是很能喝酒，也不知道那天他为什么拼命灌你酒。"胡小澜说道，音调没有一点儿起伏，"但我也不确定他那样做是因为高兴还是不高兴，他可能是太喜欢你了吧，觉得我肯定会永远和你在一起了。你知道吧，作为父亲，他的情绪总归是有点儿复杂的，很高兴，又很不高兴。"

"他有几下打得很用力，还让我把女儿还给他。"他打开水龙头，流水哗啦哗啦地流出来，好像淹没了他的声音，"也不知道现在这样，我是不是就算还给他了。"

两个人都不再说什么了，一前一后地冲掉手上的泡沫，胡小澜随意地拿了洗衣机上的一块毛巾擦了擦手，然后丢回洗衣机上。周京看了一眼那块毛巾，跟在胡小澜身后出了洗手间。

饭桌上，胡母坐在周京对面，有好几次都站起身来给他夹鸡块或者排骨什么的，每一次周京都要一连说好几句谢谢。胡父给他倒了红酒，一边倒一边开玩笑似的问他和胡小澜打算什么时候结婚，好让他们了却一桩心事。胡小澜一边哑摸着鸡骨头，一边瞪着她爸，说："你是着急了，怕我嫁不出去是不是？"

胡父没理她的话，只是笑眯眯地看向周京，好像在等他回答一样，他不知道该怎么回应，只能埋头吃菜。那一刻他觉得如坐针毡，唯一的想法就是赶快吃完这顿饭。

胡母也在一边旁敲侧击，说单位的同事里谁家的孩子已经结婚了，哪个同事都抱上孙子了，一边说一边斜着眼瞥他们俩，可是俩人都在自顾自地吃饭，对她的话没做任何回应，这让她有点儿不高兴。

本来是一顿好好的家常便饭，他和胡小澜已经相处了两年，胡父和胡母提起这些问题也是理所应当，其实他完全可以随意应答一句"就快了"或者"我再和小澜商量商量"之类的话就可以搪塞过去，可周京偏偏就是那样的一个人，他从不会违心做什么，也在不该耿直的时候太过耿直了。

胡小澜一直默默地听着这些，她不说话，吃几口饭菜就要端起红酒杯喝一大口，她不怎么会喝酒，放下酒杯时她要紧紧闭上眼才能把那一口酒全咽下去。周京一直在低头啃一块酱骨头，直到把细枝末节的肉都剔得干干净净，啃完以后就把头埋在碗里扒拉着米饭，总之，不敢抬头。

胡父吃着长寿面，发出那种和胡小澜吃面时一样的呼噜呼噜的声响，胡母在一旁说"听你吃面的声音感觉可真香"之类的话，他听着这些，内心唯一的想法是赶快逃离现场。

在胡母又一次说结婚以后，人会成熟许多，会对很多事情负起责任来，事业上也会更有动力之类时，胡小澜开始莫名地有点儿气愤了，周京说不上来从哪里感觉到她开始生气了，只觉得她每个动作里都带着情绪。她重重地放下筷子，用讲故事一样的口吻说道："我有个好朋友，最近和她男朋友分手了。"

"你哪个朋友啊？"胡母问道。

"反正是个朋友，你不认识她。"胡小澜回答。

"你哪个朋友我和你妈妈不认识啊，你每天挂在嘴边的不就是那几个嘛。"胡父一边把白菜粉丝里的干煸辣椒挑出来放到桌子上，一边说。

"总之，是哪个朋友不重要，重要的是他们分手了啊。"

"怎么……怎么分手了呢？"周京有些胆怯地问道，他觉得这时候不说话不太合适。

"说起来就比较麻烦了。"胡小澜呷了口红酒，"哎，你们知道那个吗？《数学之美》，我那个朋友，女孩子，她看过这个哦，你们知道她为什么看吗？就因为她男朋友在大学时念的是数学系，她觉得看了这个应该会更了解他吧，就买了一本。那本书很厚，沉甸甸的，拎在手里跟一块砖头似的，但是她还是静下心很努力地看了。我那个朋友在大学时读的是政治系，高中时念的是文科，总而言之，讨厌数学这一点都可以追溯到小学了。"她又呷了一口红酒，说道，"她小时候就特别怕数学，害怕程度简直能用恐惧来形容了，不过还是想尽全力地了解她男朋友，就硬着头皮读下去了。可哪儿有那么容易读啊，她读的时候一直感觉非常受挫，没办法，她就是不肯放弃，一点儿一点儿地啃下去了。她把那些专业名词用红笔圈出来，有时候实在看不明白，就把书的那页拍下来，然后上传到数学论坛之类的地方，希望有人能帮她解答一下。可是你们知道吗，根本就没有人理她啊。她太傻了是不是？"

胡父从盘子里挑出一块瘦肉，一脸严肃地塞到嘴里，一边嚼一边又夹起一筷子长寿面。胡小澜接着说道："那时候她——就是我那个朋友——就那么看了下去，一边猜一边看，一边看一边猜，前前后后看了五个多月，将近半年的时间啊，就算没有全部看懂，也领悟了七八分吧。她看到后面的时候，忽然就像茅塞顿开了一样，觉得数学太美了，真的特别有趣啊。然后她当天晚上就特别兴奋地抱着那本书和演算的一整沓草稿纸，还有笔记什么的，告诉她男朋友：'啊，真是太美好了啊，真后悔我小时候没有认真学数学啊。'她特别动情地跟男朋友讲这些话的时候，你们猜她男朋友什么反应？"

周京想起从前胡小澜刚和他在一起没多久，也是在一个夜里兴冲冲地抱着一本《数学之美》说一定要和他聊聊这个。其实他对数学并不感冒，不讨厌但也谈不上喜欢，大学时念数学系只是巧合而已，四年的时间里他仅仅是把所有科目的考试成绩维持在及格线之上，至于其他的，他从来不会多考虑。

胡小澜接着说道："她男朋友当时说，这本书本身就偏向于帮助人解决问题，所以趣味性很强。他还告诉我那个朋友，数学不是那样学的，如果让她念数学系，她一定是念不下去的。说完这些还觉得不够，他最后补充了一句：'看样子你根本没搞明白数学到底是什么。'话真的像刀子一样。有必要跟她讲这些吗？什么体贴啊，谅解啊，她那个男朋友根本不懂。"

她深吸一口气，努力做出一个很轻松的表情，但还是用微微哽咽的嗓音说道："对了，你们知道她那个男朋友说分手的时候怎么跟她说的吗?他说:'要不我们分手吧。'这是什么意思?是在商量还是在通知,她该怎么回答?该回答:'好,我们分手吧。'应该这样回答吗?可是凭什么啊?凭什么要让付出感情的一方被迫去做这么残忍的事情啊。"说到这里,胡小澜忽然拿起筷子很努力地往嘴里扒拉了几口米饭,"还有,你们知道那个人有多恶劣吗?'要不我们分手吧。'这是什么语气啊,这是在大街上走到小吃店门口然后开心地说'要不我们买点儿板栗吧''要不我们买串冰糖葫芦吧',是这种愉快的语气吗?"她满嘴米饭,口齿不清地说。

  一桌人都不说话了,胡父继续那一脸严肃的神态,把白菜粉丝里的干煸辣椒一个一个地挑出来,好像永远挑不完似的。周京还在低头扒拉着米饭,就差把头伸进碗里了。胡母嚼着花生米,发出"嘎吱嘎吱"的响声,在沉默的饭桌上显得异常响亮,她嚼完一粒又夹了一粒,重复了几次后,她有点儿尴尬地说:"你那个朋友,我是说她男朋友,这种做法确实挺不好的。"

  "是啊,凭什么说在一起就要两个人都同意,说分手只需要一方这么认为就可以了,为什么是这样的啊?"胡小澜说完,捂住脸哭了起来,眼泪以及喉咙里的米饭,一起倾泻而出。

  这顿饭的后来,胡父和胡母就没再说什么了,只是周京和胡小澜离开时,胡父一边收拾桌子,一边说了句:"选择分手和选择恋爱的目的是一样的,不都是觉得之前的生活不够好,不都是为了更幸福一点儿吗?"像是随口而出的一句话。

  晚上回到家里,周京和胡小澜都没有再提分手的事情。胡小澜出乎意料地把摆在门口玄关的所有鞋子都收进了鞋盒,把散落在客厅各处的没吃完的果冻、饼干还有薯片之类的也统统收到了茶几下方。她又拉开冰箱门,将自己之前买的一大包干柠檬片丢进了垃圾桶。最后她拖了地,周京过去准备接过拖把,她却有些偏执地非要自己拖。一切都像变了个样子,他们也没有再像往常一样进同一间卧室。

说到底,他们本来就是不一样的人,甚至可以说相差甚远。

胡小澜是被宠溺着长大的,不会洗碗,不会做饭,对打扫屋子也一窍不通,在和周京在一起之前,她都没有做过这些事情。这也说不好怎么评价,从某个角度来说,是天性使然的表现;而从另一种角度看,可能就要被扣上缺乏教养的帽子了。她最喜欢吃豆沙馅的方糕,每次吃完,客厅的地毯上总要留下一层红色的浮渣,茶几上偶尔也会有她吃完鸡腿或者薯条留下的油渍渍的手指印。对于这些,周京不是没和她仔细谈过,她也试图很努力地做过一些改变,她买了几本《家务这样做更省力》或者《收纳整理100招》之类的书,但是归根结底,在胡小澜的内心深处,她不认为把一切都收拾得井井有条有什么道理可言。所以没过多久,那几本关于做家务的书也被她扔得哪儿都是,甚至有一天周京踩在客厅的地毯上,感到有一块突起,掀开地毯,是一本《教你如何做家务》。

胡小澜对大多数事情都有明显的好恶之分,甚至会当场表现出来,情绪极端,态度激烈,不开心的时候会放声大哭,高兴的时候又会开怀大笑。周京原先就是喜欢她这一点,她永远不会像那种摸不透脾气的女孩一样,莫名其妙地板起脸,让对方绞尽脑汁地回想自己到底哪里做得不对。她也会撒娇,一般是站在大街上说一句:"我不高兴了,你去买一支冰激凌哄我吧。"然后她吃着草莓酸奶味的冰激凌,继续讲一些听上去很没劲却可以把自己逗得笑出声的无聊笑话。

是因为她好哄,所以才喜欢她的吗?周京有时候会这样问自己。其实不是的,这么说难免太不负责任了。是喜欢她的坦率和天真吧,他说不清楚。人总是这样啊,喜欢上一个人的时候,就会拼命找喜欢对方的理由,但实际上不是这样的,没有理由也没有原因,就是喜欢,当感情变得理所应当的时候,就会失去兴趣,然后又不知道为什么喜欢对方了。

说起周京呢,他好像有点儿像一个近似于无的人。是什么意思?大概就是类似于一种透明的无用的介质,多出他一个也不算多,少了他一个也不会觉得有任何不妥。面对同学、老师、同事时,他的身份变了,但扮演的角色好像没什么差别。他没有爱好,看书的话这本能看,那本也不讨厌,听的歌什么类型都有,他甚至没有特别讨厌吃的东西。上中学时他为此还责怪过自己,每个人都能说出个不喜欢的东西,五仁味的月饼也好,生姜也好,他却一样都说不出来。总之,就是这样吧,没有风格,没有喜好,没有标签,就这么一直生活下去。直到二十六岁那年,他作为透明介质的人生终于结束了,因为他成了胡小澜生命中最重要的人。

最初和胡小澜在一起时,他时常会怀疑自己是不是误会了,以为是那晚自己内心的不安和对未来的一种渺茫才会想和她在一起。可是后来他发现,自己总会不自觉地想起她,和朋友们一起吃火锅时,路过公园看到空中的气球时,地铁站里听到别人好听的手机铃声时,他都会莫名其妙地产生一种可惜的感觉,觉得这么美好的时光没有和胡小澜一起分享真是太浪费了。那时他才明白过来,他的确是想和她在一起的,不过不是为了拥有恋爱的那种感觉和她在一起,而是希望未来的一切都可以和她一起面对。

也许生活和爱情的步调永远无法一致吧。胡小澜是个对环境的干净程度没什么要求的人,对生活中的大多数事情也是得过且过的态度,这一点恰恰和周京完全相反。周京会对某些事情特别较真,比如,厨房里一定不可以放垃圾桶,必须摆在厨房门外;番茄酱一定要买某个牌子的;polo衫最靠近领口的一粒扣子必须要系好,这些问题零零散散,无法归结为一类。另外,胡小澜很喜欢小孩子,和他们嘻嘻哈哈地玩闹一整天也不会觉得厌烦，而周京会觉得小孩子是天底下最难搞定的生物。

第二天一早，周京醒来的时候，发现门口玄关的鞋盒都不见了，他推开另一间卧室门，里面空空荡荡，被子叠得很整齐，放在床头。他打开衣柜，所有的衣服也被收走了，与这些东西一起消失的，还有胡小澜和床底下二十六寸大小的行李箱。

唯一还在的和胡小澜有关的东西，是一双小熊头像的粉色塑料拖鞋，摆在玄关，那双鞋是以前周京买给她的。其他的一切都恢复了胡小澜还没有搬来这里时的情形，她毁掉了一切她曾在这里生活过的痕迹，然后一句话也没有说就离开了。

周京拿起手机，从通话记录里找到并按下她的号码，手机屏幕上出现了她的大头贴，搞怪的表情，他迟疑了一秒，在号码拨通前挂断了。他拿着手机在窗边久久地站立，一时无法接受这样的结局：难道就这样分手了吗？

周京站在那里想了一会儿，然后拨通了孟露的电话，是他偶遇孟露那天临走时留下的。他不知道为什么要联系她，甚至没有目的性，只不过是想找个人说话而已，对于说什么也无所谓。

孟露并不知道周京的生活里发生了什么事情，她在电话那头心情不错地说："我已经好久没闲下来了，不过今天店里不忙，我想吃面条了，怎么样，我们一起吃面条？"

他想起冰箱里还留着半袋上次朋友从国外带回来的海鲜酱，拌面很好吃，就发出邀请："我家有那种拌面很好吃的海鲜酱，这个牌子国内没有，有没有兴趣？"

孟露笑着说那就这么决定了，然后要了周京的地址，说一小时后到。在挂断电话前，她有些不好意思地问道："对了，你女朋友在吗？会不会不方便?"

他一愣,旋即又说道:"没关系,她……她回家了,回她自己的家去了。"

胡小澜在打开门离开的那一刻并没有觉得和往日有任何不同。

她拖着行李箱走在去往地铁站的路上时,发现周京家的那把钥匙还在她的包里,她离开的时候忘记放回去了。她一边走一边想,是送回去呢,还是顺手丢掉呢?在思考的这段时间里,她刷卡进了站,过了地铁安检,又坐了四站路。如果丢掉,该丢到哪里呢?是垃圾桶里,是树林里,还是下水道?最后,她还是拖着行李箱原路返回了。

她在玄关脱了鞋,这时才发现那双有小熊头像的拖鞋不见了。兴许是他已经丢掉了吧,她这样想。她想客厅肯定已经有什么不一样了,但她进来一看,一点儿不一样之处也没发现,甚至都没有注意到平时敞开的厨房的拉门现在却是关着的。她光着脚进了卧室,把钥匙放进了床头柜,她刚搬来和周京一起住时,他就是从那个床头柜里拿出那把钥匙的,现在她原封不动地还回去了。

一切就在这时发生了。

周京站在餐桌的一端,他本来是笑着的,手里拿着一捧绿色的生菜,桌子上摆放得满满的,超市的白色塑料袋、酸奶、半袋海鲜酱,从茶几下面拿过来的果冻和巧克力、泡在热水里正在解冻的肉类、水杯、电磁炉。它们的另一侧站着这一切的女主人。她是孟露。胡小澜之前从未见过她,也从未听说过她的名字,也不知晓有关她的任何事情。

崩塌了。彻底崩塌了。当时胡小澜心中只有这一个念头。

虽然她已经和周京分手了,虽然周京自此再做什么都与她没有任何关系,但是她还是接受不了,还是接受不了关于分手她想问却一直没敢问出口的理由，原来这就是答案。她站在那里，当下周京和孟露陆续解释了什么，尴尬的笑声，锅里煮水的咕嘟咕嘟声，都盖不过她心里呼啸的噪音。在那一刻，她感觉好像很多她曾经不以为意的建筑物在心里倒塌了，好像那里曾经建起了一座城，里面有居民、孩子、商人、电影院，但是那一刹，地面开始分裂、下陷，城里的高楼轰然瓦解，人们还来不及哭，一切就全部消失了。

她把厨房砸了个天翻地覆。她把碗打烂了，电磁炉摔了，海鲜酱甩到天花板上，排骨和鸡蛋撒了一地，她赤着脚踩上去，黏黏糊糊的，蔬菜叶子和薯片也被踩扁了，她用力地踩着，像上学时在联欢会上踩气球一样，醋瓶也打翻在地上，碎了。碎片割伤了她的脚，血流出来，她丝毫没有察觉到。孟露不停地尖叫着，周京怎么也拦不住她，她也不知道自己哪来那么大的力气。她不断地在心里想：为什么，为什么，为什么是这样，上次一起吃海鲜拌面的时候，周京还说很好吃，说期待下次一起吃，而他究竟为什么忍心，又怎么可以和另一个人做同样的事，甚至是未曾为她做的事？

就在想着这些的时候，胡小澜注意到孟露面前的东西，她刚刚在揉面，平时周京用来切鲜柠檬的小案板上放着一小块面饼，旁边有清水和干面粉。她突然想起来他一直很期待她为他做一顿好吃的晚饭，咖喱饭或者面条什么的都好，但只要是她做的，他说他就会喜欢。后来她趁周京不在家的时候，悄悄地尝试煮面条，却不小心煮煳了，她慌慌张张地倒掉，最后，在周京回家前，点了一份排骨饭的外卖。她想到这些，二话没说，把面饼抢过来摔在地上，狠狠踩了几脚，在孟露的尖叫声和自己的哭声里，面粉洒了一地。

胡小澜终于平静下来之后，才知道事情的原委，虽然她不知道应不应该相信孟露的话,但她别无选择。相信如何,不相信又如何,结果没什么不同,都已经分手了,都和面前的这个男人再无任何瓜葛了。

  脸已经彻底哭花了,一道一道的泪痕和鼻涕挂在脸上,她去卫生间洗了把脸准备离开。她走到玄关那里时,孟露突然对她说:"把事情说清楚再走吧。"她迟疑了下,孟露提高了声音,"就算彻底分手了,也该弄清楚到底发生了什么吧。"

  周京也从沙发上直起身来,说:"先把脚上的伤口处理下吧。"

  胡小澜留了下来,周京去卧室里拿医药箱,她站在一片狼藉中面对着孟露,不知道该说什么。周京返回客厅,让她坐在沙发上,她呆呆地照做了。接着,周京蹲下来,让她把脚抬起来放到他的大腿上,她怔怔地看着他,还是拒绝了。周京不由分说,抓起她的脚踝,把她的腿架在自己的腿上。虽然棉签碰到伤口会有点儿疼,但胡小澜似乎不很在意,一切都在沉默中进行,在周京为她贴纱布时,胡小澜不自主地抖动了一下脚,也不知道是因为疼还是因为什么,她的眼睛红了:"我那天拖地倒垃圾的时候,发现了你丢在垃圾桶里的那袋子我给你打包的菜,我想告诉你的是……那不是剩菜,是我提前给你包好的,然后我才吃的。"

  周京继续为她包扎伤口,没有说话。

  她接着说道:"真的,那天我在垃圾桶里发现那原封不动的一袋子菜,我当时第一个想法居然不是你怎么扔掉了我给你打包的菜,而是埋怨自己,埋怨自己为什么把那些酸的和甜的菜混装在一起了。"

  "没关系的,我没有介意这些。"

  "可是你明明很介意啊,不介意你为什么会丢掉啊,不介意你为什么会在那晚跟我说分手啊?"

  "我都说了,我一点儿也不介意。"

  她感到鼻子发酸,说话时带着浓重的鼻音:"故意说什么不介意的话，不就代表很介意吗？"

"你把话说这么复杂干什么？"周京说道，语速很快。

"我不就是把那些菜混在一起装了吗，就混在一起装了，不可以吗？我确实是没有注意到我把那些不同口味的菜混在一起装了，都怪我，怪我，这样够了吗？"胡小澜一边激动地说，一边把脚抽回来。

"我没有责怪你。"

"可是你这样的表现明明就是在怪我啊。你永远都是一副理所应当的表情，不管我多努力地学习做饭，你永远都是一脸嫌弃的样子，不管我给你打包的菜合不合你的口味，你连尝一下都不愿意，还用一个烂借口，说不介意把不同口味的菜混在一起，但就是扔掉它们了，是这样的，对吧？"

"胡小澜，你不要无理取闹。"周京有些生气地说道。

"周京！到底是谁无理取闹。我不过是想要那种感觉，就是不管我每次做得好不好、对不对，你都会称赞一下，再不济说声谢谢什么的也好，就是那种感觉而已。可是每次什么也没有。我看的那本《数学之美》，我真的费了很大的劲去看，可是你一句鼓励或者夸奖的话都没有，我虽然不会做饭，可是我很努力地尝试过给你煮饭啊，虽然……虽然煮得不怎么样，但我心里一直挂念你啊。周京，我做这些……只是因为我以为做了这些，你就会高兴，所以才去做的。我总是自以为是地做一些事情，还想着要是你明白就好了。我只是想和你成为最普通的家人啊。"

"最普通的家人？"

"就是这样，就是刚才这种感觉。"胡小澜把包扎着纱布的脚对着周京提了提，"就是我的脚伤到了，你看到了，然后给我包扎起来，这就是会为家人做的事啊。周京，我原先一直不知道，喜欢一个人就是这样的感觉。刚认识你的时候，我心里明明知道我们的性格完全不合，而且很多时候会因为琐事而动怒，我一直在心里告诉自己，不可以不可以，要控制要控制，这些都不会有好结果的。可是渐渐地，我就把你和我一起考虑了，不是只考虑自己，总是想着我们什么时候可以结婚，然后老去，之前我以为我们一直都在慢慢靠近这个梦想，真的，我真的这样以为。"说着，她的眼泪唰唰地落了下来，"可是终究没有如愿。难道这都怪我一个人吗？只怪我一个人吗？"

"我也是爱你的，现在这样的结果，如果非要怪谁的话，就怪我俩吧。"周京低着头说。

"你说什么？"她手边是一个杯子，她顺手拿过来砸了过去，近乎歇斯底里地说，"你这是什么态度，什么叫'如果非要怪谁的话'？我说过一定要怪罪吗，你为什么要这样以为？"

"我比你想象的要爱你。胡小澜！"周京朝她吼道，"为什么你到现在还是不明白，我说分手不是因为你打包的那袋子菜，和菜有什么关系呢？是你，是这两年来一起生活的你，让我说出那句话。你爱睡懒觉，衣服也洗不干净，掉的长头发你从来不会收拾，经常堵了下水道，煮饭十次只有一次能煮好，剩下的九次不是太软了就是太硬了，还有，看电影永远要吃爆米花，永远都要问我：'明天天气怎么样啊，会不会下雨啊？'你这样真的让我感觉很烦。再深的感情也抵不过你这样消磨吧。我只是一个普普通通的人，我忍耐这些也是要付出感情的，如果我对你没有感情的话，我是做不到这两年来一直和你在一起的。"

"所以呢？"如果心痛会有声音，那么她此刻的内心深处一定万马嘶鸣，"原来这两年来我在你眼里，全是缺点。我懒惰也好，不讲卫生也好，我就是这样长大的，为了你，我很努力地改变自己，按照你的想法、你的标准，去改变。看电影的时候吃爆米花，那是因为你喜欢啊，你还记不记得你和我第一次看电影的时候，在电影院，你在我耳边悄悄说：'你吃爆米花的样子很可爱，哼哧哼哧的，像只小松鼠一样。'我是有点儿傻地爱着你，我不知道你到底喜欢什么样的我，哪怕你只是不经意地说了一句，我也会牢牢记住。周京，你一直是那种木讷、不浪漫甚至没有情趣的人，可我偏偏喜欢你，不会关心我，不会体谅我，这些都没有关系，所以我问你明天天气怎么样，我希望你回答：'明天会下雨，要记得带伞。'或者'明天天气很好，我们一起出去玩吧。'我希望你跟我讲这些，可是你从来不懂。"

周京一直沉默着，不说话。

"两年过去了，现在你要分手了，其实是因为她，是这样的，对吧？我都明白，你们再怎么解释我都明白。"她盯着周京的眼睛说。

"胡小澜，我告诉你，跟你在一起，我从来没有对别的女人动心过。"周京也直直地盯着她的眼睛。

她的眼泪止不住地流下来，从她失望的眼神里。她接着砸手边的东西，抽纸盒、一大袋薯片、烟灰缸，每一下都用了全身的力气，她一边砸一边用哭腔大声说道："是这样的吗？真的是这样的吗？你明明知道不管你说什么我都会相信的！"

"没什么说的了，真的没什么好说的了。"周京长长地叹了口气，然后双手抱着头，蹲了下来。

"没什么说的？确实没什么说的了，可是我已经输了啊，输得一败涂地啊，只有输家才会一直讲道理，一直责备对方。"胡小澜满脸泪痕地说道，"我走了，我这个输家，你最好永远都见不到我。"她一边说一边往门口大步走去。

"既然爱着彼此，为什么不肯大大方方地承认，是你们所认为的幸福并不相同吗，你们为什么都要装作没有意识到呢？为什么要把事情的祸端都推到我身上呢？"胡小澜停下脚步，孟露站在客厅和玄关之间说，

"我和周京，的确，我们是在读大学的时候在一起了一阵子，可那什么也说明不了，说明不了我可能是爱他爱得最深的一个人，也说明不了他可能是我交往过的最差劲的一个男人。"

周京没听明白她的话："什么，你说的什么意思啊？"

"没有什么意思，我只是想明明白白地把这些话讲出来而已。"她看了一眼胡小澜，接着说道，"我和周京一开始在一起时，也是很幸福的，甚至比你们那时还要幸福。在遇到他之前，我一直都想要谈恋爱，也主动去谈恋爱，可是遇到了他我才明白，恋爱的那种奇妙感觉不是随便谈谈就可以拥有的，而是自然而然发生的，那时就那么发生了。我一直觉得我的性格是那种不爱计较、大大方方、不会刻意掩饰什么的，而那时我跟他在一起，我才知道其实我也有那种狭隘、扭捏的一面，但那时我可以幸福到对这些都无所谓。"

胡小澜静默地听着这些，不发表评论，也不问什么。

"可是后来分手了啊，那时候毕业了，大家都那么散了，我们……我是说我和她，也就那么散了。"周京抢着说道，一边说一边看着胡小澜，可是她一直面无表情，看不出一点儿情绪。

"你到现在居然还以为仅仅是因为毕业才分手了这么简单吗？"孟露说道，眼神里透着一丝怒气，"你现在还是很差劲。"

"什么啊，你在说什么，我哪里差劲啊？"周京问道。

孟露没有回答这个问题，而是像看透什么一样说道："说到底，所有的人都是孤独的，一个人永远不能企图在别人身上获得什么。本来是不相关的人，却因为爱情站在了一起，然后用争论和吵架来适应对方，这样看的话，谈爱情是不是也可以算是一件糟糕的事呢？"

"是挺糟糕的，简直可以说是糟糕透了。"胡小澜说道，又沉默了一会儿，她看向周京："在你……在你说分手的那晚，你以为我真的不想哭也不想闹吗？我当时真的想满地打滚，我想掐住你的脖子问为什么，但是我不能，我不知道我为什么不能那么做，但是心里就是有一个声音告诉我，不可以这样，不可以这样。"她转过头，带着点儿倔强的语气，"越爱一个人，自尊心就会越强，就越不能忍受在对方面前展露自己狭隘的那一面。爱情真的是……真的是太糟糕了。"

"这样还不算最糟糕吧。"孟露说，"对对方没有爱，也没有任何期待，却依靠感觉和习惯继续在一起生活，这才是最糟糕的。可是多少人在维持这种糟糕的状态？那些分手的人真应该庆幸，应该感激，他们把糟糕停止了。"

胡小澜和周京久久地看着对方，不知道该继续说什么，也许什么也不说是最好的，他们把糟糕停止了。

孟露转身打算离开，在她把手放在门把手上，准备按下时，周京说道："之前，我忽然想起来，在我们毕业酒会上，你喝多了，我好像隐隐约约地听你讲，说你交往过一个很差劲的男朋友，那时候因为我刚和你分手也不好多问你什么，我现在问的是，你说的那个差劲的男朋友，是我吗？"他失神地望着面前的茶几的一角。

"不是你，是在你之前我交往过的一个男朋友。"孟露的手搭在把手上，静默两秒，她背对着周京说。

"那他是一个什么样的男朋友啊？"他继续问道。

"你要知道吗？"

"是。"周京顿了顿，"如果可以的话。"

孟露转过身，走到餐桌边上，电磁炉面板裂了很大的一道缝，地上是被打碎的鸡蛋混着青菜叶子，牛肉卷和羊肉卷上的冰碴已经彻底化了，有几片还贴在桌腿上，墙上有被磕过的印痕，空气里似乎还弥散着之前扬起的面粉。

"我出生在一个北方的城市。"孟露说道,"父亲是一名出租车司机,我小时候特别依赖爸爸,他有时候出车回家很晚,我都一定要坐在客厅的沙发上等他回来,哪怕不看电视,什么也不做,就那么呆呆地坐着等他,我也绝不会睡着。我特别喜欢听凌晨那种在一片寂静中沉闷的爬楼梯的脚步声,我可以清楚地辨别出爸爸的脚步声。

"在我十六岁那年,父亲去世了,他开车经过我们小城里的一条河时,有人落水了,他连衣服都没脱就跳到河里去救人了,从此他就再也没有回来,可我那时一直相信他总有一天会回来的。在那之后,我每天除了等他回来,对其他所有的事情都失去了兴趣,也不好好上学了,回家还要面对烦躁不安的母亲。后来有一次我逃课,在学校门口随便上了一辆公交车,其实我不知道我想去哪儿,也不知道该往哪儿去,就那么漫无目的地坐着车,直到终点站。下了车,我想起了父亲,眼泪止不住地流,我就跑进附近一所医院的卫生间哭,不停地哭,不停地哭。就在那时,我透过卫生间洗手台上的镜子看到了挂在我背后的那幅画,那是一幅油画,画上是一个男人,系着那种很宽的皮腰带,两只手交叉放在胸前,皱着眉头看着我,就像我记忆中的父亲的模样。背景是一片广阔的沙漠,看上去特别干涸,我想父亲可能就在那种地方吧,永远都没有水的地方。"她顿了顿,周京听到这里,睁大了眼睛。

"我转过身仔细看着那幅画,想看看有没有留下画家的信息,还真让我找到了,是一个花体的名字和一个日期。后来我回了学校,开始上网搜那个名字,可是什么有用的信息也没有找到,再后来,我就经常去那所医院的那个卫生间看那幅画,最后一次,我伪装成一个画家的样子,背着一个大大的画板进了那个卫生间,然后拿走了那幅画。大概不是什么名家的画或者值钱的画作,因为后来也没有人找我。那幅画被我挂在了卧室的墙上,从那以后,我就看着那幅画入睡,又看着那幅画醒来,那些年里，那幅画给了我很多安慰。"

胡小澜看了看周京，不知道在什么时候，他已经低下了头。

"后来我来了上海，读大学。那时我发现我渐渐地从那些情绪里挣脱出来了，就是不会再混混沌沌地生活。我开始谈恋爱，后来就和那个差劲的男朋友交往了，恋爱一直很顺畅，双方都是没有什么脾气的人。后来在毕业前，5月底的时候，那是父亲去世六周年的忌日，我要回家一趟，他也不知道从哪里听说我家乡的那个小城5月牡丹特别好看，就执意要跟着我一起去看牡丹。在那之前，我从来没有告诉过他我家里的事情，他每次讲他的父母如何如何的时候，我也只是在一旁静静地听着，大概这是我心里永远的痛吧，那时我还做不到坦然地把这一切告诉他。"周京把头垂得更低了，就像脖子上压着一个隐形的重物。

她接着说道："后来他就跟着我回家了。在我的卧室里，他看到了那幅画。在他去我家之前，我原以为他对绘画作品没什么兴趣，随意看两眼就罢了，可没想到的是，那天他在那幅画前站了很久，真的很久很久，我以为他和那年的我有同样的感受，以为他可以理解我，甚至在那一刻，我有了坐下来跟他说说这一切的冲动，说说关于我父亲的事情，还有这幅画。当我鼓起所有勇气准备开口的时候，他突然转过头说了句：'这是什么破画，作者的名字我看了半天也没认出来。'"讲这些时，孟露皱紧了眉头，每一个字都像钉牢的钉子似的，被她很用力地拔了出来。

"当时我什么都没有辩解，借口说去厨房帮我妈择菜什么的就出去了，我真的去厨房帮忙了，洗了几个西红柿，切了茄子，一切弄完以后我再次打起精神去面对他，心里一直告诉自己：不要再对任何人抱有什么奢望了，既然陷在那种情绪里就继续待着吧，永远不被理解就算了。当我再次打开卧室的门时，他正在翻书架上的一本书，是《凶猛的河水》，其实就是一本讲河水孕育文明的历史科普书，可是他居然一遍翻一边笑着说:'河水太可怕了,坚决不要淹死在河水里。'第二天,我还是带他去看了牡丹,就像什么都没发生过。等到我们回到上海,我什么都没说,总之,再也不和他联系了。"

孟露说完这些话,三个人所处的空间陷入了久久的沉静,像一切声响都被吸了进去,能清晰地感受到时间在一秒一秒不停地流逝。直到胡小澜重重地吸了一口气,又叹着气说道:"真的……真的是太差劲了。"

孟露把那种眉眼里的愠怒收回了,转而换成了一副柔和的表情:"其实也没有什么,只不过是我很珍视,看作生命中最有意义的物品,在别人眼里,像用过的卫生纸一样。"她缓慢地说道,"有的人就是这样,自以为自己做什么都是对的,一直用自己的价值观来衡量别人,觉得别人狭隘或者自私、懒惰、不讲卫生什么的,可是他从来都不停下来仔细想一想,并不是每个人都和他共用同一套标准。能在同一个屋檐下生活,能理所当然地享受别人心甘情愿的付出,哪怕那种付出并不是自己想要的,哪怕那种付出给自己带来了很多麻烦,可是仔细看看,拥有这些就已经是万分幸运的事情了。"

周京自始至终都没有说一句话,他慢慢地抬头望向天花板,内心如死一般的沉寂,他紧紧闭起双眼。

他还是和胡小澜分手了。

尽管他很认真地告诉胡小澜,希望可以重新恋爱,希望一切都重新来过,希望再努力一次,一起为了对方做一些改变。

而胡小澜拒绝了:"恋爱并不是为了对方改变自己,可能更多的,应该是谅解和容纳。"尽管周京拉着她想再说什么,她还是执意走了,只是在离开的时候说道,"如果为了对方而改变自己,那总有一天会互相厌烦、互相伤害的。那时候我们大概会想,要是没有在一起就好了,要是从来没有相遇就好了……我不要这样，我不想你改变自己。"她深吸了一口气，"现在这个胡小澜，喜欢的是现在的你，就是现在这个周京……虽然意识到这个问题有点儿晚，但我们还是分手吧。"

最后一次，她背对着周京，站在门口玄关处，他再一次拉住她的手，她顿了两秒，还是很努力地挣脱了。"不可以勉强自己来配合我。"她装作若无其事地说出这句话，防盗门关上的一瞬间，她的眼泪像巨大的石块一样，坠落下来。

他开始重复一个人的生活，依然是在下午六点下班，依然是六点零九分准时到楼下的自动售货机买一杯简装咖啡，依然觉得小孩子很厌烦，依然会一脚踢飞被丢在路边的塑料矿泉水瓶，依然对果汁没什么兴趣。生活几乎没有任何变化，只是他有时候会在漆黑的夜里醒来，呆呆地望着天花板重新思考爱情和生活的深刻含义，然后一直睁着眼等待黎明的到来。

孟露的饮品店不知道在哪一天搬走了，等他反应过来的时候，她已经打包了所有行李离开了上海，回到那个有牡丹花的家乡了。也许他们再也不会相见了。在有些瞬间，他会很刻意地回想挂在孟露房间里的那幅画上系着很宽的皮腰带的男人到底是什么模样，可是他什么也想不起来了。

在春天快要来临的时候，他做了一个很长的梦。梦里，胡小澜拽着很多系着气球的绳子，她把无数个气球系在自己和他身上，他们就一起被气球带走了，飞上了天空，俯瞰整个上海，也看到了北新泾街道，那是他和胡小澜第一次相遇的地方。他们站在气球上，发现了天空中有无数个自动售货机同时弹出了硬币，他们一起在天上看着那些跳动的硬币，却没有办法捉到。胡小澜的父母着急地追着气球，孟露和那幅画里的男人站在原地望着他们越飞越远。梦里的那些气球是没有颜色的,他们被那些气球牵引着,随风飘荡。

那一刻他醒过来,一种深深的无力感,像汹涌的潮水一样向他铺天盖地地压过来。他知道分手并不是一段恋情唯一的结果,可其他结果是什么呢,他不明白。在那个漆黑一片的凌晨时分,周京想到这里,终于抑制不住,哭了出来。

十一月

2004年我上初二，那时候我家住在印染厂的家属楼里，家属楼附近有军营，早上很早就会有军号声响起，冬季天亮得晚，恍恍惚惚觉得每一次响号都是在半夜，我也随着那号声起床，是被父母推醒的，冻得瑟瑟发抖。

朦胧中的军号声，空气中的煤味，就是我十三年以来关于那个北方小城冬天的印象。那栋家属楼里，和我相同年纪的小孩有七八个，都是十三四岁，那时丁秃头家住在一楼最边上，最靠近马路的一侧，我们每天早上结伴上学都会从他家窗前路过。每次丁秃头的儿子丁犇都会坐在房间里看外面，我们一群人打打闹闹地走过去，他就透过窗子呆呆地看着我们，不笑也不说话。

那是11月的一天清晨，外面还是黑乎乎的。路过丁秃头家时，也不知道是谁，忽然发现他家窗子的木栏上赫然挂着一只避孕套。那时候他家用的还是那种从里向外推的老式窗户，我们一个一个挤过去看，生怕错过了什么，有两个好事的男生还担心看不清楚，从书包里掏出了近视眼镜戴上，凑过去看第二遍。昏暗的路灯下，每个人兴奋得难以抑制，像发现了什么一样，互相用暧昧的眼神传递着。但始终没有人先开口说话，一直到王鹏飞走过去，他看了一眼，说："那是用过的。"然后所有人才爆发出那种"是啊是啊""一看就知道""我早就知道啦"的感叹。

和那只避孕套一起趴在窗子木栏上的，还有两只麻雀。

丁秃头和我们这群孩子的家长一样，都是那个印染厂的普通工人，他们白天出工，晚上回到家属楼，他们穿着一样的藏蓝色工作服，一样庸常无聊，吃饭，睡觉。楼里的我们平时也没什么地方可玩，家属楼后面是一片篮球场，不过那阵子篮球场被厂里的领导租给了附近的水泥厂放水泥管道，于是我们晚上放学后无处可去，只能在家属楼里上上下下地追着跑，一边跑一边大呼小叫。有次我们又在楼道里玩抓人游戏，也不知道是因为跑还是笑，我累得上气不接下气，转个弯一头撞在了下班回来的丁秃头身上。他提着一袋子韭菜，我气喘吁吁地问了一声好，他没有回应我，只是看了我一眼，勉强地笑了笑，然后就走了。

丁秃头的妻子也是印染厂的工人，他们年轻的时候在印染厂相识，然后结婚，和这世界上的许多人的婚姻一样，平淡无味却从来不需要考虑抗争什么。他们的儿子叫丁犇，大概是丁秃头想让自己的儿子能跟牛一样健壮，在丁犇还没出生时就想好了这个名字。可是生活从未给任何人许诺，到了丁犇三岁的时候，别人家一样大的小孩都能跑能跳了，丁犇还不会走路。那些年里丁秃头抱着丁犇去了全国各地的很多医院，挂号单、收费单堆了满满一大箱子，可是一直治不好。他们唯一的收获就是找到了病因——先天性残疾，人均发病率是千万分之三。与这个收获一起得到的,还有一条消息,丁犇活不过十五岁。小时候我们不知道这些,只是单纯地羡慕丁犇去过北京和上海,看过天安门和东方明珠。

丁秃头是我们家属楼里出了名的老实人,他不会抽烟,也不喝酒,也从不会像那些整天游手好闲的男工一样聚在一起开某个女工的玩笑,他好像对大多数事情都没什么想法,也从不做什么决定,丁犇的出生也许是他那时最大的成就了。他的头发是在抱着丁犇东奔西跑求医问药时秃的,几乎是一夜之间。

在楼道里撞到丁秃头以后,我就再也没有在楼道里玩过了,我害怕撞到丁秃头,更害怕看到他难过的眼神和勉强挤出来的笑。

那天早上,丁犇并没有像往常一样坐在窗边看我们经过,不过我们谁也没有注意到这件事,我们所有的心思都放在那只避孕套上了。十三四岁的少男少女对这只突如其来的避孕套有着难以抗拒的冲动和兴奋,那时候我们刚刚上完生物课的生殖系统那一章,那个年轻的女生物老师讲那一章时满脸通红,最后只草草地说了一句话,只要自己把课后习题背会了,那就是真会了。我们就是在这种懵懂、好奇、无知、压抑的气氛里,偷偷幻想着那个前一夜丁秃头和他妻子如何做爱,又是如何将做爱后的遗物留在了窗子上。

发现避孕套的事过去后一个多月,我们要放寒假了。王鹏飞在放假前一天的晚自习课间塞给我一张小纸条,他让我放学后在学校附近的西善河边等他,他有话要和我说。晚自习还没结束我就把书包收拾好了,铃声一响,我直奔西善河。后来我只记得那晚天特别冷,西善河水面结了冰,没有路灯,月光打在冰面上,闪闪发光。我裹着厚厚的黑色棉袄在寒风里等他,一直等到脚都冻麻了,他才来。

王鹏飞家住在我家楼上,我们很小就认识了。他妈妈是印染厂的工人，爸爸没有正式工作，以前他们家租住在郊区，前一年才搬到印染厂的家属楼里。那时候我对他们家了解不多，只知道他爸爸读过好多书，爱抽烟，但是不像我爸那样爱打牌。

上小学的时候，我爸妈忙，没空接我放学，我就经常放学后去王鹏飞家玩，和他一起回家，他爸爸就会带我们一起去散步。走过郊区的土路，走到土墙围起来的沙场，我和王鹏飞经常会讨论如果从沙场高高的防护带上滑下来是什么感觉。

那时候还没有修水泥路，我们俩从松软的土坡处手脚并用地爬上土墙。走在硬硬的土路上，两边尽是我叫不出名字的树。我那时对这些花草树木并不留心，只知道捡个树枝悄悄在王鹏飞背后打他一下，接着他反过来打我，然后我跑，他追着我跑，我们俩一起在农村的土路上大喊大叫，尘土飞扬。我们跑不动了就停下来，兴高采烈地一起等他爸爸慢慢地走过来。

他妈妈总是一副温柔的模样，笑盈盈地看着我们俩玩，有时候会拿我开玩笑，让我长大了嫁给他们家王鹏飞，王鹏飞会抢着说："她这个疯丫头，谁要她呀！"我也不甘示弱地回一嗓子："我疯了才会嫁给你呢！"他妈妈会笑得前仰后合。他爸爸不怎么爱说话，我们说这些时，他就静静地看着我们，然后点根烟，坐在旁边抽。

郊区有个很大的盐池，那时候我们经常站在盐池的堤坝上看平行的池道，近处是一片片丛生的芒草，池边白花花的一片，有工人在铲硝，池水对面是未开发的荒地。

有时候我们也会去那种比较荒凉的公园球场打篮球。我们那时才八九岁，球扔出去都碰不到篮筐，他爸爸站在前面投球，我和王鹏飞跟在后面追，他爸爸打球之前会把眼镜交给他妈妈保管。

那时候，王鹏飞家的客厅墙上贴着一大幅世界地图，我每次在他家吃饭，都会和他看着墙上的世界地图胡说八道一番。我家客厅的墙面上贴的是一幅 2000 年的纪念版生肖版画，那年是龙年，版画上的龙伸着锐利的爪子。我曾不止一次地在家提出把那幅版画也换成世界地图，可没人理我。

王鹏飞家搬到印染厂家属楼的事发生在前一年夏天结束的时候，那个夏天刚来的时候，我跑去还在郊区的他家玩。因为刚下过暴雨，他家旁边的小池塘里积满了水，我们一起去池塘里捞了只长了两条腿的蝌蚪，可是捉回家放在盆里没两天，它就死了。所以之后我们就只是静静地蹲在池边看着它们吐泡泡，他爸爸就在附近的树下或石头上站着抽烟，那时候我总期盼着他能教我点儿什么，可是他什么都没说。

那个夏天过后，王鹏飞和他妈妈就一起搬到了我家楼上，他爸爸没来，我不知道为什么，只是听说他爸爸在某天傍晚打了城郊变电站的工作人员，那个工作人员因为中午喝了大量的白酒，一激动就猝死了。他爸爸就这么进了监狱。我后来再也没问过关于王鹏飞爸爸的事情，再后来连他的长相我也记不清了。

那时和王鹏飞他们一起搬来家属楼里的，还有丁秃头一家。厂里的领导顾念他们有个残疾儿子，特意把一楼的房子留给了他们，丁秃头和他妻子很感激，特意从农村老家带来大红枣和苹果送到领导家，领导不收，他红着眼逢人就说他活一天，就要为厂里多效力一天。

王鹏飞家搬来印染厂家属楼以后，不知道怎么的，我们就很少说话了，早上七八个人一起去上学，一路上，我们俩也不说话。那时候我们刚上初中，他在我隔壁班，每次见他我都有种很奇怪的感觉，他一夜之间长到了一米八，让我总恍惚地以为好像那个在公园球场里一起追跑打球的人不是他。有时候在课间我们会不小心打个照面，我满脸通红地走过去,他也不说一句话。

刚上初二的一天,王鹏飞忽然向我表白,还疯狂地陆陆续续写了上百封情书给我,每一封我都拆开并仔细地读了,他写的大都是生活中的琐事,偶尔写写他妈妈又唠叨了他什么,在那些信里,他从来不提他爸爸。那些情书我读完就塞到桌膛里的一个小盒子里。从11月开始,学校里的蜡梅就开花了,我的座位靠近走廊的一侧,每天晚自习上课前,我的课桌上都会放着一枝蜡梅,我不知道是谁放的,只是隐隐约约觉得是王鹏飞做的,可最近不知道为什么,他已经连续一个星期没有放蜡梅在我的桌子上了。

那晚王鹏飞站在我对面的时候,表情特别冷淡,好像没有什么特别想说的。风呼呼地刮着,我们就那么不咸不淡地聊了几句。临走时,他说他马上就要离开这里了,他要去南方的姑姑家过年,就是那一晚坐火车走。

我不明白发生了什么,也不知道他还想说什么,只记得那晚月光打在西善河的冰面上特别美,我就那样站着发了会儿呆,然后一个人回家了。

整个寒假,王鹏飞没有再与我联系。寒假里我有时候会出去逛逛,走着走着就走到西善河的边上,每次站在河边我都会不自觉地想起他和那些放在课桌上的蜡梅。

寒假过后就是3月了,西善河河面上的冰块终于一点点地化开了,我悄悄数着开学的日子。然而比王鹏飞更早到的,是另外一件事。

我爸那时候是印染厂电控车间的工人,3月底的一个下午,他因为电控车间开门早晚的问题和人起了争执,本来都算不上大事,可是对方越说越气,最后竟然破口大骂,从车间里一路骂到了厂房外。我爸嘴拙,还不了嘴,也不喜欢与人争,就那么低着头由着他骂。我家最伶牙俐齿的是我妈，可那天我妈休息在家，对这一切毫不知情。

　　后来我回想起，那晚我爸回家的时间除了比往常稍晚一些，好像也没什么不同。他照常重重地坐到饭桌旁的椅子上，照常吃饭的时候不说一句话，照常随便夹两口凉拌黄瓜就回房间里捣鼓他那些电路板。他有个本子，上面密密麻麻的，全是用圆珠笔画的电路图。我记得有一次他问别人借了一本电路书，他很想买一本，可跑遍了我们小城里大大小小的书店都没有买到。为了省钱，他没有拿去复印，就每晚开着台灯抄到半夜，前前后后抄了大半个月。那个本子是硬壳的，以前是我用来抄数学公式的，现在那个本子我爸还随身携带着，前几页是歪歪扭扭的数学公式。

　　还有一点和往常不同的是，第二天早上，我爸迟迟不愿起床，连他一直保持的早上五点起床去晨跑的习惯都被打破了。他像是在抗拒什么一样。

　　直到我妈去厂里上班，她才知道前一天发生了什么。消息传开了，工人们纷纷站在亲历者的角度上，聚在一起绘声绘色地描述前一天那场骂战以及我爸是如何垂头丧气地站在厂房外面。厂房外面没有高楼，能望见很远很远的地方，那里有连绵起伏的山丘，那个下午，我爸大概就是无比悲伤地望着那些他永远也不会到达的山丘。

　　我妈气不过，她先去问我爸，我爸只说了一句让她不要管，就不再说别的了。她去找厂里的领导，领导安慰了她一番。她又去找前一天在厂里亲眼看见这场骂战的工人，工人们在打牌，一双"王炸"被兴奋地拍在桌面上。可生活有时候给人的感觉是麻木不仁的，他们对于前一天的事也只是一边打出一张红桃K，一边笑着说一句："也没什么大不了的嘛。"

　　没有人知道那时候我妈承受了什么，就像没有人知道那年那个三十出头的女人怎么看待她每天的生活。那一晚，她独自跑去和我爸起争执的那人住处楼下，用一块砖头彻底打破了看起来十分平静的生活。

窗户上的玻璃碎了一地，就像新的一年早晨爆竹迸裂一般。那人气急败坏地趴到窗口向外望，想看清砸窗户的人是谁。我妈像个打了胜仗的将军一样，一言不发，目光笃定地望着他。

后来厂里通报批评，还说要以寻衅滋事为由开除我妈。我记得那时候我们家属楼里有很多人为我妈联名上书，希望厂里领导不要开除我妈，他们出面证明我妈是个好人，还以他们自己的名义担保我妈以后绝不会再犯这样愚蠢的错误，那些人里就包括丁秃头和他妻子，还有王鹏飞的妈妈。可那阵子我妈在楼里碰到他们时都会绕着走，大概在我妈心里，她从来不觉得自己犯了什么错误，更不承认那是愚蠢的做法。她独自以自己的方式对抗着那些不公平。

最后这件事以我爸主动从厂里辞职、我妈正式回到厂里上班结束。我不知道我爸为什么这样做，也不知道他是怎么说服厂里的领导同意了他的做法，我只记得那晚在吃饭的时候我爸告诉我妈，说她第二天可以正式回厂里上班了。我妈一声不吭，抬起头看了我爸一眼，好像想问什么又没问，然后低头自顾自地夹菜，再用力咬了一口馒头。后来那晚我们三个一起看电视，看的好像是《幸运52》之类的综艺节目，电视上的一对小夫妻玩"你比画我猜"的游戏，比画到"番茄酱"这个词语时，那位妻子怎么也猜不出来。这时候我爸告诉我妈，说他辞职了，我妈还是看着电视，她没说话，直到节目里的妻子最终没有猜出"番茄酱"，她起身回了卧室。

电视里的节目就继续播着，游戏也继续玩着，现场不时发出笑声，充满了我们家的整个客厅。我爸和我在客厅聊着学校发生的事情，聊物理课上老师刚讲过的小孔成像，聊王鹏飞怎么不和我说话，聊西善河边的桃花快要开了。不知聊了多久，当我们聊到那个只教过我一个月的小学数学老师时，我听到我妈在卧室里哭的声音，是那种号啕大哭，像浪潮一样，铺天盖地般压过来。我爸顿了一下，又接着对我说："你那个数学老师，是你妈的高中同学，我和你妈结婚的时候她还来了，以前她头发很长。"

那时候5月刚过，春天总让人误以为一切都是全新的，可是一切又都不是新的。只是在后来，人们才明白生活是绵延不绝的，岁月如流，一如既往，没有新旧之分。

在住在家属楼里的工人为我妈联名上书的时候，王鹏飞回来了，那时已经开学一个多月了。我们俩又和住在家属楼里的小孩们一起上学，不过我们俩都会刻意地一前一后，绝不并肩走，互不交流。我们在学校里也是绕着走，像不认识对方一样。

有一天傍晚，同班的一个女生李孝萍突然来找我，她神色凝重，扔给我一沓信封，说是要向我摊牌。我莫名其妙地拆开信封，一大沓粉色浮夸的大头贴被倒了出来，全是她和王鹏飞的合影，拥抱，亲吻，各种亲密姿势。

我一时惊住了。李孝萍是我们班班花，高高瘦瘦，稍微有点儿黑，她经常逃课，眼神里有一种叛逆感。我对她了解不多，只觉得她很特别，还听说她有一个独自抚养她长大的妈妈和不知道去了哪里的爸爸。

李孝萍告诉我，她和王鹏飞在一起了，就在前一年放寒假前几天，她还说放寒假的时候王鹏飞陪她去了南方，陪她去找她爸爸。她不知道她爸爸到底在哪儿，只是有一次半夜醒来去上厕所，经过妈妈卧室门前的时候，无意间听到妈妈正在房间里讲电话，电话那一头好像是她小姨。她妈妈在电话里咒骂她爸爸，咒骂从自己怀孕之后他就离开了她，骂着骂着，她就哭了起来。李孝萍就站在房门外听着，听着母亲的控诉和无助的哭泣，听着母亲在挂电话前说的最后一句话："小妹，我前阵子听人说他在广西打工,我真的想知道他过得好不好。"

李孝萍是站在西善河的桥上跟我讲这些的,讲的时候,她自始至终都面无表情,好像她讲的是一件和她毫不相关的事情。讲到最后,她只是笑着对我说:"你说我妈是不是傻,那个男人都狠心抛弃我们了,都十几年了,她怎么还……"我看着李孝萍,她好像抽噎了一下,"你说她怎么还心心念念着他啊?"

我不知道李孝萍和王鹏飞是怎么在一起的,只知道他们俩那晚一起坐上了去往广西的火车,就是王鹏飞塞给我小纸条让我在西善河边等他的那个晚上。李孝萍只知道她爸爸在广西,她不知道他具体在广西哪里,她就和王鹏飞一起漫无目的地寻找,一路上聊着各自的爸爸。王鹏飞讲起他爸爸从前在客厅的墙上贴世界地图,讲他小时候不会投篮,爸爸高兴的时候会表演扣篮给他看,讲妈妈总是用那一双含笑的眼睛看着他们,看父子俩从沙丘的这一边追到另一边。李孝萍会讲她爸爸什么呢?大概会讲自己的鼻子和妈妈的一点儿也不像,应该是像爸爸吧。她没其他关于爸爸的事情可讲,她只能静静地听着王鹏飞讲,然后互相依靠。晚上,两个人在一晚三十元的家庭小旅馆或者网吧什么的地方勉强过夜,南方冬季阴冷,不知道在那些夜里,他们是不是只好忍受着生活,却不知道如何摆脱。

他们回来的时候已经是4月了,那天天气特别好,在那天之前,他们除了交换了一些关于爸爸的回忆,就没有其他的了。

李孝萍说不清楚她为什么突然跑来跟我讲这些,她说她看到过王鹏飞在前一年11月每一天都会折一枝蜡梅放在我的课桌上。她还说,后来,她偷偷地拿走了他放在我课桌上的蜡梅。

我没有告诉李孝萍的是,在放寒假的前一晚,王鹏飞约我晚自习结束后在西善河边见面,那晚我莫名地兴奋,因为我本来是打算向王鹏飞表白的。只是他后来没说什么，我就什么也没说。

知道李孝萍和王鹏飞的事情后，在学校里我就刻意地躲着他们俩。

夏天到了，男生们开始打篮球。家属楼后面的篮球场不再租给水泥厂存放水泥管道了，那个篮球场彻底被楼里的男生们霸占，带头的就是王鹏飞，他们会从太阳刚刚落山一直打到天黑。我有时候会站在我房间的阳台上偷偷看他，看他拍球，看他投篮，看他坐在旁边看别人打球，看他拧开瓶盖喝水。

有一天晚上，我站在阳台上看到王鹏飞他们一直打到天黑透了才回家。可没过一会儿，我又听见了拍球的声音。仔细一看，是丁秃头和他儿子在篮球场上，丁犇坐在轮椅上，借着微弱的月光，丁秃头在旁边拍篮球给他看，动作笨拙，就像刚学会拍皮球的小孩一样。他一不小心没拍好，球就顺着一个方向滚远，丁犇就呆呆地坐着，看着他爸顶着大半个光亮的脑袋去追球，然后抱回到他的轮椅边，继续拍给他看。如此往复。听说丁秃头什么事都很迁就他儿子，可丁秃头自己呢，听家属楼里的大人们聚在一起八卦，他经常去工厂边的小卖店买避孕套，那些大人们听完还要彼此心领神会一般地哈哈大笑。连人类最原始的放纵都会被人悄悄议论。

那晚丁秃头拍了很久的篮球，后来丁犇也想拍，丁秃头就把球给他，可他坐在轮椅上怎么也拍不好。因为急躁，他在篮球场上朝着丁秃头大吼。残疾的孩子往往异常敏感。

那晚星星闪烁，像含着泪光。

丁秃头的妻子在丁犇四岁的时候离家出走过一次，那一走就是七年。丁秃头性子慢吞吞的，待人总是彬彬有礼，他对待妻子也很温和。可自从丁犇出生以后，他的妻子就经常在家里大吵大闹，可谁也没听过他对妻子大吼过。终于，他的妻子在一个温暖的初夏离开了家，留下了一张字条和塞满了整个冰箱的新鲜饭菜。字条上说她去了山东的哥哥家,她哥哥在那里开了个小超市,她说过去帮忙,字条上没说她什么时候回来。丁秃头给她山东的哥哥打了电话,哥哥说没见着她。丁秃头就一直等着,在等待的那些日子里,他把冰箱的饭菜都吃完了,那个庸常的初夏也就那么过去了,丁犇的病也确诊了,可他的妻子还是没有回来。不知道过了多久,丁秃头才逐渐接受了他的妻子并不是去投奔哥哥,也不是失踪,只是她选择了逃避。

七年之后,丁犇十一岁那年,有一天我妈突然发现丁秃头的妻子在厂里上班,像什么也没发生过一样。又过了一年,他们家就搬到了印染厂的家属楼里,有时候我妈会看见丁秃头的妻子在他家的阳台上晾衣服,刚拧干的衣服会有很深的褶皱,晾起来的时候拍一拍就不皱了。也是从那时候开始,我就再也没见过丁秃头穿那种满是皱痕的衬衫。他见了我们楼里的小孩都会笑笑,他衬衫胸前的口袋里总是插着一支钢笔。

我们谁也不知道丁秃头的妻子在离开的那七年经历过什么,只是听说过她以前会埋怨丁秃头,她说:"我的一生都被你毁了。"丁秃头就那么听着,不作声。丁秃头有太多想不明白的事情,不明白妻子的话是什么意思,不明白儿子为什么会得病,他想不明白就不再想了,然后疲倦地陪丁犇做一些事情,有时候是陪他拍篮球,有时候是教他写字,不过更多的时候,是陪着丁犇一起坐在房间的窗子前,呆呆地看着窗外的世界。

我爸辞职后,家属楼里每家每户的生活一切照旧。没人说什么,更没人安慰什么,从头到尾只有丁秃头的妻子说过一句话,她是对我妈说的,她说:"事情总会过去的,有些事情真的没必要计较太多,有些事情重新来过还是会这样。"我妈听不懂她的话,她也不解释,只是笑笑,然后就走了。

十一月

　　八九月的时候,我爸找到了一份新工作,在我们临近县城的一个发电厂里做水电工。他那个工作要经常上夜班,经常是晚上七八点他就骑着自行车出发,骑两三个小时,然后开始上十一点的夜班。他骑自行车上班会打着手电筒。也就是在那段日子里,我家突然多了好多只手电筒,白天我爸在家睡觉,家里的插线板上全是正在充电的手电筒。

　　近乎与此同时,我妈工作的印染厂所在那条电线线路白天整修,要停电,只有晚上才来电,因此全厂工人的作息时间也被迫改成了白天休息,晚上工作。那些个夜晚,我都是一个人在家度过。晚上害怕,我就一个人趴在窗边等着我妈回家。

　　有一天凌晨,我妈回来了,是一个骑着摩托车的男人送她回来的,她横坐在摩托车的后面,穿着一条墨绿色的裙子,那条裙子我从没见过。

　　我趴在窗子上看了很久,拼命想看清那个男人的脸,可是光太暗,我看不清楚,他的身影模糊,我也不知道我有没有见过他。可是见过能怎么样呢,没见过又能怎么样呢,又有什么区别呢?在我妈开门之前,我在被子里躺好,蒙上头,脑袋里不断回想那辆摩托车和骑在摩托车上的男人的身影,等我回过神来的时候,竟然不知道眼泪在什么时候铺满了我的脸。

　　一连几天,我都在同样的时间看到同一个骑摩托车的男人,和同样穿着那条墨绿色裙子的我妈。我始终不敢告诉我爸,或者说,我不知道该怎么对他讲。那几天,家里的手电筒经常散落在鞋柜上、沙发上,或者是客厅的窗子上,我爸这人有乱摆放东西的习惯,以前那些手电筒都是我妈摆放好,然后一个一个地给充电。

　　后来在一个他们都不上班的夜里,我被蚊子叮醒,迷迷糊糊地看到客厅有人,我悄悄走过去,我爸坐在沙发上抽烟,一根接一根。我又悄悄退了回去,爬上了床,那一晚我再也没睡着。那是我第一次见我爸抽烟,也是唯一一次。

  第二天，我爸又像往常一样，打着手电筒，去离家几十公里的发电厂值夜班，他抽了一夜的烟，什么都没有发生。只是和以往不同的是，他连续开了几个手电筒，都没充好电。

  印染厂的电线线路很快就整修好了，工人们又恢复了白天上班、晚上回家休息的日子。也不知道从哪一天开始，那些手电筒被悄悄摆放好了。有一天，我妈在家打扫屋子，整理出来很多我的旧衣服，她把那些衣服用一个旧包袱包着，让我抱到楼下扔了。我把那个包袱放在楼下地上的时候，包袱上面打的结散开了，那条墨绿色的裙子静静地躺在那里。墨绿色是我妈最喜欢的颜色，不招摇，不花哨，显得安逸又宁静，有种动人心魄的美。

  我知道一切又悄悄地恢复了平静，像暗流涌动之后，平静下来一样，人们都会忘了这里曾发生过什么。只是有一次我开玩笑似的跟我妈提起我爸有天夜里在客厅抽烟，他抽了一整夜，当时我妈在厨房里洗碗，水流哗啦哗啦作响，声音很大，她没说话，我以为她没听见，就走了。

  后来她从厨房里出来时，眼睛红红的。

  10月末的一天，李孝萍转学了，她在一节数学课上回教室收拾东西。一些书本和文具被她收拾进了一个大纸箱，她留了一本印着Hello Kitty的笔记本给我。她抱着那个纸箱走到教室门口的时候朝我望了一眼，当时我们之间隔着六排座位，我看着她，朝她挥了挥手，她对我笑了笑，然后就走了。

  我翻开那个笔记本，上面一个字都没有，只是夹了几片蜡梅的花瓣，已经干了，我数了数，一共六朵。

  王鹏飞和李孝萍在秋天到来之前就分手了，和他们当初在一起一样，没有原因并且猝不及防。他们大概是想从对方身上探寻自己的影子，想为自己找一个关于父亲的回忆的出口。他们拥抱和接吻时都带着一种很猛烈的情绪，他们在那种情绪里试图找些可以让自己得到安慰的东西，可他们什么也没有找到，最终只发现，其实是生活不断制造的困境在悲哀地消耗他们身上那股天然的生命力。

于是分不分手就不那么重要了。

他们分手之后，我和王鹏飞又约在西善河边见了一面，那一面我不记得我们到底说了些什么，只记得王鹏飞最后拥抱了我，我把头轻轻靠在他的肩膀上，他问我："你还记得我爸爸吗？"

我没有说话。

他轻轻告诉我："我很想他。"

李孝萍离开的那天，窗外下起了大雪，那是那年冬天的第一场雪，雪反射的光明亮刺目。接下来的半节数学课上，老师讲勾股定理，周围的同学都在认真听讲。我竟突然惊觉自己知道每个人十年后的样子：他们活着，他们死了，他们恋爱，他们结婚，他们去了更南的南方，或者更北的北方，他们对此生一无所知，他们在想下一道题怎么解，在想中午去食堂吃什么。最后我意识到这一切都是梦境，可我还想多看一会儿雪。我在梦里问王鹏飞："你知道我们生活在一个正在坍缩的世界里吗？"他趴在阳台上，只是笑，并不知道我说的是真的，一旦我醒来，这个世界就结束了。我不再解释，只希望这一次我能有足够的勇气，去告诉他："我还记得你爸爸，还记得他站在你家客厅前给我们讲的关于波斯战争的故事，我后来讲给过很多人听，每一个人都吃惊地睁大了眼睛说这个故事太精彩了，我每次都很得意地笑笑。还有，你的爸爸真的很厉害。"

丁犇也是在那个 10 月去世的，几乎是忽然就走了。听大人们添油加醋地讲，丁犇在生命的最后时刻，神智已经十分模糊了，他拉着他爸爸的手胡言乱语，其中有一句是："爸爸，如果我死了，你们今后生的孩子就用我的名字好吗，我好怕你们会忘了我。"我一直不知道这到底是大人们自己编的，还是确有其事，就像我一直不是很确定那个看上去木讷、僵硬的丁犇会说出这种动人的话。

后来，丁秃头为丁犇举行了一个很隆重的葬礼。热心的老人家告诉丁秃头给未成年的子女举办葬礼对家人以后的运势不好，丁秃头不听，他一意孤行，固执地举行了那场葬礼。举办葬礼的地点就在印染厂家属楼后面的篮球场，厂里的一些职工反对，说在那里会吓到小孩子。我想我也算小孩子，我告诉那些大人我不害怕。我真的不害怕，我站在丁犇的照片前，他就是那个坐在窗子前呆呆地看天、在篮球场上看他爸爸气喘吁吁地拍球的小男孩，我为什么要害怕他呢？甚至在某一刻，我无比想穿越那扇隔着生死的门，握住他的手，悄悄告诉他："你放心吧，所有人终有一天会发现，生命原本就是徒劳一场。所以生命是没有长短之分的。"

比丁犇的死更令我难过的是，丁秃头的妻子怀孕了，她是挺着大肚子为丁犇的葬礼忙前忙后的，不时有人告诉她要节哀，要多为肚子里的孩子着想，生活要向前看。她一直沉默着。我想，也许丁秃头的妻子其实比我们都明白生活是什么。

只是当时的我不明白，我不止一次地想要愤怒地冲上前，然后看着她的眼睛问她："你们这么快就忘记他了吗？如果没有忘记，怎么会接受一个新的生命呢？"我最终还是没有这样无理地质问她。

后来，我终于明白，没有任何人忘了丁犇，只是生活推着人们向前走。

十一月

11月再一次来临的时候,一个新的生命降生在印染厂的家属楼里,楼下半夜经常会传来婴儿的啼哭声,那个婴儿的名字也是两个字,但不叫丁犇。有一次我看见丁秃头的妻子在哄孩子,嘴里不住地叫着"牛牛,牛牛",兴许牛牛是他的小名吧,我这样想。

当那个婴儿极具生命力的啼哭声传来的时候,我妈并没有觉得不耐烦,每次都是笑着说:"大概一切都会慢慢好起来吧。"

我爸倒是一脸困惑地问她:"都会好起来?说得好像以前很坏似的。"

我有时候也会插一句:"不是一直都是这样子吗?"

图书在版编目（CIP）数据

爱是一场无尽的告别 / 田媛著. — 北京：北京联合出版公司, 2018.3
ISBN 978-7-5596-1435-3

Ⅰ.①爱⋯ Ⅱ.①田⋯ Ⅲ.①短篇小说－小说集－中国－当代 Ⅳ.①I247.7

中国版本图书馆CIP数据核字(2018)第007903号

爱是一场无尽的告别

作　　者：田　媛
责任编辑：宋延涛
产品经理：周乔蒙
特约编辑：陈　红
装帧设计：粉粉猫
内页设计：粉粉猫　李振瑶

北京联合出版公司出版
（北京市西城区德外大街83号楼9层 100088）
北京联合天畅发行公司发行
北京光之彩印刷有限公司印刷　新华书店经销
字数：182千字　880mm×1230mm　1/32　印张：7.5
2018年3月第1版　2018年3月第1次印刷
ISBN 978-7-5596-1435-3
定价：45.00元